"제위를 목표로 삼고 있으니까
구해야만 하는 거야.

나는 구하고 싶은 사람을
구할 수 있는 황제가 되고 싶어."

미츠바

아드라시아 제국 황제의 제6비, 아르와 레오의 친모이며, 예전에는 무용수로서 대륙을 여행하고 다녔다. 많은 지식을 지니고 있으며, 사물의 본질을 꿰뚫어 보는 능력이 뛰어나다. 아르와 레오는 방임주의로 키웠다.

린피아

아르노르트를 구해준 A급 모험가. 쿨한 성격으로 애교는 없지만, 의리가 있다.
남부 변경에 있는 유민 마을 출신이며 마을에서 일어난 사건을 아르에게 해결해 달라고 의뢰했고, 그 보답으로 아르에게 협력하고 있다.

레오나르트 렉스 아드라

제8황자. 18세. 검술, 마법, 정치, 모든 면에서 뛰어난 실력을 지니고 있으며 차기 황제의 유력 후보 중 한 명. 마음씨가 착하고, 남을 배려하는 성격이기 때문에 피가 이어진 가족들끼리 싸우는 것에 의문을 품고 있다. 형인 아르노르트를 누구보다 신뢰하고 있다.

아르노르트 렉스 아드라

제7황자. 18세. 무능하고 게으른데다 놀기만 하는 방탕 황자이기 때문에 '쌍둥이 동생에게 모든 것을 빼앗긴 「찌꺼기 황자」'라고 얕보이고 있다. 실제로는 무능한 것이 아니라 '강력한 고대 마법을 다루는 SS급 모험가 실버'로서 남몰래 제국을 수호하고 있다.

드라스드라

제2황녀. 22세. 유력한 제위 후보자 중 한 명. 금술에 대해 연구하고 있다. 마도사를 지지기반으로 삼아 제위 쟁탈전에 참가했다. 성격은 황족 중에서 가장 잔인하고, 부하들에게도 가혹하게 대한다. 암살자를 다 거느리고 있다.

크리스타 렉스 아드라

제3황녀. 12세. 아르와 레오의 이복 여동생. 친모를 여의고 미츠바가 키웠기 때문에 아르와 레오를 잘 따른다. 조용한 성격이며 겁이 많다. 기본적으로 무표정하고, 일부 친지만 잘 따른다. 선천적으로 미래를 예지하는 마법을 쓸 수 있다. 불안정하기 때문에 들어맞을 때와 그렇지 않을 때가 있다.

리제로테 렉스 아드라

제1황녀. 25세. 동부 국경 수비군을 이끄는 황족 최강의 제국 원수. 제위 쟁탈전에는 참가하지 않겠다고 표명했다. 성격은 제멋대로에, 누구에게나 당당한 태도를 보인다. 아르에게는 부조리한 누나.

Characters

최강 찌꺼기 황자의 암약 제위 쟁탈전 3

무능한 척 연기하는 SS랭크 황자는 황위 계승전을 남몰래 지배한다

탄바

Contents

목차

삽화 · 본문 일러스트 : 유우나기
디자인 : 아츠시 타카히사(atd)

† 암스베르그 용작 가문

500년 정도 전에 대륙을 뒤흔든 마왕을 토벌한 용사의 핏줄. 제국 귀족 중에서 가장 지위가 높은 존재이며 황제에게만 무릎을 꿇는다. 용작 가문 중에서도 재능이 있는 자만이 전설의 성검, 극광(아우로라)을 소환할 수 있다. 제국을 수호하는 것을 자신의 역할로 삼고 있어 기본적으로 정치에 참가하지 않는다.

† 루펠트 렉스 아드라

제10황자. 10세.
아직 어려서 제위 쟁탈전에는 참가하지 않았다. 소심한 성격이다.

† 크리스타 렉스 아드라

제3황녀. 12세.
감정의 거의 드러내지 않고, 아르나 레오처럼 특정한 사람들만 따른다.

† 헨릭 렉스 아드라

제9황자. 16세.
아르노르트를 깔보고 있으며 레오나르트에게는 라이벌 의식을 불태우고 있다.

아드라시아 제국의 황제. 열세 명의 아이들에게 제위를 놓고 싸우게 하여 이긴 아이에게 황제의 자리를 물려주려하고 있다. 광대한 제국을 통치하며 기회가 생기면 영토를 확대해온 명군.

† 레오나르트 렉스 아드라

제8황자. 18세.

† 아르노르트 렉스 아드라

제7황자. 18세.

† 콘라트 렉스 아드라

제6황자. 21세.
고든과 같은 어머니를 둔 황자. 감정적인 고든의 동생답지 않게 성격은 아르노르트와 비슷하다.

† 카를로스 렉스 아드라

제5황자. 23세.
뛰어나다는 평가를 받은 적도, 무능하다는 평가를 받은 적도 없는 평범한 황자. 하지만 능력과는 달리 꿈에 취해있어 영웅이 되고 싶은 마음을 품고 있다.

† 빌헬름 렉스 아드라

제1황자. 3년 전에 27세 나이에 죽은 황태자. 생전에는 이상적인 황태자로서 제국 사람 모두의 기대를 한 몸에 받으며, 그 인기와 실력으로 제위 쟁탈전 자체가 발생하지 않게 한 인물. 빌헬름의 죽음이 제위 쟁탈전의 방아쇠가 되었다.

† 리제로테 렉스 아드라

제1황녀. 25세.
동부 국경수비군을 이끄는 제국 원수. 황족 최강의 공주 장군으로 주변 나라들의 두려움을 사고 있다. 제위 쟁탈전에는 나서지 않고 누가 황제가 되더라도 원수로서 섬기겠다고 선언했다.

† 에리크 렉스 아드라

제2황자. 28세.
외무대신을 맡고 있는, 유력한 차기 황제 후보자.
문관들을 지지기반으로 삼고 있다. 냉철한 현실주의자.

† 잔드라 렉스 아드라

제2황녀. 22세.
금술에 대해 연구하고 있다. 마도사들을 지지기반으로 삼고 있다.
성격은 황족 중에서도 가장 잔인하다.

† 고든 렉스 아드라

제3황자. 26세
장군 직책을 지니고 있는 무투파 황자.
무관들을 지지기반으로 삼고 있다. 단순하고 감정적이다.

황제

† 요하네스 렉스 아드라

† 드라우고트 렉스 아드라

제4황자. 25세.
촌스러운 안경이 특징인 뚱뚱한 황자.
문학적인 재능이 없는데도 문호를 목표로 삼고 있으며 취미에 빠져 사는 사람.

† 선선대 황제 구스타프 렉스 아드라

아르노르트의 증조부에 해당되는 선선대 황제. 황제의 자리를 아들에게 물려준 다음 고대마법을 연구하는데 몰두하다 제도를 혼란스럽게 만들었던 '난제(亂帝)'.

최강 찌꺼기 황자의 암약 제위 쟁탈전

무능한 척 연기하는 SS랭크 황자는 황위 계승전을 **남몰래** 지배한다

❧ 제1장 유민 문제

1

11년 전.

당시, 제국은 서쪽에 있는 페를랑 왕국과 치열하게 싸우고 있었다.

그런 와중에 동쪽에 있는 소칼 황국이 제국과 인접해 있는 드워프 나라를 침략해서 멸망시켜 버린다. 많은 드워프들이 제국으로 도망쳤고, 일부 왕족도 제국의 보호를 받았다. 하지만 드워프가 쌓아두었던 금은보화 이상으로 드워프들이 지닌 기술을 노리고 있던 소칼 황국은 제국에 항의하며 여러 번 경고했다.

그러자 제국은 '유민을 전부 막는 건 불가능하다'라고 대답했지만, 기어코 인내심이 바닥난 소칼 황국의 황왕은 자신의 아들을 대사로 파견했다.

"골치 아프게 되었군요."

"그러게 말이다."

재상인 프란츠가 그렇게 말하자 황제인 요하네스가 고개를 끄덕였다.

대륙 삼강이라 불리는 나라는 제국, 페를랑 왕국, 소칼 황국, 이렇게 세 나라다. 그중 제국은 한가운데에 있고, 두 나라 사이에 낀 형태다. 페를랑 왕국과 맞서 싸우는 상황에, 소칼 황국까지 적대시하는 것은 제국으로서 반드시 피해야만 하는 사태였다.

"한번 보호해 준 드워프를 내준다면 대륙 전토의 아인들이 적으로 돌아설 겁니다. 물론 제국에 살고 있는 아인들도 마찬가지지요. 그렇게 되면 다른 나라와 전쟁을 벌이는 것보다 더 심각한 사태가 일어날 겁니다."

"황국을 적으로 만들 것인지, 아인을 적으로 만들 것인지, 둘 중 하나인가."

"꼭 그렇다는 건 아닙니다. 소칼 황국에 드워프의 기술과 맞먹는 것을 넘긴다면 우선 잠잠해질 겁니다."

"뭘 넘기라는 거지?"

"소칼 황국은 마도 대국입니다만, 마도구 개발에 필수적인 보옥(寶玉)이 부족합니다. 특히 거대한 보옥이 부족한 탓에 마도 병기 개발이 중지될 정도입니다."

보옥이란 마력이 담긴 광석을 일컫는 말이다. 이것들은 마력을 모아두는 성질도 가지고 있기에 안에 담긴 마력을 전부 쓰더라도 다시 이용할 수 있어 매우 귀중한 자원이다.

그렇게 모아둘 수 있는 양은 기본적으로 크기에 비례하기에 클수록 희소가치가 올라간다.

"그걸 그냥 내주라는 건가? 마음에 안 드는군. 그렇게까지 굽실대며 나가야 하나? 나는 도망쳐 온 자들을 보호했을 뿐인데?"

"네. 그러면 양면 작전을 피할 수 있을 겁니다. 다행히 우리 나라는 보옥이 부족하지 않습니다. 그렇게 해서 전쟁을 피할 수 있다면 싸게 먹히는 거겠지요. 광산을 내주는 것도 아닙니다. 우리나라에게 손해는 아닙니다."

황국은 100년도 더 전부터 마도구 개발을 위해 자국 내의 보옥 광산을 파냈기 때문에 해마다 보옥 채굴량이 떨어지고 있다.

한편, 제국은 보옥 채굴에 힘을 기울이지 않았던 것과 풍부한 광산을 여러 군데 보유하고 있었던 것, 이 두 가지 덕분에 보옥이 부족하지 않았다.

"먹이를 물려줘서 입을 다물게 할까. 이 이상 군에 부담을 주고 싶진 않으니."

"그렇습니다. 얼른 거대한 보옥을 넘기고 일단 입을 다물게 하시죠. 서부 전선도 교착되는 낌새를 보이고 있으니 그동안에 정전하는 것도 괜찮을지 모르겠습니다."

"그렇게 할까. 뭐, 우리가 우세하니 말이야. 왕국도 결국 받아들이겠지."

요하네스와 프란츠는 그렇게 말하며 이야기를 마무리지었다.

■ ■ ■

프란츠가 거대한 보옥을 준비한 뒤, 대사를 맞이할 날이 왔다.

그날, 한 소녀가 성에 와 있었다. 분홍색 머리카락의 소녀. 여섯 살이 된 에르나였다.

호기심이 왕성한 에르나는 아버지가 이야기를 나누고 있던 동안 심심했기에 어느새 주위를 어슬렁거리다 그곳을 떠났다.

"어라?"

에르나가 정신을 차리고 보니 전혀 모르는 곳. 주위를 잠깐 둘러보았지만, 낯익은 풍경이 아니었다. 성이라는 건 분명하다. 누군가에게 물어보면 되겠지, 에르나는 그런 생각으로 계속 나아갔다.

그러다가 성의 벽에서 자그마한 구멍을 발견했다. 몸집이 작은 아이라면 아슬아슬하게 지나갈 수 있을 만한 크기다.

풀숲에 가려져 있는 그 구멍은 아무래도 통풍구 같았는데, 이유는 알 수 없지만 깔끔하게 정비되어 있어서 마치 비밀기지의 입구처럼 보였다. 호기심이 생긴 에르나는 몸을 숙여서 통풍구 안으로 들어갔다. 한동안 어둠 속을 나아가니 마침내 어둑어둑한 방에 도착했다.

문이 닫힌 어둑어둑한 방. 희미한 빛을 뿜어내는 마도구가 있었고, 에르나는 금세 그곳이 보물 창고라는 사실을 눈치챘다.

"우와……."

그곳은 용작 가문이 보유하고 있는 보물 창고보다 훨씬 컸고, 다양한 물건들이 놓여 있었다.

그리고 에르나는 가장 먼저 어떤 물건을 발견했다.

"마법검!"

불꽃이나 바람 같은 속성 마법이 부여된 검. 게다가 보물 창고에 들어가 있던 만큼, 그 검은 현대의 기술로 만들어진 것이 아닌, 고대에 만들어진 명검이었다.

에르나는 그중 하나를 들고 칼집에서 뽑아 들었다. 그 빛과 예리함을 본 에르나는 무심코 황홀한 표정을 지은 채, 시험 삼아 몇 번 휘둘러 보았다.

"응~! 좋은 검이야!"

이린 에르나에게는 너무 긴 검이지만, 그녀는 용작 가문의 딸이다. 이 정도는 타고난 신체 능력으로 무난하게 다룰 수 있었다. 그런데 손에 딱 달라붙는 듯한 그 검을 보고 신이 난 에르나는 시험 삼아 휘두르는 것뿐만이 아니라 검술의 품새까지 시작해 버렸다.

넓다고는 해도 보물 창고다. 많은 귀중품들이 놓인 그곳에서 거친 동작을 하게 되면 어떤 사태가 벌어질까. 신이 난 에르나는 거기까지 생각하지 못했다.

"앗……."

옆으로 휘두른 검이 천으로 싸여 있던 상자에 닿았다. 그리고 에르나의 날카로운 참격은 상자를 두 동강 냈다. 게다가 그 상자에서 뿜어져 나온 강한 마력으로 인해 보물 창고를 비추고 있던 마도구도 고장. 방 안이 완전히 어두워져 버렸다.

암흑 속에서 쿠웅, 묵직한 소리를 들은 에르나의 마음이 점점 싸늘해졌다. 잠시 후, 에르나의 눈이 어둠에 익숙해졌다.

살펴보니 상자 안에 있던 사람 머리보다 큰 보옥이 두 동강 나 있었다.

보물 창고에 있던 물건을 베어 버렸다. 그 사실로 인해 에르나는 당황했고, 어떻게든 보옥의 위쪽 절반을 들어서 붙이려 했지만, 깔끔하게 절단된 보옥이 원래대로 돌아올 리는 없었다.

잠시 우왕좌왕하던 에르나는 어떻게 해볼 수 없는 상황과 불안한 마음을 견디지 못하고 울음을 터뜨려 버렸다.

"흑……, 흐흑……, 훌쩍……, 아버니임……."

"응? 누가 있어? 뭐야, 완전히 깜깜하잖아."

그 때, 에르나가 들어온 통풍구를 통해 한 소년이 들어왔다. 검은 머리카락에 검은 눈. 일곱 살이 된 아르노르트였다. 항상 아지트처럼 이용하던 보물 창고에 먼저 온 손님이 있었던 것, 그리고 안이 완전히 캄캄하다는 사실에 놀라던 아르도 금방 에르나가 울고 있다는 걸 눈치챘다.

"울고 있는 거야?"

"흐윽……, 훌쩍……."

밤눈이 어두운 아르는 어둠 속에 있는 사람이 어떤 특징을 가지고 있는지 알 수 없었다.

하지만 울음소리로 보아 나이가 비슷한 여자애라는 건 알 수 있었다.

아르는 손으로 주위를 더듬으며 나아가다가 금방 무언가가 부서져 있다는 사실을 눈치챘다.

"완전히 망가졌네……. 이거, 그 보옥이잖아."

"보, 옥……?"

"그래. 대사에게 줄 선물이라던데."

"대, 사……? 흑흑……."

"아~! 울지 마, 울지 마! 내가 어떻게든 할 테니까."

그 말은 우는 소녀를 달래기 위해 한 말이었다. 더 이상 울면 골치 아플 거라 생각해 꺼낸 말.

하지만, 상황이 바뀌었다.

"이곳이오, 대사님."

황제의 목소리였다. 아르는 한순간 당황했지만, 곧바로 상황을 이해하고는 에르나를 통풍구 쪽으로 보냈다.

"얼른 나가! 서둘러!"

"그래도……."

"됐으니까!"

아르는 어린 나이에도 지금 상황이 매우 심각하다는 걸 이해하고 있었다. 황제가 이곳에 온 건 대사에게 이 보옥을 보여주기 위해서다. 그런 와중에 물건이 망가져 있다면 황제가 격노할 게 분명하다. 황자라면 모를까, 그렇지 않은 아이의 소행이라는 걸 알면 어떤 처벌을 내릴지 모른다.

최악의 사태를 고려한 아르는 곧바로 에르나를 도망치게 했다. 그리고 에르나가 통풍구 근처까지 가자 보물 창고의 문이 열렸다. 이제부터 일어나게 될 사태를 짐작한 아르는 한숨을 한 번 쉬고는 숨을 크게 들이마시며 각오를 다졌다.

"이곳이 우리 나라의 보물 창고라네. 보옥은……, 응?"

"죄송합니다! 아버님! 망가뜨려 버렸습니다!"

아르는 일단 사과부터 하자는 심정으로 아직 상황을 파악하지

13

못한 황제에게 고개를 숙였다.

황제와 대사. 그리고 주위에 있던 사람들 모두가 한순간, 상황을 파악하지 못했다. 엄중하게 문단속을 해둔 보물 창고에 황자가 있고, 그 황자 옆에 보옥이 두 동강 나 있었다.

아무도 말을 꺼내지 않았다. 황제보다 먼저 뭔가 말할 용기가 없었던 것이다. 말뿐만이 아니었다. 아무도 황제의 얼굴을 볼 수가 없었다.

황제가 천천히 아르에게 다가갔다.

"정말로 네가 한 짓이냐? 아르노르트."

"네……."

"정말이지?"

"네, 정말입니다."

아르는 고개를 들고 대답했다. 그렇기에 아르만큼은 황제가 복잡한 표정을 짓고 있다는 사실을 알 수 있었다. 황제는 잠시 눈을 감고는 천천히 숨을 내쉬었다.

그리고 짜악, 메마른 소리가 울렸다.

"이! 멍청한 아들 녀석이! 이 보옥은 제국과 황국이 맺은 우호 관계의 증표다! 그걸 부수다니, 대체 무슨 짓이냐?! 너는 자신이 황자라는 자각도 없는 게야?"

"윽……, 죄송합니다……."

아르는 너무 아픈 나머지 볼을 누르며 눈물을 머금었다. 하지만 울지는 않았다.

울면 안 된다고 생각했기 때문이다. 아르는 알고 있었다. 에르나가 아직 밖으로 나가지 않았다는 것을. 그래서 아르는 울지 않았다. 울면 돌아올 것 같다는 느낌이 들었기 때문이다.

한편, 아르가 맞는 것을 본 에르나는 더욱 눈물을 흘리고 있었다.

어떻게 해야 할지 몰랐기에, 솔직하게 사실대로 말해야 할지 갈등했다. 하지만 그런 에르나에게 겁을 주는 듯이 황제의 성난 목소리가 울려 퍼졌다.

"누구 없느냐! 이 바보 같은 아들 녀석을 감옥에 가둬라! 1주일 동안은 꺼내주지 마라! 얼굴도 보기 싫다!"

"……죄송합니다……."

아르는 그저 사과만 할 뿐, 변명 같은 것을 하지 않았다. 끌려가는 아르를 그저 지켜보기만 하던 에르나는 이제 자기가 어떻게할 수가 없다는 사실을 깨닫고는 통풍구를 빠져나온 다음에 정신없이 달려가기 시작했다. 그리고 울면서 성안을 뛰어다니던 에르나는 겨우 아버지인 용작을 발견했다.

"에르나. 어디 갔었니?"

"아버님! 아버님! 황자가! 황자가!"

"잠깐만, 잠깐만. 진정해. 진정하고 이야기를 해보렴."

아버지가 타이르자 에르나는 눈물을 뚝뚝 흘리면서 사건의 전말에 대해 설명했다. 점점 어두워지는 아버지의 표정을 본 에르나의 마음은 다시 불안에 휩싸였다.

2

"그렇게 된 것입니다, 폐하. 전부 제 딸이 한 짓이며, 제대로 지켜보지 않은 제 책임이옵니다."

용작은 중신들과 향후에 대해 협의하던 황제에게 가서는 그렇게 말하며 고개를 숙였다.

옆에서는 에르나도 고개를 숙이고 있었다.

그러자 중신들은 저마다 아르에 대한 불만을 떠들어 댔다.

"그렇다면 그렇다고 사실대로 말하면 될 것을……."

"용작 가문의 명예가 중요하긴 하다만, 그 이상으로 황족의 명예가 더 중요하지! 허나, 대사 앞에서 일어난 일이니 이제 와서 착각이었다고 할 순 없단 말이다!"

"상황을 골치 아프게 만드는군……, 황족이 실수를 저지른 것이니 상대방은 강하게 나올 거다. 아가씨의 책임이 용작의 책임이라면, 황자의 책임은 황제 폐하의 책임이 되지. 어째서 그런 것도 모르는 게야?!"

"애초에 통풍구를 지나다닐 수 있게끔 만든 것도 아르노르트 황자다. 그것만으로도 충분히 문제 아닌가! 그 황자는 대체 무슨 생각을 하고 있는 건가! 정말!"

"이제 문제는 보옥이 망가진 것뿐만이 아니다. 황족이 망가뜨렸다는 사실이 남는 게 문제지. 상대방이 우호 관계를 맺을 생각이 없는 거냐고 따진다면 뭐라 변명할 수도 없으니!"

여기저기서 날아드는 아르에 대한 비난. 그게 아니다, 내가 잘 못한 거다, 에르나는 그렇게 말하고 싶었다. 하지만 그런 말을 할 수 있는 입장이 아니라는 사실도 잘 알고 있었다.

　그래서 에르나는 눈에 눈물을 머금으며 꾹 참고 있었다.

　황제는 그런 에르나를 보면서 한숨을 내쉬었다.

　"아르노르트가 누군가를 감싸고 있다는 건 알고 있었다. 설마 그 사람이 용작의 딸일 줄은 몰랐다만."

　"알고 계셨습니까?"

　용작이 묻자 황제가 고개를 끄덕였다.

　"보옥이 든 상자에는 방어용 마법이 걸려 있었다. 아무리 좋은 검이 있더라도 아르노르트가 벨 수는 없지. 그래서 한 번 더 물어보았다. 그럼에도 그 녀석은 자기가 했다고 우겼다. 대사도 있으니 그냥 보낼 수도 없는 상황이었지. 어쩔 수가 없었다."

　황제는 한숨을 크게 쉬고는 옥좌에 등을 기댔다.

　원래 세워둔 계획은 무너졌다. 다시 보옥을 마련하더라도 황국은 받지 않을 것이다. 황족이 저지른 실수라는 것을 내세우며 광산 같은 것들을 요구할 것이다. 그렇다고 해서 그곳에서 곧바로 조사하겠다고 하면 대사는 의심하는 눈초리로 볼 것이다. 조사한 결과, 있는 그대로 에르나가 저지른 짓이라고 해봤자 믿지 않을 것이다. 믿으려 하지 않을 것은 뻔하다.

　그곳에 아르가 있었던 이상, 그것 말고는 다른 방법이 없었다. 이를 알고 있었기에 황제도 아르를 감옥에 가둔 것이다.

"용작. 그렇게 된 거다. 미안하지만, 지금 에르나가 정직하게 나서봤자 의미가 없다. 이제 와서 아르노르트를 용서할 수는 없단 말이다."

"그럴 수가……!"

에르나는 자기도 모르게 목소리를 내버렸다. 그곳에 있던 모든 이들의 시선이 에르나에게 쏠렸다.

싸늘한 어른들의 시선을 본 에르나는 겁을 먹었지만, 눈을 피하지는 않았다.

그런 와중에 한 여자가 그곳에 들어왔다.

"어린아이에게 보낼 시선은 아닌 것 같군요."

나타나자마자 그렇게 말한 사람은 까만 드레스를 입은 흑발의 여자.

황제의 제6비이자 아르의 어머니, 미츠바였다.

하필이면 이런 곳에. 중신들은 일제히 인상을 찌푸렸다. 어머니인 만큼 아르를 감옥에서 꺼내 달라고 할 게 뻔하기 때문이다.

하지만 예상과는 달리 미츠바는 아무런 말도 하지 않고, 에르나에게 다가갔다.

"네가 용작 가문의 따님이니?"

"네, 네……."

"용케도 솔직하게 말했구나. 기특해. 네 대신이라면 그 아이도 감옥에 들어간 걸 후회하지 않을 거야."

미츠바는 그렇게 말하고 미소를 지으며 에르나의 머리를 쓰다듬었다.

그 모습을 본 중신들은 깜짝 놀랐고, 황제는 쓴웃음을 지었다.

"미, 미츠바 님……, 아르노르트 전하 때문에 오신 것이 아닙니까?"

"부르시길래 온 것뿐이에요. 저는 딱히 아르에 대해 이러쿵저러쿵 따질 생각이 없습니다. 그 아이는 그 아이 나름대로 생각해서 이 아이를 감쌌지요. 그렇다면 이 아이가 받아야 했던 벌을 받는 것도 당연할 거예요. 그걸 알면서도 감싸 주었으니까요. 그 아이의 책임이에요."

"그, 그야 그렇겠습니다만……."

"그리고, 제가 폐하께 용서해 달라고 애원해서 아르를 감옥에서 꺼내면 어떻게 되죠? 각오를 다지고 여자애를 감싸 줬는데 결국에는 어머니가 구해 준다면 그 아이의 체면이 뭉개질 거예요. 아르는 자신의 판단으로 이 아이를 구했어요. 그 공적은 그 아이의 것이지요. 저는 아이의 공적을 가로챌 생각이 없답니다. 덧붙여 말하자면, 아르가 감옥 안에서 후회한다 해도, 그것도 나름대로 그 아이에게 도움이 될 거라 생각해요. 다른 사람을 감싸 주는게 힘든 일이라는 걸 알게 될 테고, 항상 자신이 풍족한 환경에서 살아왔다는 사실도 알게 될 테니까요."

쌀쌀맞다고도 할 수 있는 미츠바의 생각을 들은 중신들은 입을 다물었다. 자기 아들, 그것도 황자가 감옥에 갇혔는데도 아무렇지도 않게 그 아이의 책임이라 말할 수 있는 미츠바는 보통이 아니다.

중신들이 알고 있는 황비 대부분은 자기 아이가 귀여워서 어쩔 줄 모르는 사람들뿐이기 때문이다.

"미츠바는 내가 불렀다. 네가 탄원하면 아르노르트를 감옥에서 꺼내 줄 생각이었다만."

"그럴 필요 없습니다. 저는 항상 그 아이가 자유롭게 행동하게 두고 있어요. 그럴 때면 반드시 자기가 책임져야 한다고 말했죠. 공부하지 않고 노는 것도 자기 마음이에요. 그리고, 그로 인해 지식을 갖추지 못하는 건 그 아이의 책임이죠. 주위 사람들이 비난하거나 바보 취급하는 것도 그 아이의 책임이에요. 이번에도 마찬가지입니다. 그 아이는 자기가 책임지고 움직인 겁니다. 그 결과, 이 아이를 감싸 주다가 감옥에 갇히게 되었죠. 전부 그 아이의 책임이에요."

"휴우……, 내게 용서하지 말라는 거로군."

황제는 곤란하다는 듯이 머리를 긁었다. 황제로서 아이의 응석을 다 받아줄 수는 없다. 그래서 어머니인 미츠바를 부른 것이다. 어머니가 애원하니 어쩔 수 없다는 식으로 얼버무릴 수 있기 때문이다.

하지만 실제로는 용서한 뒤 감옥에서 꺼내주고 싶은 게 황제, 감옥에서 꺼내주지 말라는 사람이 미츠바였다. 다른 황비라면 절대로 있을 수 없는 구도다.

"미츠바 님, 외람된 말씀입니다만 그렇게 마음대로 행동하게 내버려 두시는 교육 방침 때문에 이번에 심각한 상황이 생겼습니다. 너무 황자를 마음대로 행동하게 내버려 두지는 않으셨으면 합니다만."

"무슨 문제가 있다는 거죠? 황국의 대사님께 드릴 보옥이라면 다시 마련하면 되지 않나요? 다른 황자나 황녀들에 비해 아르는 돈이 적게 드는 편이에요. 보옥 하나 정도 금액은 남을 텐데요."

그 말을 듣고 먼저 말을 꺼냈던 외무대신은 정색했다.

무용수 출신인 미츠바를 깔보는 대신이나 귀족들이 많았다. 겉으로는 예의를 지키면서도 마음속으로는 벼락출세한 여자라고만 생각하는 것이다. 미츠바가 좀 더 내성적이었다면 대신들도 미소를 지으며 이야기하겠지만, 미츠바는 빈말로도 내성적이라 할 수 없는 여자였다.

"돈 문제가 아닙니다. 이제 황국의 대사는 보옥만으로 만족하지 않을 겁니다."

"그럼 돌아가시라고 하죠."

"에휴……, 정말이지. 미츠바 님께 정치 이야기를 한 제 실수로군요."

황제 앞에서 황비를 모욕한 것에 가까운 발언이었다. 외무대신이 한 말을 듣고 재상인 프란츠가 질책하려 했지만, 황제가 손을 들어 말렸다.

그리고 재미있다는 듯이 미츠바를 바라보았다.

"정치 이야기라고요. 제가 정치 이야기를 잘 모르긴 합니다. 하

지만 제가 대신이라면 어설픈 짐작으로 전쟁을 벌이는 데 찬성하
진 않았을 거예요. 페를랑 왕국과 전쟁을 벌이면 친분이 있는 알
바트로 공국이 해상에서 지원하리라는 건 뻔한 사실이었죠. 전선
에서 몇 번이나 보급로를 끊었지만, 해로를 통한 보급 때문에 물
거품이 되었다죠? 원래는 알바트로 공국을 외교적으로 견제하고
소칼 황국과 불가침 조약을 맺고 나서 전쟁을 벌였어야겠죠. 그
런 사전 준비도 없이 전쟁을 벌이는 데 찬성하다니, 저는 도저히
그럴 수 없을 것 같네요."

"그, 그건……."

"물론, 정치를 잘 모르는 저도 알고 있는 내용이니 총명하신 외
무대신님이라면 다 알고 계셨을 거예요. 당연히 지금 같은 상황
도 예측하고 계셨겠지요. 설마 소칼 황국에 대해 소극적인 외교
만 한다는 방법만 생각하진 않으실 테고요. 부디 정치를 잘 모르
는 제게 이 상황을 해결할 방법을 가르쳐 주실 수 있을까요?"

"……제, 제가 실언을 했습니다. 부디 용서하시길……."

외무대신은 그렇게 말하며 고개를 숙였다. 대신들 중 절반 정
도는 동정하는 눈초리로 보았고, 나머지 절반은 바보 같은 녀석
이라는 눈초리로 보았다.

다른 나라들을 여행하던 미츠바는 황비들 중에서도 특히 견식
이 넓다. 집 안에서만 자란 화초가 아닌 것이다. 다른 황비와 마
찬가지일 거라 생각하다가는 쓴맛을 볼 게 뻔하다.

미츠바가 기분 좋게 한 방 먹여주는 모습을 본 황제는 만족스

러운 듯이 고개를 끄덕였다.

그런데 이번에는 미츠바의 혀가 황제 쪽으로 쏠렸다.

"폐하. 마침 좋은 기회인 것 같으니 말씀드리겠습니다."

"으, 으음……, 뭐지?"

"황제답게 행동하십시오. 저는 다른 나라의 안색을 살피거나 하는 분의 부인이 된 기억이 없습니다."

신랄하다고도 할 수 있는 말을 들은 황제는 인상을 찌푸렸고, 프란츠는 이마에 손을 짚었다.

미츠바는 그런 두 사람에게 말했다.

"소칼 황국에 보옥을 넘기고 시간을 벌자는 제안을 한 사람이 재상이지요?"

"그렇습니다. 미츠바 님."

"제국의 상황을 감안하면 타당한 판단일 겁니다. 하지만 소극적인 외교는 상대방을 기세등등하게 만듭니다. 폐하의 치세에 들어선 뒤로 제국은 강한 자세를 유지해 왔습니다. 지금 약한 자세를 보이면 쓸데없는 착각을 불러일으킬 것 같은데요?"

"맞는 말씀입니다. 하지만 페를랑 왕국과 정전 협정을 맺을 때까지는 황국과 맞서 싸우는 건."

"그렇다면 외무대신을 보내서 즉각 정전 협정을 맺으면 될 텐데요."

설마 자신을 지명할 줄은 생각하지 못한 외무대신이 깜짝 놀랐다.

못 하겠다는 말은 하지 마라. 미츠바가 한 말에서는 그런 의지가 느껴졌다. 전쟁이 벌어지더라도 적국과의 외교 라인을 확보해 두는 것이 외무대신의 역할이기 때문이다.

"그래선 적국이 약점을 파고들 가능성이 있습니다."

"이대로 진흙탕 싸움이 되는 것보다는 나을 텐데요. 해로를 통해 지원받고 있는 페를랑 왕국을 무너뜨리는 건 매우 힘들 테니까요. 그리고 페를랑 왕국도 제국의 약점을 파고들진 않을 겁니다. 제국이 입장만 분명히 한다면 일부러 나서지는 않을 테니."

"입장이라뇨?"

"아인을 보호한다는 입장 말입니다. 드워프를 받아들이셨을 때, 폐하께서는 그러한 입장을 보이셨습니다. 페를랑 왕국과 즉시 정전을 맺는 이유는 아인을 지키기 위해서. 모두가 그렇게 생각하는 와중에 약점을 파고들어 봤자, 페를랑 왕국 안팎에서 불만이 쏟아지겠지요."

각지를 여행하던 미츠바는 알고 있다.

국내에 아인이 거의 없는 황국과는 달리 제국과 왕국은 국내에 많은 아인들이 있다. 그런 이상, 아인들이 엮인 문제에 대해 두 나라가 선택할 수 있는 건 한 가지 길밖에 없는 것이다.

"한번 정하시지 않았습니까. 아인을 보호하시겠다고요. 어째서 그걸 뒤흔드시려는 건가요?"

"나라를 생각하기 때문이다."

"나라를 생각하시려면 강한 황제로 계셔야 합니다. 폐하, 아이들은 어른들이 생각하는 것보다 많은 생각을 합니다. 아르는 나름대로 많은 생각을 했겠지요. 제국, 폐하, 그리고 울고 있던 이 아이. 그 아이는 모든 것을 생각하고 나서 자신이 죄를 뒤집어쓸 각오를 한 겁니다. 황제를 속인 것, 황족의 명예에 흠집을 낸 것. 양쪽 다 황자로서는 있어선 안 되는 일입니다. 하지만 그 아이는 황자로서, 남자아이로서 자신의 각오를 보였고, 그것을 관철했습니다. 많은 사람들이 그 아이를 비난하더라도 저는 그 아이를 칭찬해 주고 싶네요. 그 아이가 황자로서 확실한 자질을 보였기 때문입니다. 드러낸 각오를 관철한다. 그건 황자로서 중요한 자질일 겁니다. 그리고 황제로서도요. 당신의 아들이 할 수 있는데, 폐하께서 못 하시는 일은 없겠지요."

미츠바가 한 말을 듣고 황제는 한동안 천장을 올려다보았다. 그리고 크게 숨을 내쉬었다.

드워프 나라가 침공당한 이후로 계속 미간에 자리잡고 있던 주름이 펴졌다.

털어냈다. 자신의 황비가 한 말과 자기 아들이 한 행동으로 인해.

"프란츠. 뭔가 반론할 게 있나?"

"그럼에도 불구하고 저는 안전한 방법을 선택해야 한다고 생각합니다만……, 그것이 폐하의 주의에 어긋난다는 것도 잘 알고 있습니다."

"으음. 미츠바가 말한 대로 아르는 어찌 됐든 각오를 관철했다. 나는 그것을 받아들이고 인정해 주고 싶구나. 나와 미츠바 말고 누가 받아들일 수 있나? 누가 인정해 줄 수 있지? 우리는 그 아이의 부모다. 그러니 부모다워야만 한다. 아들보다 뒤처지는 아버지가 아들을 받아들이고 인정해 줄 수는 없으니 말이야. 나는 부모로서, 황제로서 자랑스러운 모습을 보여줄 게다."

황제는 시원스러운 표정으로 말했다. 그 옆에서 프란츠가 한숨을 크게 쉬었다. 모처럼 안전한 방법을 쓰게 했는데, 결국 이렇게 되어버릴 줄이야.

프란츠는 약간 원망스러운 듯이 미츠바를 보았지만, 그녀는 이미 발걸음을 돌린 상태였다.

그 모습을 본 프란츠는 작은 목소리로 속삭였다.

"폐하. 저는 미츠바 님이 꺼끄럽습니다……."

"신기한 우연도 있군. 나도 꺼끄럽다……."

"그렇다면 어째서 황비로 삼으신 겁니까……?"

"멋진 여자라고 생각했기 때문이다……. 딱히 틀린 생각도 아니었고."

황제는 만족스럽게 고개를 끄덕이고는 자리에서 일어났다. 그리고 지시를 내리기 시작했다.

"근위기사단 대장들을 전부 불러라. 용작은 물러가도록. 단, 만에 하나의 경우에는 곧바로 연락하겠다. 준비해 두거라."

"네."

"아, 그리고 아르노르트를 데리고 오거라. 보여주어야만 한다. 황제의 모습을 말이야."

황제는 그렇게 말하며 씨익 웃었다. 그렇게 어린애 같은 황제를 보고 프란츠는 어이없어하면서도 황제가 말한 대로 행동하기 시작했다.

■ ■ ■

옥좌의 방에는 황제와 재상, 그리고 근위기사단 대장들이 나란히 서 있었다.

제국이 자랑하는 강자들에게 둘러싸인 대사는 약간 긴장한 기색을 보이며 물었다.

"폐, 폐하……, 이야기하실 내용이란 대체……?"

"으음. 좀 전에는 아들이 실례했다. 그래서 사과하는 의미로 새로운 보옥을 준비하지. 그걸 가지고 돌아갔으면 한다."

"그것 말씀이셨군요……. 폐하, 저희 황국이 보옥을 필요로 하긴 합니다. 하지만 일정한 양의 보옥은 드워프 나라에서 손에 넣었습니다. 지금 필요한 것은 그것을 가공할 드워프들의 기술입니다. 부디 드워프들을 넘겨주셨으면 합니다. 아니면 그에 필적할 만한 것을 따로 주셨으면 합니다. 그러지 않으신다면 저희는 제국이, 황국과의 우호 관계를 원하지 않는다고 전할 수밖에 없습니다."

"흐음……, 그렇다면 그렇게 전하거라."

"……네?"

우쭐거리던 대사는 한순간, 황제가 한 말을 이해하지 못했다.

하지만 황제의 날카로운 시선을 보고는 황제의 의도를 이해했다.

"……저희 황국을 적대시하시겠다는 뜻입니까?"

"그렇다. 제국은 한번 맞이한 자를 내쫓는 관습이 없다. 보옥으로 만족하지 못하겠다면 더 이상 교섭할 의미가 없겠지."

"……제국은 왕국과 전쟁 중입니다. 황국과도 싸우려는 건 바람직하지 않을 것 같습니다만?"

허세다. 대사는 그렇게 짐작했다.

강하게 나오는 것처럼 보일 뿐, 전쟁을 각오하지는 않았다.

대사는 그렇게 생각했기에 여유로운 표정을 무너뜨리지 않았다. 하지만.

"이미 왕국에는 정전을 위한 사자를 보냈다. 아인을 지키기 위한 싸움이다. 왕국도 이해하겠지."

"설마……."

"직접 말하지 않으면 믿지 못하겠나? 그렇다면 말해 주마. 갈 곳을 잃고 우리 나라에 온 백성들은 내 백성들이다. 지금 이 순간, 제국 안에 뿌리를 내린 자들은 내가 지켜야만 하는 백성들이다. 누구에게도 양보할 생각은 없다. 원한다면 빼앗아 보거라. 하나, 빼앗겠다면 그에 맞는 각오를 다지고 오도록. 내가 몸소 여기 있는 근위기사단을 이끌고 상대해 주마."

대사의 볼에 식은땀이 흘러내렸다. 제국 근위기사단. 일기당천의 강자들로 구성된 그 기사단을 황제가 이끌겠다는 건 진심이라는 뜻이다.

아무리 왕국에 정전을 위한 사자를 보냈다 하더라도 금방 이야기가 마무리될 리가 없다. 그동안에 황국이 쳐들어가면 양면으로 전쟁을 벌일 수밖에 없다.

하지만 황제는 그래도 상관없다고 한 것이다.

"······제국이 자랑하는 용작 가문을 동원하실 생각이신지?"

"그렇고말고."

"······성검을 함부로 쓰면 다른 나라들이 무슨 말을 할지 모릅니다만?"

"아인을 지키기 위한 싸움이다. 대의는 우리에게 있다. 인류의 재산인 성검을 전쟁에 동원한다 하더라도 다른 나라들이 불평하지는 못할 거다. 만약에 황국이 멸망한다 하더라도 말이다."

황제가 그렇게 말하자 대사는 황제의 각오를 깨달았다. 해야 한다면 철저하게. 지금 황제는 황국을 멸망시킬 각오마저 다진 채 회담에 임하고 있다.

그런 황제에게 주눅이 든 대사는 오기를 부리며 말했다.

"후회하실 텐데요······?!"

"제국을 얕보지 마라. 우리 나라는 다른 나라의 안색을 살피지도 않을 것이고, 굽실대지도 않을 것이다. 전쟁 같은 걸 두려워하지도 않는다. 하지만 약하게 보이는 것만큼은 참을 수 없지! 우리 제국은 강한 나라이고, 나는 강한 황제다! 돌아가서 너희 나라에 전하도록. 교섭은 실패했다고 말이다."

황제가 일갈하자 대사는 분한 마음에 인상을 찌푸리면서 그곳을 떠났다. 황제는 근위기사단 대장들을 물러가게 한 다음, 옥좌의 방 구석에서 모든 것을 보고 있던 아르노르트를 불렀다.

"아르노르트."

"네, 아버님……."

황제는 다가온 아르노르트의 머리에 손을 얹었다.

그리고 천천히 그 머리를 쓰다듬었다.

"이게 네 아버지가 하는 일이다. 결단하는 것. 그것이 황제의 역할이다. 선악을 떠나 결단하는 것이 일이다. 그것을 형태로 만드는 것은 신하의 역할이지."

"그래서 고생이 많지요."

"용서하거라……, 아르노르트에게 보여줘야겠다는 생각이 들었단 말이다. 올바른 황제의 모습을. 알겠나, 아르노르트. 나중에 네가 제위를 목표로 삼거나 누군가를 황제로 만들겠다고 생각했을 때. 오늘 본 내 모습을 떠올리거라. 제위를 목표로 삼으려면 나를 흉내 내거라. 누군가를 황제로 만들려면 나와 비슷한 자를 선택하거라. 이 모습이 네게 주는 상이다. 하지만 감옥에는 다시 들어가라. 알겠지?"

"네!"

장난기 어린 미소를 지은 황제를 보고 아르도 비슷한 미소를 지었다.

그 모습을 보고 있던 프란츠는 닮은 부자라고 생각하며 앞으로 기다리고 있을 막대한 업무를 생각하며 낙담했다.

■ ■ ■

그리고 현재.

"어머님. 왜 반쪽만 남은 보옥을 장식해 둔 거야……?"

"그건 행운의 보옥이란다."

"행운? 반쪽밖에 없는데?"

"그래. 그 보옥 덕분에 아르가 보물을 손에 넣었으니까."

미츠바는 크리스타를 무릎에 앉힌 채 그렇게 말하며 그날을 떠올렸다.

황제가 결심을 굳힌 다음, 에르나는 미츠바를 쫓아왔다.

그리고 용작과 함께 진심으로 사죄했다. 그러자 미츠바는 언젠가 그 아이가 곤란한 상황에 처하면 도와주라고 말했다.

그러자 에르나는 용작의 검을 빌려 미츠바에게 맹세했다.

'저는 두 번 다시 아르노르트 황자를 저버리지 않겠습니다'라고.

그날, 그 행동을 통해 아르는 제국 최강의 검을 손에 넣었다. 본인은 전혀 눈치채지 못했지만. 미츠바는 일부러 그날 구해 준 소녀가 에르나라는 걸 말하지 않았다. 언젠가 에르나가 직접 말하리라 생각했기 때문이다.

"어떤 보물인데?"

"검이야. 정말 훌륭한 검. 아르는 버거워하는 것 같긴 하지만."

"하긴. 아르 오라버니하고 검은 어울리지 않아."

크리스타와 미츠바는 그렇게 말하며 함께 웃었다. 그런 와중에도 미츠바는 아르를 생각했다.

아르는 이상적인 황제상을 보았다. 그렇기에 레오를 황제로 만들려 하고 있다.

왜냐하면 아르에게 있어서 황제란 되는 것이 아니라 보는 것이기 때문이다. 자기가 황제가 되려 하지는 않는다.

훌륭한 황제가 된 레오를 보는 것이 지금 아르의 꿈이라 해도 과언이 아니다. 그래서 미츠바는 약간 걱정이 되기도 했다.

아르가 꿈꾸는 미래 예상도에, 아르가 그려져 있지 않은 것 같은 느낌이 들었기 때문이다.

"보고드립니다. 방금 전령이 도착했습니다. 레오나르트 황자와 아르노르트 황자께서 귀환하시는 모양입니다."

"정말이야?!"

"어머, 그럼 마중 나갈까?"

미츠바는 그렇게 말하며 자신의 사소한 걱정을 마음속 한구석으로 제쳐 두었다.

지금은 아직 생각할 때가 아니기 때문이다.

"콜록, 콜록……. 춥네. 겉옷을 걸치고 갈까……."

"또 감기야?"

"그래. 금방 나을 거란다."

미츠바와 크리스타는 그런 이야기를 나누며 손을 잡고 두 사람을 마중하러 나섰다.

3

옥좌의 방에는 중신들과 황제의 아이들이 모여 있었다. 그런 와중에 레오는 이번 건에 대해 보고해 나갔다. 일단 나도 레오 뒤에서 무릎을 꿇고 있긴 하지만, 입을 열지는 않았다.

"해룡을 토벌한 뒤, 알바트로 공국과 론디네 공국이 동맹 관계를 유지한다는 것을 다시 확인하였습니다. 한동안은 남부에서 전쟁이 일어나지 않을 겁니다."

"으음. 고생이 많았구나. 내가 생각했던 것보다 더 힘든 임무를 줘버렸다. 허나 그것을 훌륭하게 해결해 낸 수완. 대단하구나."

"감사합니다."

레오를 칭찬하는 아버님은 만족스러워 보였다. 뭐, 당연하지.

남부의 전쟁에 휘말리지 않게 되었고, 해룡을 토벌함으로써 제국의 명성을 떨쳤다. 알바트로 공국은 정식으로 제국과 국교를 맺고 싶다고 제안하기도 했으니 이번 건은 전부 다 바람직하게만 끝났다.

그리고 그것은 레오의 공이 된다.

"상을 주어야만 하겠구나. 레오나르트, 원하는 게 있느냐? 원한다면 대신 자리를 줄 수도 있다만?"

그 순간, 대신들과 형제자매들의 표정이 얼어붙었다.

대신 자리를 차지한 황족은 에리크뿐. 아버님은 그와 동등한 입장으로 올려주겠다고 한 것이다.

각 세력에 소속된 대신들은 물론이고 고든, 잔드라도 마음에 들지 않을 것이다.

에리크는 그나마 표정에 드러내지 않았지만, 안경 너머로 날아드는 시선은 평소보다 싸늘했다.

하지만 어설프게 권력을 얻으면 움직이기 힘들게 되고, 주위 세력이 집중포화를 가할지도 모른다. 이미 공무대신은 이쪽 편이다. 일부러 대신 자리를 얻으려 할 필요는 없다. 그런 것들은 이미 레오와 의논했다.

"감사한 말씀이긴 합니다만, 지금 저는 대신 같은 직책을 감당할 수가 없습니다."

"그런가? 그렇다면 달리 원하는 게 있나?"

아버님도 상을 주지 않고 넘어갈 수는 없다.

앞으로 레오에게 못 미치는 공적을 세운 자가 생겨도 상을 주지 못하게 되니, 레오는 상을 받아야만 한다. 레오나르트 황자가 상을 사양했으니 아랫사람도 상을 사양하게 되기 때문이다.

"네. 실은 대사로서 출발하기 전에 남부 출신인 소녀가 마을의 문제를 해결해 달라고 애원한 적이 있습니다. 대사의 임무가 있기에 곧바로는 힘들겠다고 했습니다만, 이렇게 무사히 돌아왔으니 그 소녀의 문제를 해결하고 싶습니다."

"호오? 일을 마친 뒤에 바로 일을 하겠다는 건가? 부지런한 녀석이로군. 그렇지 않나? 아르노르트."

"네. 저는 흉내 낼 수도 없습니다."

"훗, 그럴지도 모르겠군. 그래서? 그 문제가 뭐지?"

"납치라고 합니다."

"영주에게 부탁하지 않고 네게 부탁한 이유는 뭔가?"

"……유민 마을이기에 영주가 대처하지 않았다고 합니다."

"뭐라고?"

기분이 좋아 보이던 아버님의 표정이 단숨에 험악해졌다.

11년 전. 소칼 황국과 가진 회담에서 아버님은 모든 유민을 제국의 백성으로 인정했다. 다시 말해 그 시점에 존재하던 유민 마을은 전부 제국의 마을이라는 뜻이다.

"그 마을은 언제부터 존재했지?"

"소녀가 태어나기 전부터 있었다고 하니 11년 전에는 존재했을 겁니다."

"나를 업신여기다니! 내 말 따위는 듣지 않아도 된다는 건가?!"

분노한 아버님이 옥좌에서 일어섰다. 주위에 있던 모두가 무릎을 꿇고 아버님에게 고개를 숙였다. 그리고 재상인 프란츠가 대표로 이야기를 꺼냈다.

"화를 가라앉혀 주십시오. 황제 폐하."

"이게 냉정해질 문제인가?! 11년 전, 나는 모든 영주들에게 호령을 내렸다! 모든 유민은 제국의 백성이라고! 그 명령이 지켜지지 않고 있잖느냐?! 그 호령을 업신여기는 것은 나를 업신여기는 것이다!"

"아직 그게 사실이라 밝혀진 것도 아닙니다. 그러니 레오나르 트 황자가 그것에 대해 조사하고 싶다고 하는 것입니다."

"아니 된다! 내가 직접 조사해서 사실이라면 그 영주의 목을 쳐 주마!"

"변경에서 일어나는 일에 황제 폐하께서 전부 관여하시면 나라 가 돌아가질 않습니다. 이번에는 레오나르트 황자에게 맡겨 주십 시오."

프란츠가 간언하자 아버님도 겨우 화를 가라앉혔는지 짜증난 다는 듯이 옥좌에 앉았다.

그대로 레오가 남부 조사를 명령받고 끝날 줄 알았는데, 쓸데 없는 짓을 하려는 두 사람이 있었다.

"폐하. 레오나르트는 임무를 마친 직후입니다. 이번에는 제게 맡겨주십시오."

"아뇨, 폐하. 임무를 마친 직후인 레오나르트나 여자인 잔드라 가 아니라 제가 가게 해주십시오. 최근에는 몸이 둔해져서 말이 죠. 제국의 법을 때려 박아 주겠습니다."

제일 먼저 나선 건 잔드라였다. 당연할 것이다. 남부는 잔드라 의 어머니 쪽 가문이 영향력을 지니고 있는 지역이다. 남부에서 무슨 일이 생기면 잔드라 진영은 큰 타격을 입게 된다.

그 뒤에 나선 고든도 슬슬 공적을 세우고 싶을 것이다. 고든은 장군이긴 하지만, 전쟁이 없으면 무훈을 세울 수가 없다.

하지만 둘 다 아버님의 상태를 보고 간언했어야 했다.

"네놈들! 이 문제를 제위 쟁탈전의 도구로 삼을 셈이냐!"

아버님은 그렇게 말하며 다시 분노했다. 공을 세우려고 너무 성급하게 나섰군. 유민 문제는 아버님에게 있어서 골칫거리다.

황제가 선언했다고 해서 모든 유민이 제국의 백성으로 인정받는 것은 아니다. 제도나 그 주변이라면 모를까, 변경에서는 여전히 유민에 대한 차별이 남아있고, 린피아네 마을 같은 이야기도 그리 드물지 않다.

이번 경우가 특이한 것은 린피아가 제도까지 찾아왔다는 점이다. 황족에게 직접 부탁하면 어떻게든 될 거라고 짐작한 건 대단하다고밖에 할 수가 없다.

그건 분명히 사실이다. 아버님에게 있어서는 체면이 걸린 문제이니, 제위 쟁탈전에 참가한 사람들이 해결하면 그만큼 아버님이 품을 인상이 좋아질 수밖에. 다만…….

"이 문제는 네놈들 문제가 아니라 내 문제다! 제위 쟁탈전의 도구로 삼진 않을 게야! 어리석은 녀석들! 잔드라! 네놈 어머니는 남부 출신이잖나! 이 문제에 깊게 관여했을지도 모른단 말이다! 좀 자중하거라! 고든! 항상 힘으로만 밀어붙이는 네놈에게 섬세한 문제를 맡길 리가 없잖나! 둘 다 머리를 좀 쓰지 못할까!"

""소, 송구합니다…….""

질책당한 두 사람은 한목소리로 대답하며 한 발짝 물러섰다.

분노를 어느 정도 두 사람에게 쏟아 낸 덕분인지, 아버님은 숨을 내쉬며 차분한 표정으로 레오를 보았다.

"레오나르트. 너를 순찰사로 임명한다. 남부 변경의 문제를 철저하게 조사하거라."

"네!"

"타협은 일절 용납하지 않겠다. 모든 죄를 밝혀내거라. 제국에서 납치는 중죄다. 그것을 간과하는 것 또한 중죄다. 관여한 자들에게는 자비를 베풀지 말거라."

아버님은 그렇게 강한 말투로 레오에게 명령했다.

잔드라를 힐끔 보니 얼굴에 초조한 기색이 드러나 있었다. 보아하니 잔드라의 어머니 쪽 친가도 적지 않게 관여했을 것 같다. 혹시나 린피아가 말한 대로 영주가 납치 사건과 관련이 있고, 그 배후에 잔드라의 어머니 쪽 가문이 있다면.

무척 까다로운 문제가 되겠지만, 해결만 하면 그것만으로도 잔드라에게 강력한 일격을 선사해 줄 수 있다.

우리가 자리를 비운 동안에 레오의 세력을 뭉개버리지 않았던 걸 후회하라고.

이번 건을 통해 레오는 명실공히 제위 쟁탈전의 후보가 되었다. 아군도 늘어날 것이다. 이제 간단히는 뭉개버릴 수 없다. 지반은 다져지고 있다. 지금부터가 진짜 싸움이다.

"회의는 이상이다. 모두 물러가도록."

아버님이 그렇게 말했기에 나도 물러가려 했다. 하지만.

"아르노르트. 잠깐 남거라."

"네?"

"남거라."

"네⋯⋯."

왜 나만⋯⋯.

나는 그렇게 생각하며 자리에 남았다. 그리고 옥좌의 방에는 나와 이버님, 재상인 프란츠만이 남았다.

무슨 말을 하려나 생각하고 있자니 아버님은 말하기 껄끄럽다는 듯이 입을 몇 번 벌리다가 결국에는 포기하고 프란츠에게 떠넘겼다.

"맡기마! 프란츠!"

"직접 말씀하신다고 하셨잖습니까."

"됐으니까 네가 말해라!"

"에휴⋯⋯, 아르노르트 황자. 폐하께서 남으라고 하신 건 동부 국경에 계신 제1황녀 전하 때문입니다."

"누님이 왜요?"

"실은⋯⋯, 혼담이 들어왔습니다."

"거절하겠습니다."

곧바로 거절하자 아버님과 프란츠가 한심한 표정을 보였다.

정말. 그 표정만 보면 아무도 제국의 황제와 재상이라고 생각하지 않을 텐데.

"그, 그러지 마시고⋯⋯, 폐하의 따님은 세 분. 크리스타 전하께서는 아직 어리시고, 잔드라 전하께서는 결혼하지 않겠다고 하십니다."

"그렇다고 해서 누님께 혼담이라니, 말도 안 되죠. 동부 국경 전군을 맡고 있는 원수인데요? 제국에 세 명밖에 없는 원수 아닙니까? 명령할 수 있는 사람은 아버님밖에 없잖아요?"

"그렇다고 해서 이대로 내버려 두면 시집갈 곳이 없어진다! 그녀석은 벌써 스물다섯 살이란 말이다?!"

"그렇게 생각하신다면 직접 말씀하시지 그러십니까."

"몇 번이나 편지를 보냈다! 그리고 몇 번이나 거절당했지! 나중에는 혼담을 받아들일 거라면 차라리 황족을 그만두겠다는 말까지 꺼내더구나! 그 불효녀가!"

"본인이 하고 싶지 않다면 상관없지 않습니까……."

"나는 부모다! 딸의 장래를 걱정할 의무가 있다! 알겠느냐! 아르노르트! 너는 크리스타와도 사이가 좋고, 그 녀석도 너를 마음에 들어한다. 일단 편지를 보내 제도로 오게끔 설득하거라. 그러지 못한다면 네가 동부 국경으로 가거라!"

그건 너무나도 부조리한 명령이었다. 그런 명령을 내릴 거라면 차라리 황명으로 불러들이시지.

그러지 않는 이유는 알고 있다. 그로 인해 미움을 사는 게 싫은 것이다. 큰누나와 크리스타는 아버지가 가장 사랑했던 제2비의 딸이다. 특히 큰누나는 제2비와 거의 똑같이 생겨서 아버님도 강하게 나갈 수가 없는 것이다.

나는 한숨을 쉬며 어쩔 수 없이 고개를 끄덕였다. 아니, 끄덕일 수밖에 없었다.

아~, 또 골치 아플 것 같은 예감이 드는데.

4

"제1황녀 전하의 혼담 말씀이세요?"

"그래, 골치 아픈 이야기지."

내 방으로 돌아오자 피네가 홍차와 과자로 맞이해 주었다.

나는 그것을 먹으며 한숨을 크게 쉬었다.

"만나 뵌 적은 없지만, 소문은 몇 번이나 들은 적이 있어요. 각지를 돌아다니며 무훈을 세운 공주 장군. 그 무용을 다른 나라까지 떨치고, 제국 최강이라는 평가까지 있다고요."

"과장은 아니야. 실제로 5년 전부터 그 사람이 동부 국경을 수비하기 시작한 뒤로 소칼 황국이 움직이지 못하게 되었지. 국경의 수비를 근본적으로 개혁해서, 보다 견고하게 바꿔버렸기 때문이야."

"소문대로 대단하신 분이시군요. 그럼 인간적으로는 어떤 분이신가요?"

피네가 빈 잔에 홍차를 따르며 물었다.

나는 고맙다는 인사를 하면서 홍차를 마신 다음, 누님이 인간적으로 어떤 사람인지 생각했다.

으음……

"한마디로 말하자면 군인?"

"구, 군인요……?"

"그래, 군인. 기사가 아니라 군인. 그걸 실제로 실천하는 사람이 누님이야."

"상상이 안 되는데요……."

"만나보면 이해할 텐데. 에르나 같은 기사가 아니거든. 그 사람은 군인이야. 전장이 애인. 일대일 같은 미학도 없고, 이기면 된다고 생각하지. 그런 생각을 철저하게 밀어붙여. 황태자였던 형님이 죽었을 때, 곧바로 제위 쟁탈전에는 참가하지 않겠다고 선언했어. 누가 황제가 되든 원수로서 섬기겠다고 했거든."

그 때문에 군 관계자들 중 대부분이 고든을 지지하게 되었다.

무훈을 세우고 싶은 군인들이 보기에는 군과 관련이 있는 황족이 황제가 되는 게 좋다. 그런 황족의 필두였던 게 누님이었고, 그다음이 고든이었다.

만일 누님이 제위 쟁탈전에 참가했다면, 지금쯤 고든은 누님의 밑에 있었을 것이다.

"무관은 정치에 관여하지 않는다. 나라를 지키는 것만을 생각한다. 그게 올바른 군인이라고 생각하고, 실천하고 있어."

"뭔가 들었던 이야기하고 다른 것 같은데……, 제가 들은 이야기는 좀 더 화려하게 장식된 이야기였는데요……."

"화려하긴 해. 키가 큰 금발 미녀야. 그냥 있기만 해도 주위 사람들의 시선을 끌어당기는 매력을 지니고 있기도 하고. 분위기는 전혀 다르지만, 너하고 비슷하려나."

"어……, 가, 감사합니다."

왠지 모르겠지만 피네가 얼굴을 붉히며 고개를 숙였다. 의아해하고 있자니 갑자기 세바스가 나타났다.

"누님을 미인이라고 칭찬하신 다음에 피네 님과 비슷하다고 하셨기에 피네 님도 부끄러워하시는 겁니다. 미녀라고 말하신 거나 마찬가지니까요."

"그런 말은 질릴 정도로 많이 들었을 거 아냐? 그래도 부끄러운가?"

"네, 네! 그야 물론…… 말해 주는 사람에 따라 다르지만요……."

"그런가? 무슨 느낌인지 잘 모르겠는데."

피네가 여전히 부끄러워하는 와중에 세바스가 내게 자료를 건넸다. 세바스에게는 미리 이번 혼담 상대에 대해 조사해 달라고 했었다. 아버님도 이상한 사람을 혼담 상대로 고르진 않았겠지만, 만에 하나라도 누님이 싫어하는 타입이라면 나까지 혼날지 모른다.

그래도 보아하니 이상한 구석은 없었다. 그야 그렇겠지. 누님의 혼담 상대니까.

"그 누님에게 혼인을 신청할 정도니 간이 큰 사람이겠지. 이 혼담 상대도."

"그렇지요. 상승무패의 공주 장군이자 제2비님과 똑 닮은 분이라고 하시니까요. 황제 폐하께서도 총애하십니다."

"제2비님이시라면, 크리스타 전하의."

"동복 자매십니다. 제2비님은 금발이셨고 아름다운 분이셨습니다. 성격도 부드러우셔서 누구에게나 자상하셨던 게 기억나는군요."

"아버님이 피네를 마음에 들어했던 것도 그런 부분 때문이겠지. 누님이 정반대 성격으로 자라난 만큼, 피네는 제2비처럼 자라 달라는 바람의 상징이 되어준 거지. 누님과 피네를 놓고 누가 제2비의 딸이냐고 물어보면 아무것도 모르는 사람은 분명히 피네를 선택할 테니까."

"그런가요? 정말 영광이네요."

진짜로 영광이라 생각하는 모양이다. 피네가 활짝 웃고 있다.

이렇게 솔직한 구석도 아버님의 마음에 쏙 들었을 것 같네.

"뭐, 그런 누님이라 아버님도 어디에 시집을 보낼지 걱정하는 거야. 또 장녀라서 잔드라에게 혼담이 들어와도 언니가 아직 시집을 안 가서 거절한다고 하면 뭐라고 따질 수도 없고."

"애초에 황제 폐하께서는 제5비님을 별로 마음에 들어 하지 않으시니까요. 잔드라 님의 결혼 상대에는 흥미가 없으실 겁니다."

"마음에 들어 하지 않으신다고요? 황제 폐하께서는 황비님들을 평등하게 사랑하신다고 들었는데요?"

세바스가 한 말을 듣고 피네가 고개를 갸웃거렸다.

으음~, 이런 이야기를 피네에게 해도 되는 건지.

고민하고 있자니 세바스와 눈이 마주쳤다. 세바스는 조용히 고개를 끄덕였다. 그렇군, 이런 이야기도 제대로 하라는 의미로 말

을 꺼낸 건가?

뭐, 세바스가 그런 생각을 하고 있다면 딱히 이의는 없지만.

"겉으로는 그렇게 행동하지. 아이들을 차별하지도 않아. 하지만 제5비에게는 어떤 소문이 있거든."

"어떤 소문요?"

"제2비를 암살한 게 제5비 아니냐는 소문이야."

"황비님께서 다른 황비님을……?"

"후궁에서는 그리 드문 이야기도 아니야. 하지만 그건 제위 쟁탈전이 시작되거나 아이가 태어났을 때, 그렇게 중대한 전환기 때나 생기는 일이지. 그때는 이미 황태자가 있었고, 크리스타도 태어난 뒤였어. 애초에 황녀만 낳은 제2비는 총애를 받는다 하더라도 중요한 위치에 있지도 않았다고. 암살까지 하면서 제거할 사람이 아니었다는 뜻이지."

"그런데 어째서 그런 소문이 도는 거죠?"

그렇다. 그게 중요하다. 암살될 이유가 없는 황비. 그 사람이 갑자기 죽었다. 조사가 이루어지긴 했지만, 사인은 알아내지 못했다. 그리고 가장 의심스러웠던 사람이 제5비다.

"제2비와 제5비는 나이가 비슷했고, 공작 가문의 딸로서 사사건건 비교 대상이었던 존재였어. 하지만 아버님이 마음에 들어해서 황비로 삼은 제2비와 달리 제5비는 정략 결혼이었지. 양쪽 다 먼저 딸을 낳았지만 먼저 낳은 사람은 제2비. 그 두 딸 중에서도 평판이 좋은 건 제2비 쪽. 잔드라도 어렸을 때부터 뛰어나긴 했지만, 성격에 문제가 있었으니까. 제5비는 그런 응어리라고 해야 하나, 제2비에 대한 일방적인 라이벌 의식이 있었거든."

"그게 소문의 원인인가요? 질투 때문에 암살했다고요?"

"몰라. 어찌 됐든 제5비는 확실한 알리바이가 있어. 제2비가 죽 있을 때, 제5비는 황후와 함께 있었어. 직접적인 살해는 불가능 하고, 조사를 해봐도 타살로 이어질 만한 건 발견되지 않았어. 그 럼에도 불구하고 제5비가 의심을 사는 이유는 그 사람이 잔드라 의 스승이기 때문이야."

"잔드라 전하의 스승요?"

"내가 쓰는 건 고대마법이야. 다시 말해 전해져 내려오지 못해 사라진 마법이지. 한편, 세상에 널리 퍼진 건 현대마법이야. 그중 에서 잔드라가 잘 쓰는 건 금술이라고 해서 현대마법을 널리 퍼 뜨린 선조가 금지한 마법이거든."

뭐, 금술이라 해도 천차만별이다. 어째서 이런 걸 금지했는가 싶은 것도 있지만, 금지하는 게 맞겠다는 생각이 드는 마법도 있 다. 잔드라는 그런 금술을 연구해서 제국에 도움이 되는 마법의 금술 인정을 해제하고 있는 것이다.

마도사가 보기에는 그렇게 다양한 마법의 금술 인정을 풀어주 는 잔드라는 매우 고마운 존재다. 배울 수 있는 마법이 늘어나기 도 하고, 천차만별이라 해도 금술로 지정될 마법이니 대체로 강 력하기 때문이다.

그리고 그러한 활동을 처음 시작한 사람은 잔드라의 어머니인

제5비였다.

"잔드라는 금지된 마법이 유용하니까 금술 지정을 해제하자고 주장하는데, 그 과정에서 분명 위험한 금술을 배웠을 거야. 그건 당연히 잔드라의 어머니인 제5비도 마찬가지고. 그런 금술 중에 다른 사람을 저주해서 죽이는 게 있지 않을까 하는 게 소문이 퍼진 원인이지."

"그런 마법이 있나요?"

"모르지. 나는 고대마법밖에 못 쓰니까. 뭐, 찾아보면 있을지도 몰라. 황제가 조사했는데도 찾아내지 못할 정도로 대단한 저주. 금술이라 해도 이상할 게 없는, 그런 수준의 마법을 찾아낼 수 있는 건 대륙 전체에서 금술 마도서를 긁어 모은 제5비와 잔드라 정도밖에 없을 거야."

"하지만……, 만약에 그런 마법이 있다면……."

"그래, 누구든 암살할 수 있어. 그래서 의혹으로 그친 거야. 하지만 황태자도 3년 전에 죽었지. 조사해 봤지만, 암살이라는 증거는 찾아내지 못했어. 제2비가 죽었을 때와 마찬가지로……, 그 이후로 아버님은 계속 제5비를 의심스러운 눈으로 보고 있어. 겉으로는 증거가 없으니 잔드라가 금술을 연구하는 걸 금지하지도 않지만."

잔드라의 활동이 성과를 내고 있다는 사실도 금지하지 않는 이유 중 하나일 것이다.

금술 인정이 풀린 마법 중 몇 가지는 군용 마법으로 군대에도 도입되었고, 새로운 마도 병기 개발에도 공헌하고 있다.

바로 옆에 마도 대국인 소칼 황국이 있는 이상, 그러한 활동을 함부로 금지해 버리면 유능한 마도사들이 황국으로 유출될지도 모른다. 개인적인 감정으로 따지면 곧바로 중지하라는 말을 하고 싶지만, 아버님도 딜레마를 떠안고 있는 것이다. 뭐, 그런 감정을 겉으로 드러내지 않기에 그 사람이 훌륭한 황제인 거지만.

"암살당할 이유가 없는 제2비님께 개인적인 원한을 품고 증거가 남지 않는 암살을 할 수 있는 사람. 그 조건에 들어맞기 때문에 의심을 사신 거군요?"

"그런 거야. 하지만 어디까지나 억측이지. 증거는 아무것도 없어. 황태자가 죽었을 때는 제5비도 그렇고 잔드라도 제도에 있었고, 황태자는 전선에 있었어. 아무리 그래도 가져다 붙이긴 힘들지. 장거리 저주 마법 같은 건 고대마법 중에도 아마 없을 거야. 하지만 사람들이 의심을 품기에는 충분한 소재가 된 거고."

그런 잔드라의 어머니 쪽 가문은 남부에 있다. 레오는 그곳을 들쑤시러 가는 것이다.

순찰사, 비리를 파헤치는 직책은 레오에게 딱 맞다. 레오는 성실하기도 하고, 자잘한 조작도 놓치지 않는다. 하지만 남부는 그런 여자의 가문이 권세를 발휘하는 지역이다.

아무 일도 없으면 좋겠지만, 이번에는 대놓고 나서서 도와줄 수가 없다.

우리가 같은 시기에 각자 다른 임무를 맡은 건 개인의 역량을 파악하기 위해서이기도 할 것이다.

"남몰래 도와줄 수밖에 없으려나."

"그렇다면 괜찮겠네요. 평소와 마찬가지 아닌가요?"

"그렇긴 하지."

나는 그렇게 이야기하면서 미소를 짓고는 피네의 맛있는 과자를 입에 넣었다.

5

"그럼 다음 중신 회의 때는 동부와 제도를 잇는 새로운 길 건설을 제안한다는 방침이면 되겠지요? 베르츠 공무대신."

"네. 몬스터로 인해 피해를 입은 동부의 부흥을 신속하게 진행하려면 직통 도로가 필요하고, 그 길을 건설함으로써 고용을 창출할 수 있습니다. 마리 공이 자료를 마련해 주신 어떤 공작 가문의 사업을 흉내 낸 것뿐이긴 합니다만……."

"좋은 것들은 도입해야 하니까요. 선택해 주셔서 감사합니다."

베르츠 백작의 저택에 와 있던 마리는 그렇게 말하며 공손히 고개를 숙였다.

자신의 공적을 자랑하지도 않고 담담하게 감사 인사를 하는 마리를 본 베르츠 백작은 쓴웃음을 지었다.

"레오나르트 전하께서는 좋은 측근을 두셨군요. 마리 공이 있으면 정무도 지체 없이 진행되겠습니다."

"저는 아직 멀었습니다. 아직 아무런 힘도 되어드리지 못했으니까요."

"겸손하시군요. 레오나르트 전하의 세력이 점점 커지고 있잖습니까."

"제 힘 때문은 아닙니다. 전부 레오나르트 님과 피네 님의 인망입니다."

"두 분의 힘이 크게 작용했다는 건 분명할 겁니다. 레오나르트 전하의 영웅적인 행동이 여기저기서 소문으로 퍼지고 있고, 피네 님은 그 아인 상회의 협력을 끌어냈습니다. 자금 면으로도 여유가 생겨서 세력도 안정되었고, 새롭게 가세하는 귀족도 늘어났습니다. 하지만 두 분의 활약은 곁에서 지탱해 주는 마리 공이 있었기 때문일 텐데요."

"칭찬해 주셔서 영광입니다만, 저는 정말로 아무것도 한 게 없습니다. 제가 할 수 있는 건 별로 없으니까요."

마리는 그렇게 말하고 다시 고개를 숙인 다음, 돌아서서 저택을 떠났다. 그 말은 거짓말이 아니었다. 측근이라고는 해도 메이드인 마리를 사람들은 잘 따르지 않는다. 보좌는 할 수 있지만, 선도는 할 수 없다. 그것이 마리의 입장이다.

베르츠 백작은 그런 마리의 뒷모습을 보고 배를 문지르면서 중얼거렸다.

"까다로운 사람이군……, 기분을 상하게 해버렸나……?"

표정이 전혀 바뀌지 않고, 억지웃음도 짓지 않는 마리를 보고 있자니 속이 쓰려서 견딜 수가 없었던 것이다.

■ ■ ■

베르츠 백작의 저택에서 돌아가는 길.

마리는 몇 가지 물건을 산 다음, 봉투를 끌어안고 성으로 가고 있었다.

그러다가 멈춰서 조용히 뒷골목으로 들어갔다.

그러자.

"여어! 누님! 우리하고 놀다 가지 않겠어?"

인기척이 없어진 틈을 타서 젊은 남자 3인조가 말을 걸어왔다.

아무리 봐도 불량스러운 건달들.

그런 세 사람을 향해, 마리는 조용히 봉투를 땅바닥에 내려놓고는 천천히 돌아섰다.

"상관없습니다. 저도 당신들하고 놀고 싶었으니까요."

"어이쿠! 분위기를 잘 맞춰 주네! 메이드복 같은 걸 입고 있길래 좀 더 딱딱하게 굴 줄 알았거든! 우리만 아는 곳이 있다고. 거기서."

마리의 어깨에 리더로 보이는 남자가 손을 대려 했다. 하지만 그 손이 마리에게 닿지는 않았다.

"끄아아아아아아아아아악!! 내 손이이이이이?!"

"실토하세요. 누가 시켜서 제게 접근한 거죠?"

마리가 소매에서 꺼낸 나이프로 남자의 손을 벽에 박아버린 것이다.

남자는 표정에 일말의 변화 없이 자신의 눈을 들여다보는 마리에게서 죽음의 기척을 느꼈다.

"히익……! 우, 우리는 딱히……."

"거짓말을 하면 더 험한 꼴을 당하게 될 텐데요? 제가 호위도 없이 혼자 돌아다니는 건 몸을 지킬 수 있을 만큼의 실력이 있기 때문입니다. 얌전히 실토하세요. 제도의 건달들이 메이드를 건드리면 어떻게 되는지 모르진 않을 텐데요."

메이드를 고용할 수 있는 건 귀족이나 대상인 정도다. 그런 메이드를 건드리면 주인이 조용히 넘어가지 않는다. 메이드를 소중하게 여겨서 그런 게 아니라 체면의 문제다. 당하면 결코 그냥 넘어가지 않는다.

제도에 사는 사람들은 그 사실을 알고 있다. 그렇기에 마리가 그들에게 물어본 것이다.

"조, 좀 전에, 저기서 검은 옷을 입은 남자가 당신을 잡아 오라고 시켜서……."

남자는 그렇게 말하며 멀쩡한 쪽 손으로 주머니에서 금화 한 개를 꺼냈다.

잡아 오면 더 많이 주겠다고 했을 것이다.

마리는 돈이 부족한 젊은이를 이용하는 더러운 수법이라 생각하며, 지갑에서 금화를 세 개 꺼냈다.

마리가 개인적으로 쓰는 지갑은 아니다. 레오가 맡긴 자금이다. 하지만 어떻게 쓸지는 마리에게 맡기겠다고 했다.

"돈 때문에 곤란하다면 약자를 공격하지 말고 일하세요."

"어……?"

마리가 금화 한 개를 그 남자의 주머니에 넣었다. 그리고 나머지 두 명에게도 던져서 건넸다.

자신을 습격한 상대에게 오히려 금화를 주는 그 이상한 행동을 본 세 사람이 긴장했다. 무슨 짓을 당할지 모르기 때문이다.

하지만 마리는 리더로 보이는 남자의 손에서 나이프를 빼내고는 재빠르게 지혈해 주었다.

"그 금화는 보수입니다. 레오나르트 황자께서 다른 나라에서 많은 사람들의 목숨을 구하셨다는 이야기를 퍼뜨리세요. 최대한 제도 전체에."

"소문을 퍼뜨리라고……?"

"사실을 전하는 것뿐입니다. 이야기를 부풀릴 필요는 없어요. 그러면 저희 주인의 평판이 좋아질 테니까요."

"주인이라니……, 설마……, 당신은……."

"저는 레오나르트 전하 전속 메이드입니다. 그런 사실도 모르고 덤벼들다니, 목숨 아까운 줄 모르시네요."

"말도 안 돼……."

어떤 귀족의 메이드라고 생각하던 남자들은 예상했던 것보다 거물의 이름이 나오자 벌벌 떨었다.

마리는 그런 남자들에게 담담하게 말했다.

"자, 움직이세요. 그리고 살다가 곤란한 일이 생기면 성으로 찾아오세요. 제대로 살기만 하면 레오나르트 전하께서는 당신들 같은 사람들도 저버리지 않으실 겁니다."

"고, 고마워! 감사합니다!"

마리는 고맙다고 인사하는 사람들을 보냈다.

그런 마리 뒤에서 누군가가 슬쩍 나타났다.

"열심히 하고 있네. 적의 말을 자신의 말로 만들어서 레오의 평판을 좋게 만들다니."

"에르나 님만큼은 아닙니다. 제도를 순찰하시는 건가요?"

"맞아, 직접 지원했어. 성에 있으면 백성들이 어떤지 알 수가 없으니까."

"그렇군요. 바람직한 생각인 것 같습니다."

"뭐, 아르를 흉내 내는 거지만. 놀러 가는 김에 백성들을 살펴보는 것 같으니까."

에르나는 허리에 손을 대며 대답했다. 그 모습을 본 마리가 눈살을 살짝 찌푸렸다.

"아르노르트 님께서는 놀기 위한 변명으로 써먹기만 하시는 것 같습니다만?"

"부정하진 않겠어. 하지만 그래도 봐야 할 곳은 제대로 보거든? 남부에서도 꽤 큰 공을 세웠고."

"그렇다면 좋겠습니다만……. 에르나 님, 죄송합니다만 그들을 쫓아가 주실 수 있을까요?"

"당신을 잡아 오라고 시킨 녀석이 접촉할지도 모르니까 말이지? 알겠어. 그래서? 당신 예상으로는 어느 진영이야?"

"거의 틀림없이 잔드라 전하의 부하인 암살자일 겁니다. 레오나르트 님께서 공을 세우셔서 그런지 요즘은 움직임이 활발해졌으니까요."

"거의 틀림없다는 걸 알면서도 상대방을 규탄할 수가 없다니, 제위 쟁탈전은 골치 아프네. 나라면 곧바로 쳐들어갔을 거야."

"명확한 증거가 필요합니다. 정쟁은 항상 드러난 꼬리를 서로 잡으려 하는 싸움이니까요."

마리의 대답을 들은 에르나는 어깨를 으쓱였다. 그리고 곧바로 그곳에서 사라졌다.

마리는 에르나를 보낸 다음, 성으로 돌아갔다.

■ ■ ■

"이상이 베르츠 백작과 이야기를 나눈 결과입니다."

"알겠어, 고마워. 마리가 있어 줘서 다행이야."

"아뇨, 저는 이 정도밖에 못 하니까요."

"여전하네. 아, 이 결과를 형에게도 알려주겠어?"

"아르노르트 님께요? 그러실 필요는 없을 것 같습니다만."

"부탁할게."

"레오나르트 님께서 원하신다면, 분부대로 하겠습니다."

마리는 그렇게 말한 다음, 자료를 들고 고개를 숙였다. 그리고 방을 나선 뒤 아르의 방으로 향했다.

중간에 마주친 레오 진영 소속 귀족에게 몇 가지 보고를 들은 다음, 마리는 아르의 방에 도착했다.

"실례합니다, 마리입니다. 아르노르트 님, 계신가요?"

노크를 한 다음, 대답을 기다렸다. 문은 곧바로 열렸다. 하지만 나온 사람은 아르가 아니었다.

"마리 씨. 어서 오세요."

"피네 님? 아르노르트 님께서는 어디 계시죠?"

"여기 계신데요."

피네는 그렇게 말하고 미소를 지으며 마리를 맞이했다.

피네 같은 입장이라면 들어오라고 말하기만 해도 충분할 텐데, 마리는 그렇게 일부러 맞이하러 나오는 게 피네답다며 그녀의 인격에 감탄했다. 하지만 그런 감탄은 금방 사라졌다.

아르가 소파에 늘어진 채 낮잠을 자고 있었기 때문이다. 피네는 그런 아르가 깨지 않게끔 조용히 움직이고 있었다.

"아르 님께서는 주무시니 제가 상대해 드릴게요."

"……언제부터 주무셨죠?"

"언제부터였을까요? 시간이 꽤 지난 것 같긴 한데요."

마리는 약간 어이없어하면서 피네에게 자료를 건넸다.

"베르츠 백작이 다음 중신 회의 때 제안할 것들입니다."

"알겠습니다. 전달해 드릴게요."

"잘 부탁드립니다. 그리고……, 피네 님께서는 아르노르트 님의 응석을 너무 받아 주시는 것 아닐까요?"

"그런가요? 피곤할 때는 자는 게 제일 좋을 것 같고, 자고 싶을 때는 자는 게 좋을 것 같아요!"

"아르노르트 님께서 일을 제대로 하신다면 그래도 상관없을 것 같습니다만, 놀기만 하시고, 자기만 하시면 평판이 떨어지기만 합니다. 피네 님의 평판도 떨어질지 모릅니다."

"저는 상관없어요. 평판이 떨어졌다고 멀어져 갈 사람이라면 인연이 없었던 거겠죠. 그리고 아르 님께서는 저래 뵈도 일을 열심히 하시거든요? 다른 사람이 안 볼 때 일을 하시는 걸 좋아하세요."

"피네 님께는 누구든 훌륭한 사람으로 보이는 모양이군요……."

마리는 무슨 말을 해도 소용없겠다고 짐작하고는 고개를 숙인 뒤에 방을 나섰다.

그리고 걸어가면서 아르가 늘어져서 자던 모습을 떠올렸다. 에르나도 그렇고 피네도 아르를 높게 평가한다. 그리고 그런 사람들의 대표가 레오다.

형제라서 그런 줄 알았는데, 그렇지 않은 사람들까지 높게 평가하게 되었다. 정말로 뭔가 특별한 것을 가지고 있을지도 모르겠다.

하지만 그런 부분과 비슷하거나 그 이상으로 그냥 게으르기만 할 가능성도 있다는 게 골칫거리다.

"조금은 정신을 차리신 것 같긴 하지만, 좀 더 제대로 해주시지 않으면 레오나르트 님께 폐를 끼칠지도 모릅니다. 앞으로는 잔소리를 하도록 할까요."

마리는 그렇게 결심하면서 레오 곁으로 돌아갔다.

6

나도 그렇고 레오도 임무를 맡긴 했지만, 곧바로 제도를 떠나는 건 아니다.

준비도 해야 하고, 내 임무는 누님 하기에 달렸다.

그동안에 우리는 할 수 있는 것들을 각자 해나갔다. 레오는 유력자들과의 회담, 그리고 영입. 나는 아인 상회 대표를 만나러 간다.

"어떤 사람이야?"

"좋은 사람이에요."

"피네가 말하는 좋은 사람은 믿을 수가 없으니까."

"그럴 수가?!"

피네는 충격을 받은 듯이 외쳤지만 사실이다. 피네나 레오에게 인류를 구별하라고 시키면 대부분은 좋은 사람이 되어버릴 것이다. 이 두 사람은 사람의 안 좋은 부분보다는 좋은 부분을 보니까.

나와는 정반대다. 드라우 형을 봐도 이 두 사람은 우선 좋은 부분을 찾겠지. 나는 우선 뚱보라고 생각할 것이다. 그게 인격의 차이인 것 같다.

하지만 슬프게도 세상은 후자인 쪽이 더 편하게 살 수 있게끔 이루어져 있다. 그렇기 때문에 받쳐 주자는 생각이 드는 거지만.

"오래 기다리셨습니다. 전하, 피네 님. 대표가 기다리고 있습니다."

"이야기를 듣긴 했는데 엘프가 비서라니. 무슨 경위로 아인 상회에 들어오게 되었지?"

방 앞에서 우리에게 인사한 사람은 엘프 비서였다.

피네와 다른 사람들에게 이야기를 듣긴 했지만, 신기하다. 엘프는 각지의 숨겨진 마을에 모여서 산다. 꽤 폐쇄적이라 마을 주위에는 결계를 친 다음 바깥으로 나오지 않는 경우가 많은 만큼, 엘프 이야기를 들은 사람은 많아도 엘프를 본 사람은 그리 많지 않을 것이다.

긴 수명과 아름다운 외모. 장로들 중에는 1000년을 산 자들도 있다고 한다.

그런 엘프가 바깥 세계에서 사람들과 어울려 산다는 것만으로도 놀라운데, 상회에서 흡혈귀의 비서로 일하고 있다니, 좀처럼 믿기지 않는다.

"저희 엘프는 폐쇄적입니다. 그것이 종족으로서의 특성이죠. 하지만 저는 바깥 세계를 보고 싶었습니다. 엘프 중에서는 이단이었던 겁니다. 그래서 마을을 떠나 바깥 세계로 나왔습니다. 하지만 바깥 세계는 제가 생각했던 것보다 훨씬 힘든 곳이었습니다. 그러던 와중에 대표가 저를 상회에 데리고 와주셨습니다. 이 상회는 저 같은 아인들을 받아 주는 곳입니다."

"좋은 이야기네요. 아르 님."

"지어낸 이야기가 아니라면 말이지."

일부러 그런 식으로 말해 보았다. 피네가 왜 그렇게 말하냐는 듯이 눈빛으로 나를 나무랐지만, 신경 쓰지 않는다. 내 말을 들은 비서 엘프가 눈을 살짝 가늘게 떴다. 약간 기분이 상한 듯하지만, 믿을지 여부는 맡기겠다고 하며 한 발짝 물러났다.

보아하니 진짜였던 모양이다.

"실례하지."

나는 대표의 방으로 들어갔다. 그러자 들었던 이야기와는 다른 상황이 벌어졌다.

"처음 뵙겠습니다, 아르노르트 전하. 아인 상회의 대표를 맡고 있는 유리야라고 합니다."

풍성한 은발에 아슬아슬한 드레스. 병적으로 하얀 피부를 아낌없이 드러내고 있다. 특징인 적자색 눈동자가 흥미로운 듯이 나를 보고 있었다.

흡혈귀답게 아름다운 외모였다. 하얀 피부의 느낌도 그렇고, 보고 있자니 동부에서 만났던 흡혈귀가 생각났다. 그 녀석들이 생각나자 무심코 떨어지는 피네의 모습까지 생각났다.

내가 약간 불쾌한 표정을 지었던 모양인지 유리야가 쓴웃음을 지으며 고개를 숙였다.

"전혀 상관이 없긴 합니다만, 동족이 저지른 짓에 대해 사죄드리겠습니다. 제국 동부에서 전하와 폐하의 목숨을 위태롭게 해드려 정말 죄송합니다."

"······실례했군. 제7황자, 아르노르트 렉스 아드라다."

피네가 모처럼 쌓아둔 관계를 내가 망가뜨릴 수는 없다. 나는 바로 사과한 다음 피네와 함께 자리에 앉았다.

피네가 왔을 때는 기다리게 했던 모양인데 내게는 그러지 않는다. 시험해 보는 단계는 끝났다는 뜻인가? 뭐, 그녀들도 우리가 필요할 테니까.

"그런데 전하. 이번에는 무슨 용건으로 오셨는지요?"

"단도직입적으로 말하마. 피네를 어떻게 써먹을 셈이지?"

피네의 이름을 빌려줬으면 한다. 그것이 그녀가 내건 조건이었다.

내 생각이 맞다면 그녀는 그동안 제도에는 없었던 새로운 판매 방식을 시도할 생각일 것이다.

"어떻게 써먹을 셈이냐고 하시니 말씀이 좀 그렇군요."

"존댓말은 됐어. 자연스럽게 말해도 된다고. 듣고 있자니 아무래도 위화감이 드는군."

"어머, 그래? 모처럼 황자용으로 손님 접대 모드였는데."

"나는 손님이 아니다. 거래 상대야. 무슨 속셈인지 알 수가 없는 말투는 쓰지 마라."

"뭐, 그쪽에서 그렇게 말하면 그만할까. 나도 이쪽이 더 편하니까."

유리야는 그렇게 말하며 싹싹해 보이는 미소를 지었다. 상인들 대부분이 그렇겠지만, 그들은 사람을 홀리는 데 소질이 있다. 다른 사람에게 접근하고, 정신을 차리고 보면 품속으로 파고들어 있다.

유리야도 예외는 아닐 것이다.

"피네를 써먹는 방법 말이지……, 그 쪽은 어떻게 써먹을 거라 생각해?"

"질문에 질문으로 대답하지 마라."

"상관없잖아. 찌꺼기 황자가 얼마나 유능한지 신경 쓰이거든."

"그 별명을 알고 있다면 그럴 필요가 없을 텐데. 무능하니까 찌꺼기라고."

이야기를 대충 주고받은 다음, 유리야는 피네 쪽을 슬쩍 보았다.

이런. 그렇게 생각했을 때는 이미 늦었다. 유리야가 씨익 웃었다.

"그렇게 무능한 사람이 떠들고 있는데 피네는 당황하는 기색을 안 보이네. 오히려 신뢰하는 것 같은데?"

"네? 아, 저기……."

"피네를 선전하는 데 써먹는다. 피네가 쓴 물건이라고 광고하고, 가능하면 피네를 그린 그림을 가게에 걸어둔다."

피네의 반응을 통해 들켜버린 이상, 둘러대 봤자 소용없다. 나는 빠르게 이야기를 진행시키기 위해 생각하고 있던 계획에 대해 말했다. 유리야는 그걸 듣고는 약간 놀란 표정을 지었다.

"놀랍네……, 무능한 사람 행세하고 있을 것 같긴 했는데, 생각보다 더 뛰어난 사람이었구나. 재능이 있는 매는 발톱을 감춘다더니, 맞는 말인가 봐."

"딱히 행세를 한 것도 아니고 감추지도 않았다. 뭐든 의욕을 보이지 않았더니 주위 사람들이 그렇게 부르기 시작했을 뿐이야."

"지금은 아니고?"

"동생을 황제로 만들기로 결심했다. 내 동생은 피네와 비슷해. 세상을 살아가기에는 너무 성실하지. 그래서 주위 사람들이 지켜줘야만 한다고. 속임수나 흥정은 내 담당이야. 레오나 피네를 속이는 녀석은 내가 박살 낼 거다."

"……명심해 둘게."

유리야를 노려보면서 시선으로 견제했다.

정체를 알 수 없는 두려움을 느낀 모양인지 유리야가 약간 긴장한 듯이 대답했다.

나는 그 모습을 보고 경계를 늦추면서 언제 그랬냐는 듯이 다시 물었다.

"그래서? 피네를 어떻게 써먹을 셈이지?"

"……당신 생각하고 대충 비슷해. 처음에는 화장품을 팔 생각이야. 그 유명한 창구희가 쓰던 화장품이라고 하면 날개 돋친 듯이 팔릴 테니까."

"그렇겠지. 그리고 아인 상회라는 부정적인 이미지를 그렇게 불식시키면서 당당하게 제도에 발을 내디디겠다는 건가?"

"우리만 이익을 보는 것처럼 말하지 말아 줬으면 좋겠는데. 할 일은 제대로 할 거라고."

"뭐, 그건 좀 나중에 하고. 우선은 대항 세력에 협력하고 있는 상회를 박살 내라. 자금줄을 끊으면 큰 움직임을 보이지 못할 테니까."

간단하다는 듯이 말하는 나를 보고 유리야가 살짝 한숨을 쉬었다. 당연한 반응이다.

왜냐하면 대항 세력에 협력하고 있는 상회는 전부 제도에 뿌리를 깊게 내린 대상회이기 때문이다. 박살 내는 건 거의 불가능하다.

"대항 세력에게 협력하지 못할 정도로 타격을 입히라는 뜻일 텐데……, 반죽음 정도면 될까?"

"아니, 조금만 더. 4분의 3 정도로 부탁하지."

"거의 다 죽어가잖아……, 뭐, 노력은 할게. 그리고 그쪽에 원조할 자금 말인데, 얼마나 필요해?"

"지금은 필요 없어. 필요할 때, 필요한 만큼만 마련해 줘."

"돈이 어디서 솟아나는 줄 알아? 금액이 크면 클수록 바로 마련하기 힘든데?"

"나도 알아. 그래도 하라고."

까다로운 요구를 들은 유리야는 어이가 없다는 듯이 고개를 저었다. 하지만 유리야는 고개를 끄덕일 수밖에 없다.

힘들다고 해도 이 정도도 하지 못한다면 피네를 빌려줄 수 없다.

"정말……, 터무니없는 세력에 힘을 빌려주게 되었네."

"원망할 거면 피네를 원망하라고."

"싫어. 이렇게 기특하고 귀여운 아이는 원망할 수 없거든. 원망할 거면 당신을 원망하겠어."

"마음대로 해. 자, 가자. 피네."

"아, 네, 네!"

놓여 있던 다과를 즐기던 피네는 당황하며 마저 먹고는 떠날 준비를 시작했다. 그 모습을 본 유리야가 입술을 삐죽댔다.

"좀 더 느긋하게 있다가 가도 되잖아."

"공교롭게도 할 일이 많아서 말이야. 그쪽은 알아서 상품 준비를 시작해. 적당히 때를 봐서 다시 연락하지."

"흐응~. 있지, 아르노르트. 당신이 꼭 좀 부탁한다고 하면 온 힘을 다해 협력해 줄 수도 있는데? 내가 말만 하면 거의 모든 아인이 협력해 줄 테니까. 어때?"

"때가 되면 부탁할지도 모르지. 지금은 그럴 때도 아니고, 대가가 어떤 건지도 모르니 사양하겠어."

나는 요염한 표정으로 바라보는 유리야의 제안을 거절했다.

아무래도 이 여자에게서는 마성의 분위기가 느껴진다. 안 좋은 인상은 아니지만, 그렇다고 해서 인상이 좋은 것도 아니다. 뭐라고 해야 하나, 호기심이 왕성한 고양이라고 해야 하나.

파고들지 않았으면 하는 곳까지 파고들 것 같은 느낌이 든다. 그런다 해도 딱히 곤란할 게 없는 상황이라면 상관없겠지만, 공교롭게도 파고들면 곤란할 것들밖에 없다.

상인으로서 유능하다는 건 틀림없겠지만, 지금은 최대한 거리를 두어야겠다.

나는 그렇게 결심하고 나서 유리야가 있는 곳을 떠났다.

7

"레오나르트. 그럼 확실하게 부탁하마."

"네. 폐하의 눈이 되고 귀가 되어, 비리가 있다면 전부 파헤치겠습니다."

"으음."

레오는 그렇게 말한 다음, 아버님에게서 보라색 망토를 받았다. 순찰사의 증표다.

그 망토를 걸치고 있는 한, 어떠한 것도 레오를 막을 수는 없다.

"타협은 하지 말 거라. 만족할 때까지 조사하고 와라."

"네."

레오는 그렇게 망토를 걸치고 옥좌의 방을 나섰다. 다른 사람들도 물러갔지만, 나는 물러나지 않았다. 아버님이 내게 볼일이 있는 것 같은 표정을 짓고 있었기 때문이다.

"걱정되나?"

"걱정 같은 건 안 합니다. 레오는 실력이 좋으니까요."

"레오는 유연함이 떨어진다. 그걸 네가 메꾸고 있었지. 하지만 이번에는 곁에 네가 없다."

"레오가 혼자서 얼마나 할 수 있을지 보고 싶으신 거라면, 그

시도는 실패하실 겁니다."

"호오? 어째서지?"

"저 녀석은 다른 사람의 힘을 빌리는 능력이 뛰어나죠. 주위 사람들이 힘을 빌려주고 싶다고 생각하게 만드는 녀석이거든요. 그러니 제가 없더라도 누군가가 저 녀석에게 힘을 빌려줄 겁니다."

"그런가? 그것도 상관없지. 그런데 너는 어떠냐?"

아버님이 한 말을 듣고 나는 인상을 찌푸렸다.

레오와 마찬가지로 나도 임무를 받았다. 임무라고 하기에는 너무 가볍지만.

"글쎄요. 해보긴 하겠지만, 기대하진 마시고요."

"그럴 수는 없다. 장녀의 혼담은 네게 달려 있으니 말이야. 그녀석이 결혼하지 않으면 잔드라도 결혼을 못 시키지 않느냐."

"책임이 막중하군요. 하지만 실패하더라도 화내진 말아 주세요. 상대는 그 누님이니까요."

"그래, 그건 나도 알고 있다. 그래도 말이다, 아르노르트. 나도 이제 쉰 살이 넘었다. 시간이 별로 없단 말이다. 그러니 딸이 시집가는 모습을 보고 싶구나."

"병을 앓으신다는 이야기를 들은 적은 없습니다만?"

"병은 없다. 하지만 내가 늙으면 억누르지도 못할 게야. 난 언젠가 제거당할 것이다. 누가 황제가 되든 말이지. 내가 그랬다."

아버님은 약간 먼 곳을 바라보는 눈초리로 성에서 보이는 거리를 둘러보았다. 앞으로 얼마나 이 광경을 볼 수 있을까. 그런 생각을 하고 있을지도 모르겠다.

제위 쟁탈전은 아이들이 벌이고 있지만, 결승점인 옥좌에는 아버님이 앉아있다.

승자는 당연히 아버님을 물러나게 할 것이다. 그렇게 되면 딸이 시집가는 모습을 볼 상황이 아니다.

"평소와는 다르게 무기력하시네요."

"오늘은 제2비와 황태자의 꿈을 꾸었다. 정말 정겹더구나…….
나는 앞으로 몇 명을 더 그리워하게 될까."

"싫으시면 제위 쟁탈전을 멈추시죠. 황태자를 임명하시고, 힘을 가지고 계시는 동안에 다른 아이들을 지방으로 보내면 목숨만은 건질 수 있을 테니까요."

"그럴 순 없다. 쟁취한 것과 양보받은 것은 가치가 다르다. 제위는 쟁취하는 것이다. 그렇기에 강한 황제가 생겨난다. 그렇기에 제국을 지킬 수 있는 것이다."

"그렇다면 무기력하게 굴지 마십시오. 당신은 멈출 수 있는 힘이 있는데도 멈추지 않는 겁니다. 그 때문에 제 동생이 바보 같은 가족들 싸움에 휘말렸고요. 당신처럼 생각하는 사람들은 많이 있을 겁니다. 하지만 아무도 이의를 제기하지 않는 건 당신이 제위 쟁탈전을 용인하고 있기 때문이죠. 필요하다고 결론을 내린 다음, 자신을 타이르고 있는 겁니다. 당신의 무기력한 모습은 모든 참가자에 대한 모욕이에요. 이제 와서 물러나는 건 제가 용납 못합니다……!"

황제가 후계자를 임명하는 시스템이라면 이런 싸움은 벌어지지 않는다.

　하지만 임명받은 후계자보다 쟁취한 후계자가 더 강하다. 그 논리는 이해가 된다. 승자는 쟁취한 것을 누군가에게 뺏기지 않는다. 하지만 양보받은 것이라면 자기 것이라는 의식이 희미하다. 거기서 의식 차이가 생긴다.

　제국을 지킬 황제를 만들기 위해서는 제위 쟁탈전이 필수다. 그런 생각에 따라 몇 번이나 바보 같은 싸움이 벌어진 것이다.

　"……아들에게 잔소리를 들을 줄이야. 그것도 하필이면 아르노르트에게."

　"무례를 용서해 주십시오."

　"됐다. 아무래도 프란츠가 없으면 기운이 안 나는구나. 미안하다. 좀 전에 한 말은 잊거라."

　"네."

　"……아르노르트. 예전에 네게 보여준 모습을 아직 기억하고 있느냐?"

　"안심하시길. 잊은 적은 없습니다. 그때 하신 말씀도 기억하고 있습니다."

　"그런가……, 그렇다면 안심이구나."

　아버님은 그렇게 말한 뒤 나를 물러가게 했다. 제위 쟁탈전이 본격적으로 벌어진 탓에 아버님도 이것저것 생각하기 시작한 건가? 레오가 황제 자리를 차지하면 아버님도 안전하겠지만, 자신의 안전을 위해 레오를 황태자로 임명하진 않을 것이다.

무기력한 모습을 드러내면서도 황제로서의 책무에 얽매인 사람이다.

"역시 쟁취할 수밖에 없나."

나는 그렇게 중얼거린 다음, 레오를 배웅하기 위해 성 밖으로 향했다.

■ ■ ■

"그럼 잘 가고. 몸조심해라."

"응, 형도 열심히 해."

"적당히 할 거야."

우리는 그렇게 말하며 작별 인사를 나누었다.

길게 이야기를 나눌 필요는 없다. 이번이 이번 생의 마지막 작별도 아니니까.

"아르노르트 전하."

"여전히 호칭이 딱딱하구나. 린피아."

"다른 분들처럼 마음 편히 부를 수 있는 신분이 아니니까요."

"신분 같은 건 상관없어. 뭐, 네가 그래도 괜찮다면 나도 상관없지만. 여기까지 오는 데 시간이 오래 걸려서 미안하다."

"아뇨, 여러모로 정말 감사드립니다."

"목숨을 구해 준 것과 우리가 자리를 비운 사이에 피네 같은 사람들을 지켜 준 보답이야. 이 정도로는 너무 부족하지."

"저는 큰 도움이 되어드리지 못했습니다. 그럼에도 불구하고 여러모로 신경을 써주셨죠. 솔직히 답답합니다."

린피아는 그렇게 말한 다음 눈을 내리깔았다. 하지만 그건 겸손한 말이다.

피네 같은 사람들을 완벽하게 지켜냈다. 가장 큰 위기에서 우리를 구한 것과 같다. 오히려 모험가를 마을에 파견하고, 이렇게 비리를 폭로하는 것만으로는 부족할 정도로 린피아에게 신세를 졌다.

"뭐, 린피아가 그렇게 생각하는 건 상관없지만, 우리는 고마워하고 있어. 그러니 마을 문제는 반드시 해결할 거야."

나는 린피아에게 주먹보다 약간 큰 주머니를 건넸다.

린피아가 묵직한 무게를 느끼고는 안을 들여다보았다.

거기에는 금화가 들어 있었다. 게다가 자루 안은 보기보다 훨씬 넓었다.

"이, 이건……?!"

"부여 마법으로 만든 주머니야. 겉으로 보기보다 10배는 넓지. 그리고 안에 들어 있는 금화는 내 돈이야. 나라에서 받은 돈이지. 쓸 기회도 없어서 꽤 모였거든. 제위 쟁탈전 자금으로 쓸까 생각했는데, 네가 상회와 관계를 맺게 해줘서 당분간은 필요없을 것 같아. 네게 맡길게."

"아, 아뇨! 이렇게 큰돈을 어떻게 쓰라는 거죠?!"

"레오에게 줘봤자 제대로 쓰지 못할 거야. 너라면 잘 쓸 수 있겠지. 레오는 항상 정공법을 선호해. 네가 도와줬으면 좋겠어. 그러면 분명히 너희 마을을 구하는 길로 이어질 것 같거든. 그리고 돈은 써야 할 때 쓰는 게 제일이야. 돌려주지 않아도 돼. 정 뭐하면 마을을 복구하는 데 쓰고. 알겠지?"

"전하……."

"할 수만 있다면 나도 같이 가고 싶지만, 그럴 수도 없어. 마지막까지 챙겨 주지 못해서 미안하지만, 이 정도는 하게 해줘."

"……감사합니다. 이 은혜는 결코 잊지 않겠습니다. 반드시 레오나르트 전하께 힘이 되어드리겠습니다."

린피아는 그렇게 말하며 고개를 숙였다.

당연한가? 저 주머니에 들어 있는 돈은 황자로서 지급받은 돈, 거의 10년치다.

쉽사리 넘길 만한 돈은 아니겠지만, 내게는 실버로서 번 돈이 있다. 관리는 세바스가 맡고 있는데, 황자로서 받은 돈보다 그쪽이 더 많다. 하지만 없어도 전혀 상관이 없는 금액은 아니다. 그래도 저만큼 돈이 있다면 여차할 때 남부 귀족들을 움직일 수도 있다. 린피아라면 레오가 생각지도 못한 방법으로 활용할 수 있을 것이다.

"너무 호들갑이네. 신세를 진 건 우린데. 이건 보답이야. 신경 쓰지 않아도 돼."

"……지금 이런 말씀을 드리는 건 불경할지도 모르겠지만, 그

때 당신이 습격당해서 다행입니다. 그 사건이 있었기에 당신을 만날 수 있었죠. 그리고 당신은 제게 손을 내밀어 주셨습니다. 그때 느낀 안심감과 기쁨은 저만 이해할 수 있을 겁니다. 지금이라면 이해할 수 있습니다. 피네 님께서 당신을 신뢰하시는 이유를. 마을 문제가 해결되면 반드시 돌아와서 힘이 되어드리겠습니다. 레오나르트 전하는 제게 맡겨 주십시오."

"너무 딱딱하네. 그래도 그런 린피아니까 맡길 수 있겠어. 동생을 잘 부탁할게."

"네, 제게 맡겨주세요."

린피아는 고개를 크게 숙인 다음, 레오가 탄 마차에 올라탔다.

마차 주위에는 근위기사들도 있긴 하지만, 개인적인 신변 경호는 린피아에게 일임했다. 그만큼 레오도 린피아를 신뢰하고 있다는 뜻이다.

"그럼 다녀올게!"

"그래. 힘들 것 같으면 포기하고 돌아와."

"아하하, 형도 힘들 것 같으면 포기하는 게 좋을 거야. 남부 귀족들보다 누님이 더 버거울 테니까."

"그렇긴 하지."

그렇게 마차 밖으로 고개를 내민 레오와 이야기를 하고 나서 나는 조금씩 멀어져 가는 마차를 바라보았다. 자, 이제 걱정해 봤자 소용이 없다.

"나는 내 일을 하도록 할까."

우선 누님의 혼담 상대부터 만나 봐야겠다. 그런 다음에 편지를 쓰는 게 누님의 마음을 더 잘 움직일 수 있을 것이다. 바빠지겠는데.

8

잔드라는 후궁의 어느 방을 찾았다.

"어머님! 어머님!"

잔드라는 시녀들을 거들떠보지도 않고 성큼성큼 안으로 들어갔다.

그곳은 제5비, 잔드라의 어머니가 머무르는 방이었다.

그곳의 주인인 녹색 머리 여자는 한숨을 한 번 쉬고는 딸을 맞이해 주었다.

"왜 그러니? 잔드라. 그렇게 소란을 피우다니."

"소란을 피울 만도 하지! 레오나르트가 순찰사로 남부에 갔잖아?! 우리 지지 기반에 레오나르트가 갔다고!"

히스테리를 부리는 듯이 떠들어 대는 딸을 보며 녹색 머리 여자, 즈잔은 겨우 그런 거냐며 웃었다.

어머니의 여유로운 미소가 마음에 들지 않았는지, 잔드라는 짜증을 담아 바람의 채찍으로 근처에 있던 시녀를 때렸다.

"꺄아아악?! 요, 용서해 주십시오!!"

"시끄러워! 시끄러워! 그! 레오나르트가! 외삼촌에게 갔잖아?!

우리를 마음대로 깎아내릴 수 있는 권리를 가지고!"

"아악!! 크윽! 요, 요, 용서……."

"시끄러워! 입 다물라고! 너희들은 맞기 위해 있는 거야!"

잔드라는 그렇게 말하며 기절해서 축 늘어진 시녀를 집요하게 계속 때려댔다.

겨우 성이 풀렸을 때는 이미 시녀가 피투성이가 된 상태였다.

보통은 성이 풀리면 조금이나마 죄책감이 들 법도 하겠지만, 잔드라는 전혀 아랑곳하지 않고 다시 어머니와 이야기를 하기 시작했다.

"레오나르트니까 철저하게 조사할 게 분명해. 그 건이 들키면 발뺌할 수가 없을 텐데."

"신경 쓰지 않아도 된단다. 남부는 오라버니께 맡겨 두었으니까. 잘해 줄 거야. 실패한다 하더라도 모든 책임은 오라버님께 있지. 우리에게 불똥이 튈 일은 없어."

"그래도 남부의 지지를 잃는 건 곤란한데."

"괜찮아. 네 연구가 잘만 풀리면 무서울 게 없잖니?"

"그렇긴 하지만……."

"너와 나만 무사하다면 황제 자리를 손에 넣을 수 있단다. 황제가 되고 나서 남부 귀족들에게 보답해 주면 되는 거야. 한때 저버린 것 정도는 용서해 주겠지. 그들도 강한 자를 따를 테니까."

즈잔은 그렇게 말하며 요염하면서도 사나운 미소를 지었다.

잔드라처럼 겉으로 드러내지 않는 만큼, 즈잔은 조용히 쌓아두는 여자였다.

오랜 세월에 걸쳐 공격적인 성향을 자기 마음속에 쌓아 둔 즈잔의 미소는 보는 사람의 등골을 오싹하게 만들 정도였다.

"나는 폐하의 명령 때문에 금술을 연구할 수 없단다. 의지할 사람은 너밖에 없어."

"나도 알아, 어머님."

"너는 뛰어난 아이야. 누구보다 황제가 될 자격을 가지고 있지. 내 재능도 이어받았고. 슬슬 노예 상인이 아이들을 데리고 올 시기네. 네 모르모트가 또 올 거야. 반드시 완성시키렴, 궁극의 저주를."

"그래, 해낼 거야. 그리고 짜증 나는 놈들 전부, 저주해서 죽여 주겠어. 내 마음을 어지럽히는 건 잘못된 거니까. 마음에 안 드는 자들은 전부 죽일 거야."

"그래. 그러면 된단다."

즈잔은 자신과 똑같은 녹색 머리카락을 쓰다듬으며 딸을 사랑스럽게 바라보았다.

이어받아 주었으면 했던 재능을 전부 물려받은, 자신의 분신이라 할 수 있는 딸.

잔드라가 황제 자리를 손에 넣는 것은 즈잔이 황제 자리를 손에 넣는 거나 마찬가지다.

"여차하면 내가 또 걸리적거리는 녀석들을 제거해 줄게. 너는 네가 할 수 있는 일을 하렴. 괜찮아, 우리 편은 많으니까."

"네, 어머님."

모녀는 그렇게 말하며 끌어안았다.

황제가 그 모습을 본다면 정말로 자신의 황비와 딸인지 의심할 것이다.

양쪽 다 보는 사람을 전율하게 만드는 미소를 짓고 있었기 때문이다.

그 광경을 유일하게 보고 있던 시녀들은 필사적으로 고개를 숙였다.

그리고 기도했다. 어서 빨리 이 지옥이 끝나기를.

❧ 제2장 라인펠트 공작

1

유르겐 폰 라인펠트. 26세.

동부와 남부 사이에 영지를 지닌 라인펠트 공작 가문의 젊은 당주. 다시 말해 공작이다.

라인펠트 공작 가문의 영지 자체는 그리 크지 않다. 애초에 공작 가문 중에서는 비교적 오래되지 않은 편이다. 하지만 특산물이나 광물의 거래를 통해 번영을 누리고 있으며, 그런 면으로 따지면 충분히 누님의 결혼 상대로 어울릴 만한 결과를 남겼다.

"게다가 가문의 격을 그렇게까지 따지는 사람이 아니니까."

나는 자료를 훑어보며 중얼거렸다. 마음에 걸리는 건 세바스가 가지고 온 자료에 적혀 있던 무예 실력이 변변찮다는 부분이었다.

뼛속까지 군인인 누님은 전장에서 도움이 되는가 여부를 중시한다. 남편으로 삼을 사람은 단순히 강한 자를 선호할 것이다. 무예 실력이 뛰어나도 좋고, 훌륭한 지휘관이어도 좋다. 아무튼 전장에서 어필할 수 있는 무언가가 필요하다.

"자, 어떻게 해야 할까."

"아르노르트 님. 보고할 게 있습니다."

"뭔데? 세바스."

"황녀 전하의 혼담 상대인 라인펠트 공작이 제도에 몰래 와 있다고 합니다."

"뭐어?! 그래도 공작이잖아?!"

"자주 돌아다니시는 분인 모양이라서요. 비공식적으로 폐하께 감사의 인사를 드리러 왔다고 합니다."

"감사의 인사? 혼담을 받아들여 줬다고?"

"그게……, 라인펠트 공작은 몇 번이나 혼인을 맺어 달라고 부탁한 모양입니다. 그게, 10년 이상 전부터 제1황녀 전하께."

……10년 이상 전부터?

그게 무슨 소리야. 계속 짝사랑하면서 들이댔다는 건가?

그런 이야기가 밖으로 나돌지 않은 건 계속 거절당했다는 뜻이다. 아버님의 성격을 감안하면 누님에게 이야기를 하지 않았을 리가 없다. 다시 말해서.

"누님이 10년 이상 라인펠트 공작을 계속 찼다는 건가?!"

"그렇게 되겠군요."

"그렇게 되겠군요라니……, 그럼 아예 가능성이 없잖아?!"

"아마 제1황녀 전하께 혼담을 제안한 공작 가문은 꽤 많이 있었을 겁니다. 그리고 지금에 이르기까지 거절당하면서도 계속 제안한 라인펠트 공작에게 감동하신 황제 폐하께서 적극적으로 움직이신 게 아닐까 합니다."

"적극적으로 움직여서 거절당했으니 내게 떠넘긴 거라고. 미담인 것처럼 말하지 마."

예상했던 것보다 더 힘들겠는데, 이거. 대체 어떤 사람이지? 라인펠트 공작.

누님의 취향에서 정말 많이 벗어난 사람인 모양인데.

"어쩔 수 없지. 나도 만나겠다."

"그러실 수밖에 없을 것 같습니다. 아마 황제 폐하께서도 그리 생각하고 계실 겁니다."

그렇게 말한 순간, 문을 노크하는 소리가 들렸다. 아마 아버님의 호출일 것이다.

자, 미래의 매형 후보를 만나 보도록 할까.

■ ■ ■

우와, 이건 좀 심한데.

그것이 유르겐 폰 라인펠트를 보았을 때의 첫인상이었다.

"처음 뵙겠습니다. 아르노르트 전하. 저는 유르겐 폰 라인펠트. 얼마 전에 라인펠트 공작 작위를 아버지에게서 물려받았습니다."

그렇게 말하며 싹싹한 미소를 지은 유르겐의 키는 나보다 조금 작았다.

내가 평균 정도이니 성인 남자치고는 약간 작다고 해야 하나.

문제는 가로폭이다. 확실하게 나보다 체중이 많이 나가겠는데.

외모를 보고 든 인상은 통통한 새끼곰 같다는 느낌이었다. 싹싹한 미소를 보고 있자니 마음씨가 착할 것 같다는 생각이 들긴 했지만, 안타깝게도 누님의 취향과는 정반대다. 얼굴도 못생긴

건 아니지만, 특별히 잘생긴 것도 아니라서 외모만 따지면 꽤 힘들 것 같다.

"저야말로 처음 뵙겠습니다. 제7황자인 아르노르트 렉스 아드라입니다."

자연스럽게 존댓말이 나온 건 유르겐이 사람 좋아 보이는 미소와 분위기를 지니고 있었기 때문일 것이다.

이 사람에게 고압적인 태도를 보이는 건 좀 힘들 것 같다. 아마외모보다 훨씬 좋은 사람일 것이다. 그런 느낌이 뿜어져 나오고있다. 하지만 말이지.

"황제 폐하께서는 아르노르트 전하께서 리제로테 전하와 이어주실 거라 하셨습니다만, 사실입니까?"

그 양반이 또 쓸데없는 말을…….

리제로테 렉스 아드라. 제1황녀이자 원수. 황족 최강의 장군이다. 그런 상대와 이어주라니, 내게는 너무 무거운 짐인데, 제대로이해하고 있으려나.

"네, 뭐……, 황제 폐하께서는 그렇게 해내라고 말씀하셨습니다만…….."

"그렇다면 안심이 되는군요. 리제로테 님께서는 형제자매 분들중에서는 크리스타 전하와 당신에게만 마음을 터놓으셨다고 들었습니다."

"……실례지만, 그 이야기는 누구에게 들으신 겁니까?"

"본인입니다만?"

"……리제 누님과 연락을 주고받으시나요?"

왠지 기분 나쁜 예감이 들었다.

리제 누님이 황족 중에서 마음을 터놓고 지내는 사람이 나와 크리스타뿐이긴 하다. 항상 전장에서 지내는 리제 누님이 제도에 머무르는 경우는 별로 없다. 그래서 리제 누님은 꽤 자주 편지를 보내곤 한다.

예전에는 나와 크리스타, 그리고 레오에게 편지를 보냈지만, 3년 전부터 레오에게는 편지를 한 통도 보내지 않게 되었다.

무슨 일이 있었는지 레오에게 물어봐도 대답하지 않았고, 누님도 설명하지 않았다. 이 사실을 알고 있는 건 극히 일부뿐이다.

그런 이야기를 본인에게 듣다니, 이 사람의 위치가 대체 어떻게 되어 있는 거지?

"네. 제가 편지를 자주 보내고 있으니까요. 처음에는 편지 친구부터 시작할 생각이었습니다만, 의외로 잘 풀리지 않는군요. 대충 세 통을 보내면 답장이 한 통 올까 말까 하는 정도입니다."

"그, 그렇군요……."

의, 의외로 행동파구나.

그 누님에게 그렇게까지 적극적으로 들이댈 수 있다니, 어떤 의미로는 강자다.

나는 도저히 흉내 낼 수가 없다. 게다가 세 통을 보내면 답장이 한 통 오다니, 두 통은 무시당한 거잖아. 나라면 견딜 수가 없다.

"황제 폐하께서 저와 리제로테 전하의 만남에 대해 말씀하시던가요?"

"아뇨, 아버님은 아무 말씀도…….."

"그건 20년 전이었습니다."

"20년?!"

만난 지 20년이라니. 이 사람, 여섯 살 때부터 누님하고 알고 지냈던 건가?!

"네, 제가 처음 제도에 왔을 때, 귀족 아이들이 참가하는 검술 대회가 개최되었거든요. 하지만 제 상대는 덩치가 큰 연상이었습니다. 어떻게 해보지도 못하고 패배한 저는 불공평하다며 울고 있었는데, 어린 여자애가 다가와서 이렇게 말했죠. 노력도 하지 않고 이기려 하는 게 잘못이라고요. 나이나 체격은 상관이 없다, 상대방이 더 노력한 덕이었다고요. 그 소녀는 대회에 난입해서는 멋지게 우승해 버렸습니다. 그제야 저는 그 여자애가 당시 다섯 살이었던 리제로테 전하라는 사실을 알았습니다. 자신의 미숙함을 제쳐두고 울기만 하던 저 자신이 너무나도 부끄러웠던 한편, 저는 리제로테 님께 반해 버렸습니다. 그 모습은 아직도 생생하게 기억하고 있습니다. 정말 아름다우셨죠. 지금도 세상에서 제일 아름다운 분이라고 생각합니다."

"……그러니까, 한눈에 반하셨다는 겁니까?"

"네, 그렇습니다. 저는 한눈에 마음을 빼앗겼습니다."

유르겐은 부끄러워하지도 않고 그렇게 딱 잘라 말했다.

이 사람……, 의외로 적극적인가?

"그래서 그 대회가 끝난 다음, 저는 곧바로 구혼했습니다."

"응? 어? 어? 그 자리에서요?"

"네, 이 사람밖에 없다고 생각했으니까요. 감이 딱 온 겁니다. 하지만 사정없이 거절하시더군요. 그리고 이렇게 말씀하셨습니다. 나와 어울리는 남자가 되면 생각해 주겠다고요. 그래서 이 사람 곁에 설 수 있는 남자가 되자고 결심했습니다. 그 이후로는 우선 친가를 키우는 것부터 시작했습니다. 저는 무예 실력이 정말 형편없었기에 장사를 배워서 영지를 풍요롭게 만들었습니다. 그리고 성과가 나오기 시작한 열다섯 살 무렵. 다시 한번 구혼하러 갔습니다. 그때는 황제 폐하를 통해 혼담을 제안했습니다. 하지만 대답은 노. 그 이후로는 똑같은 상황을 반복하고 있네요."

유르겐은 쓴웃음을 지었지만, 나는 도저히 웃을 수가 없었다. 20년 동안 계속 누님만 바라보며 짝사랑을 한 건가. 나답지 않게 감동해 버렸다. 세상에는 있구나, 이렇게 훌륭한 사람이.

하지만 안타깝게도 그만큼 했는데도 안 된다면 가능성이 없다. 누님은 생각을 바꾸지 않는 사람이기 때문이다.

"개인적으로 편지를 보내거나, 귀중한 검을 선물해 보기도 했습니다만, 효과는 별로 없었습니다. 저 자신도 군에 들어가 보았습니다만, 금방 쫓겨나 버렸습니다. 아무래도 리제로테 님께서 그 소식을 들으신 모양이라서요. 그 이후로 저는 군에 접근하지 못하고 있습니다."

"……어째서 그렇게까지 하시는 겁니까? 누님이 매력적인 여자이기 때문인가요?"

"그렇죠. 그렇기 때문일 겁니다. 그분은 아름답고 강하십니다. 제가 생각하는 이상적인 여성이시기에 저도 좋아하게 되었을 겁니다. 하지만 지금은 그런 것과는 상관없이 리제로테 님을 좋아합니다. 사랑합니다. 부디 힘을 빌려주십시오. 저는 그분 말고 다른 사람을 사랑할 수가 없습니다."

무, 무겁다……. 어떻게 이렇게 무거운 사랑을. 20년 동안 짝사랑하다니, 보통은 포기한다고.

계속 거절한 누님도 누님이지만, 포기하지 않은 이 사람도 약간 맛이 간 것 같다.

아마 지금, 누님에게 구혼하는 귀족은 이 사람뿐일 것이다. 이 사람이 포기하면 누님과 결혼은 한참 멀어지게 된다. 그래서 아버님도 급하게 이 혼담을 해결하려고 내게 떠넘겼을 테고.

좋은 사람이다. 그건 나도 알겠다. 20년 동안이나 누님을 마음에 두고 있었다는 건 동생으로서도 기쁘고, 어울리는 남자가 되기 위해 이런저런 노력을 통해 성과를 냈다는 것도 대단하다.

아마 누님 말고 다른 사람에게 눈을 돌릴 수 있다면 시집올 사람들도 엄청나게 많을 것이다.

하지만 이 사람은 누님만 바라본다. 사랑한다. 그 말에 한없이 진심인 사람이다.

에휴……, 큰일이다. 아무래도 열심히 노력하는 사람은 내버려 둘 수가 없다.

내 성격이 원래 그럴지도 모르겠다.

"알겠습니다. 할 수 있는 것들은 해보죠. 하지만 기대하진 마시고요."

"아뇨! 정말 든든합니다! 보통 제가 보낸 편지의 답장을 받을 때는 제도에 간다고 말씀드렸을 때입니다. 리제로테 전하께서는 굳이 만나지 않아도 되니 당신이나 크리스타 전하의 상황에 대해 알아봐 줬으면 한다고 말씀하셨습니다. 편지를 보면 알 수 있지요. 당신들을 걱정하고 계신다는 걸."

"그런, 가요……? 누님이."

예전에는 그 사람들 중에 레오도 있었다. 이 문제에 본격적으로 착수하려면 그런 것들도 물어봐야 할지도 모르겠다. 나는 각오를 다지고 심호흡을 했다.

실패하더라도 아버님은 화를 내지 않을 것이다. 하지만 누님이 시집가는 모습을 보고 싶다니 보여드리고 싶다.

이렇게 일편단심인 공작의 힘이 되어주고 싶다.

"라인펠트 공작. 저는 온갖 수단을 동원해서 당신을 누님께 어필할 겁니다. 그 대가로."

"제위 쟁탈전에 힘을 빌려달라는 말씀이시죠. 알겠습니다. 애초에 레오나르트 전하께서 제위 쟁탈전에 참가하셨다는 이야기를 들었을 때부터 당신도 참가할 거라 생각했고, 힘을 빌려드릴 생각이었습니다. 부족하게나마 라인펠트 공작 가문에서 당신들을 지원해 드리겠습니다. 그건 성공하지 못하더라도 마찬가지입니다."

"그렇다면 결론은 금방 나오겠군요. 그럼 작전 회의를 해 보실 까요. 누님은 강적이니까요."

나는 그렇게 말한 다음 웃으면서 유르겐과 회의를 시작했다.

2

"꽤, 하시는군요……!"

"그쪽이야말로! 저와 호각인 사람은 지금까지 없었는데요!"

우리는 그렇게 말하며 목검을 휘둘렀다.

양쪽 다 무예 실력이 변변찮기 때문에 칼을 휘두르는 모습도 불안정하고 위력도 떨어진다. 하지만 나와 유르겐치고는 꽤 치열한 시합을 벌인다고 생각했다. 어디까지나 생각만.

시합을 마친 다음, 지켜보고 있던 세바스에게 물었다.

"허억, 허억……, 어때?"

"도토리 키재기로군요. 어린아이들이 칼싸움을 하는 걸 보는 게 더 마음 편할 것 같습니다."

"역시나……."

유르겐은 어깨를 축 늘어뜨렸다.

밑바닥끼리 호각으로 벌인 싸움은 다른 사람이 보기에 어린아이들의 칼싸움이 더 낫겠다고 생각할 정도로 형편없는 싸움이었던 모양이다.

뭐, 그건 이미 예상하고 있었다. 못한다, 못한다는 말만 들었기에 얼마나 못하나 확인해 본 것뿐이다. 나와 유르겐은 수건으로 땀을 닦아낸 뒤 다음 방법을 생각했다.

"일단 검술은 안 되겠네요……, 따로 잘하시는 게 있습니까?"

"잘하는 거라면……, 계속 연습해 온 게 있긴 합니다."

"그게 뭐죠?"

"핼버드입니다."

준비되어 있던 무기들 중에서 세바스가 연습용 핼버드를 가져왔다.

도끼창이라 불리는 핼버드는 창 끄트머리에 도끼가 달려 있다. 폭넓은 용도로 사용할 수 있는 무기이긴 하지만, 무겁고 다루기가 힘들다. 드워프가 개발했다고 하며, 키가 작은 그들의 약점을 보완하기 위한 무기다.

잘만 다루면 강하겠지만, 문외한인 사람이 다룰 거라면 그냥 창을 쓰는 게 낫다.

"어째서 핼버드죠?"

"열다섯 살 때, 혼담을 제안하니 리제로테 님과 직접 만날 수 있었습니다. 그때 무기를 다루지 못하는 자와는 결혼하지 않겠다고 하셔서요. 일단은 저도 예상하고 있었기 때문에 창 연습을 했었습니다. 하지만 리제로테 님께는 통하지 않았죠."

"그야 그렇겠죠……."

리제 누님은 장수로서도 물론 뛰어나지만, 개인으로서도 무시무시하게 강하다.

어떤 무기를 쓰더라도 달인급 실력이다. 벼락치기로 연습한 게 통할 리가 없다.

"그때 이렇게 말씀하셨습니다. 네 일격은 너무 가볍다고요. 당시에 저는 매우 깡말랐거든요. 게다가 키도 작았고요. 당시의 저는 리제로테 님께서 납득하실 만한 일격을 가할 수가 없었습니다. 그래서 무거운 무기를 골랐죠. 하지만 이걸 휘두르면 균형을 잃게 되어버리니."

"설마……."

"네, 잔뜩 먹어서 살을 찌웠습니다. 저는 근육을 단련하더라도 한계가 있어서요."

안쓰러워…….

유르겐이 핼버드를 들자 왠지 모를 안정감이 들었고, 휘두른 무기에서도 위력이 느껴졌다. 휘두르는 모습도 상당히 그럴싸했지만……, 설마 이걸 위해서 몸매를 희생시킬 줄이야.

누님……, 당신이 한 말 때문에 인생이 바뀌어 버린 사람이 있는데요. 저는 안쓰러워서 어떻게 해야 할지 모르겠네요. 나는 멀리 있는 리제 누님에게 마음속으로 말을 걸면서 세바스를 보았다.

"어때?"

"꽤 괜찮으시군요. 황녀 전하께 통할지 여부는 미묘합니다만."

"누님에게 통할 거라는 조건을 내세우면 장군이나 근위기사 정도밖에 없을 거라고. 누님도 그 정도까진 원하지 않을 거야."

"그렇다면 좋겠습니다만. 아무튼 검보다는 훨씬 가능성이 있을 것 같습니다. 무게로 밀어붙이며 휘두를 때는 기술도 필요가 없고, 그 무게를 다루는 균형감각도 있군요. 상당히 오랫동안 수련하셨을 겁니다. 검술을 보아하니 아마 무예 쪽 센스는 아르노르트 님과 비슷하겠군요."

"그러니까, 전혀 없다는 거지? 그러면서도 무기 한 종류나마 봐줄 만한 수준까지 끌어올렸다니……, 대단한 사람이군. 나는 도저히 흉내 낼 수가 없겠어."

유르겐은 장사를 배워 약소하던 공작 가문을 풍요롭게 만들었다. 상인으로서 재능이 있고, 그쪽이 훨씬 더 자신에게 적합하다는 건 의심할 여지가 없다.

그럼에도 불구하고 유르겐은 수련을 거듭했다. 상인 쪽 길이 자신이 살아갈 길이라는 사실을 알면서도 누님에게 인정받고 싶어서 약점을 극복하려는 노력을 아끼지 않았다.

"라인펠트 공작."

"네? 왜 그러시죠?"

"다른 여자에게 한눈을 파신 적은 없습니까?"

"없습니다. 저는 그분을 사랑한다고 말씀드렸습니다. 그렇게 말씀드린 이상, 저는 제 말에 거짓말을 하고 싶지 않습니다. 제 아버지는 성실함밖에 장점이 없다는 평가를 받았지만, 저는 그 성실함을 좋아했습니다. 그러니 저도 그렇게 되고 싶습니다. 한 여자만 사랑하고, 그 사랑을 관철하고 싶습니다. 그런 사랑이 아름답다고 생각하고, 그러지 않으면 리제로테 님께서도 돌아보지 않으실 겁니다."

"……세바스. 왠지 내가 나쁜 짓을 하고 있는 것 같은 기분이 드는데……."

"받아들일지 여부는 황녀 전하 마음에 달려 있으니 말이지요. 노력했다고 결혼할 수 있다면 모두가 노력할 겁니다. 노력은 평가해 줄 만한 부분이긴 합니다만, 절대적인 것이 아닙니다. 특히 여자의 마음은 갈대와 같아서 변하기 쉽다고 하니까요. 필사적으로 구혼한 남자가 아니라 껄렁대는 남자에게 더 끌린다는 이야기는 넘쳐날 정도로 많습니다."

"이봐, 라인펠트 공작이 무릎을 꿇었잖아?!"

"그런 이야기도 있다는 것뿐이고, 결국은 황녀 전하께 달렸다는 겁니다."

아마 주위 사람들의 목소리를 듣지 않고 살아왔을 것이다.

안 좋은 방향으로 생각하지 않고 지금까지 노력해 왔다.

그런 유르겐에게는 조금 심한 말이었나?

나는 다가가서 말을 걸려 했지만.

"라인펠트 공작, 기운."

"크윽! 이 정도로 풀 죽는다면 리제로테 님과 어울리지 않아! 나는 왜 이렇게 약한 거지!"

"……."

"껄렁대는 남자를 좋아하신다면 제가 혼자 두 명 몫이라도 맡겠습니다! 아르노르트 전하! 껄렁대는 남자가 되는 비결을 가르쳐 주십시오!"

벌떡 일어난 유르겐이 내게 그렇게 물었다.

갑자기 다가왔기에 무심코 세바스가 있는 곳까지 뒷걸음질 쳤다.

"끈질긴 분이시군요."

"게다가 내게 껄렁대는 남자가 되는 비결을 물어보다니, 무례한 거 아닌가?"

"사실 아닙니까. 제도에서 당신만큼 껄렁도의 극에 달한 사람은 없을 테니까요."

"껄렁도라니, 그런 이해 안 되는 단어를 만들지 말라고. 나는 그런 길을 걸어온 기억 없어. 아무런 길도 걷지 않았을 뿐이지."

"그렇군요! 애초에 선택하지 않는다! 많이 배웠습니다!"

"……."

"……."

진짜 뭐라고 해야 하나. 대단하다는 말밖에 안 나온다.

사람은 사랑이 있으면 이렇게 될 수 있는 건가? 사랑을 얕보고 있었군.

"누님은 기본적으로 강한 사람을 선호하지. 어떻게든 라인펠트 공작이 지닌 힘을 어필하면 가능성이 있으려나?"

"하지만 황녀 전하께서는 20년 동안이나 공작의 성장을 계속 봐오시지 않았습니까? 그러한 힘은 이미 인정하고 계실 것 같습니다만."

"성과를 봤을 뿐이야. 노력하는 과정을 보여주고 싶어. 노력하는 모습은 다른 사람들을 끌어들이지. 그렇게 생각하지 않아?"

"일리가 있군요."

"아르노르트 전하. 저기, 이런 걸 여쭙는 건 무례할 것 같긴 합니다만."

"이미 무례하시니 뭐든 물어보셔도 상관없습니다."

"아, 그럼 다행이군요. 전하께서는 어떻게 리제로테 님의 마음에 드셨습니까?"

사양할 줄 모르는 사람이네.

나는 그렇게 생각하면서 리제 누님의 마음에 들게 되었을 때를 떠올렸다.

11년 전. 내가 소녀를 감싸주고 1주일 동안 감옥에 갇혔을 때였다.

아버지를 통해 여러모로 알게 된 큰형이 누님에게 내가 소녀를 감싸고 감옥에 갇혔다는 이야기를 했는지, 누님은 날마다 감옥으로 찾아왔다.

그리고 몇 번이나 누구를 감싸 준 건지 말하면 아버님께 잘 말해 주겠다고 제안했다.

나는 당연히 누님이 전부 알고 있을 거라는 예상을 하지 못했다. 하지만 나는 마지막까지 내가 한 짓이라고 우겼다. 지금 생각해 보니 나도 오기를 부렸던 건지도 모르겠다.

소녀를 감싸 주고 1주일 동안이나 감옥에 갇혔다. 그런 상황에서 비밀을 털어 놓는다면 의미가 없다고 생각해서, 나는 마지막까지 비밀을 지켜 내고 감옥에서 풀려났다.

누님은 그런 내 머리를 부드럽게 쓰다듬어 주었다.

"역시 내 동생이로구나……."

"네?"

"어렸을 때, 누님이 그렇게 말했습니다. 오기를 부리며 끝까지 관철했더니 누님에게 칭찬받았죠. 그 이후로 여러모로 챙겨주게 되었습니다. 아마 제 태도가 누님 마음에 들었겠죠."

"그거 좋은 소식이로군요. 적어도 라인펠트 공작님은 잘못된 선택을 하지 않으신 겁니다."

"그러게. 라인펠트 공작의 행동은 누님 마음에 들 거야. 그 사람은 노력하는 사람을 좋아할 테니까. 뭐, 누님의 남자 취향은 잘 모르겠지만……, 한번 만나보는 게 빠를지도 모르겠는데."

나는 그렇게 말하며 일어섰다.

애초에 이렇게 중요한 일을 편지로 주고받는 것 자체가 잘못이라고.

"세바스, 준비해라. 일단 라인펠트 공작 영지로 간다."

"네. 곧바로 준비하겠습니다."

"아, 아르노르트 전하?!"

"제도보다는 공작의 영지가 누님이 있는 곳과 가까우니까요. 제가 가면 만나러 와줄지도 모릅니다. 움직이지 않는다면 우리가 가도 되고요."

나는 그렇게 말하며 웃었다. 누님을 상대하면서 제도에서 움직이지 않는다는 것도 말이 안 되는 소리고.

나도 전선으로 나서야지.

하지만 멀리 나가려면 준비를 할 필요가 있다. 누님을 만나려면 선물도 한두 개 정도는 필요할 테고.

그동안에 아무도 방해하지 않으면 좋을 텐데, 공교롭게도 방해할 것 같은 녀석이 몇 명 있다.

"일단 경계는 해둘까."

3

"부르셨습니까. 잔드라 전하."

"잘 왔어. 자이프리트 백작."

잔드라의 방으로 찾아온 사람은 날씬한 중년 남자였다. 특징은 얼굴에 드리운 부드러운 미소. 그것이 그의 무기였다.

자이프리트 백작은 특별한 직책을 맡은 것도 아니고, 대대로 명문 귀족이었던 것도 아니다. 그러나 제위 쟁탈전이 벌어지자 각 진영에서 그를 데리고 가려 했다. 그 이유는 자이프리트 백작이 '발이 넓다'라는 무기를 지니고 있었기 때문이다.

풍부한 인맥을 보유한 자이프리트 백작은 모든 진영이 원하는 존재였다. 그렇기에 레오를 포함한 모든 진영이 영입을 시도했으나, 잔드라가 큰돈과 뒷공작을 통해 낚아챘다.

그런 자이프리트 백작을 잔드라가 부른 것에는 이유가 있었다.

"오자마자 이런 말을 하기긴 좀 그렇지만, 물어보고 싶은 게 있어. 라인펠트 공작의 약점 같은 거 몰라?"

"그렇군요. 라인펠트 공작은 제1황녀 전하께 오랫동안 구혼했다고 들었습니다만, 그것과 관련이 있는 겁니까?"

"그래, 맞아. 이번에 황제 폐하께서는 라인펠트 공작의 협력자로서 아르노르트를 지명하셨어. 만약에 두 사람의 혼담이 성사된다면 레오나르트의 진영은 더욱 커질 거야. 그런 걸 용납할 순 없다고!"

"강한 후원자를 얻게 되긴 하겠지요."

"맞아! 제국 최강의 동부 국경 수비군과 공주 장군! 그들이 후원자가 되면 더더욱 기어오를 게 뻔하단 말이야!"

"아뇨, 전하. 우려해야 할 건 그쪽이 아닐 겁니다."

히스테리를 부리며 소리치는 잔드라에게 자이프리트 백작은 완곡하게 반대 의견을 제시했다. 잔드라에게 자기 의견을 제시할 수 있는 사람은 진영 안에 거의 없다. 그런 의미에서도 자이프리트 백작은 특별한 인재라 할 수 있다.

중립 인재를 손에 넣기 위해서도 자이프리트 백작은 필요하다. 잔드라도 그 사실을 이해하고 있기에 자이프리트 백작이 하는 말을 무시하지는 않았다.

"그게 무슨 뜻인데?"

"제1황녀 전하와 동부 국경 수비군이 후원자가 되면 레오나르트 황자의 진영이 지금보다 더 강해지긴 할 겁니다. 하지만 결국 국경 수비군에 불과합니다. 제1황녀 전하도 국경을 자주 비우실 순 없죠. 제위 쟁탈전에 있어서 중요한 역할을 맡진 못할 겁니다. 오히려 그쪽보다는 라인펠트 공작이 후원자가 되는 게 더 골치 아플 겁니다."

"공작 가문 중에서는 오래되지도 않았고 규모도 작은데? 경계할 정도야?"

"얕봐선 안 됩니다. 그 공작은 그야말로 걸물입니다. 뛰어난 상재(商材)를 지녔고, 인망을 모으는 방법을 잘 알고 있습니다. 마음만 먹으면 차기 재상도 될 수 있을 인재죠. 제가 아는 한, 본인에게는 딱히 약점도 없고 많은 귀족들이 그 공작에게 빚을 졌을 정도입니다. 그가 후원자로 나서면 레오나르트 황자의 진영은 더욱 기세등등해질 게 틀림없습니다."

"당신이 그렇게까지 말하다니 신기하네. 그래서 더 짜증 나. 어째서 그렇게 뛰어난 인재가 오랫동안 그런 여자에게 계속 구혼하는 거야? 여자가 부족하지도 않을 텐데."

"그건 저도 잘 모르겠습니다. 하지만 한 가지 말씀드릴 수 있는 건 그 공작의 구혼이 지금까지 결실을 맺지 못했다는 겁니다. 아마 앞으로도 그러지 못할 테고요."

가만히 지켜봐도 문제없을 것이다. 자이프리트 백작은 그렇게 말했다. 급하게 움직이면 오히려 문제가 생길 수도 있다는 걸 자이프리트 백작도 알고 있었기 때문이다. 하지만.

"만에 하나라도 결실을 맺는다면? 그 여자는 아르노르트를 귀여워해. 그래서 황제 폐하도 아르노르트를 지명한 거고. 성공하면 아르노르트의 공이 되겠지. 그렇지 않아도 공국 관련 건으로 평가가 올라갔는데 더 이상 좋은 평가를 받게 되는 건 참을 수가 없다고!"

잔드라가 한 말을 들은 자이프리트 백작은 한숨을 쉬었다.

영입하려 나선 많은 세력들 중에서 잔드라 진영을 선택한 이유는 자기가 잔드라 진영에서 가장 빛날 수 있을 거라 분석했기 때문이다.

에리크 주위에는 유능한 사람이 많고, 고든은 무인이 아닌 자가 하는 말을 듣지 않는다. 선택지는 레오나르트나 잔드라 중 한 명뿐이었고, 자이프리트 백작은 잔드라를 선택했다. 개인적으로 볼 때 레오나르트가 더 뛰어나지만, 세력을 따지면 어머니가 남부 공작의 여동생이고 많은 마도사들의 지지를 받고 있는 잔드라가 더 우세하리라 생각했기 때문이다.

제위 쟁탈전은 개인의 싸움인 것과 동시에 세력 싸움이기도 하다. 개인의 능력 부족은 주위 사람들이 보완하면 된다. 자이프리트 백작은 그렇게 생각했지만, 금세 잔드라의 사나운 성격 때문에 골치를 썩이고 있었다. 고든보다는 다른 사람의 의견에 귀를 기울이긴 하지만, 지나치게 사나운 성격이 심각한 단점이었다.

"잔드라 전하. 레오나르트 황자는 지금 칙명을 받고 남부의 유민 문제를 조사하고 있습니다. 그리고 라인펠트 공작 건도 폐하의 관할입니다. 함부로 손을 대면 폐하께서 분노하실지도 모릅니다. 지금은 움직이지 않고 기회가 오길 기다려야 합니다."

"그럴 시간은 없어! 외삼촌은 남부의 대부분을 장악하고 있는 공작이라고! 거기서 문제가 생긴다면 책임을 물게 될 거야! 그 여파는 내게도 미칠 테고! 적이 세력을 확대하는 걸 잠자코 보고 있을 수만은 없다니까!"

"……."

잔드라가 하는 말을 있는 그대로 받아들일 만큼 자이프리트 백작은 어리석지 않았다. 관여하지 않았다면 해명으로 끝낼 수 있는 문제다. 당황하는 걸 보니 잔드라의 외삼촌은 유민 문제에 꽤 깊게 관여한 모양이다. 그리고 조사하러 간 사람은 레오나르트. 비리를 철저하게 파헤칠 게 분명하다.

자칫하면 이번 건으로 인해 잔드라와 레오나르트의 위치가 역전될지도 모른다.

그런 초조함에 사로잡히고, 그렇게 초조한 마음으로 인해 칼끝이 아르노르트와 라인펠트 공작 쪽으로 향하고 있다. 지금 두 사람을 방해해 봤자 레오나르트를 막진 못한다. 지반이 무너지는 건 막을 수 없다는 뜻이다.

하지만 잔드라가 그러기를 원하는 이상, 그 기대에 부응할 필요가 있다. 영입을 통해 잔드라 진영에 들어온 자이프리트 백작도 입장이 절대적인 것은 아니다. 그 또한 공을 세울 필요가 있는 것이다.

"알겠습니다. 그렇다면 저희와는 전혀 상관이 없는 영역에서 혼담을 망치도록 하죠."

"뭔가 생각이 있구나?"

"네. 잔드라 전하께서는 베르츠 백작을 기억하십니까?"

"잊을 리가 없지! 지금도 짜증이 가시지 않았다고!"

"그렇겠죠. 하지만 이번에는 우리가 한 방 먹여줄 차례입니다. 그 건 이후로 황제 폐하는 남녀 관계에 민감하십니다. 그 부분을 찌르도록 하시죠."

"구체적으로는?"

"라인펠트 공작은 오랫동안 제1황녀 전하에게 구혼했고, 황제 폐하께서는 그 성실한 모습을 동정하고 계십니다. 그래서 아르노르트 황자를 협력자로 붙여 주셨죠. 하지만 그 성실함이 거짓이라면? 제 지인 중에는 입이 무거운 창관 사람이 몇 명 있습니다. 그들의 힘을 빌려 라인펠트 공작이 성에 창녀를 끌어들인 것처럼 보이게 하죠. 평소의 황제 폐하라면 자세히 조사하셨겠지만, 제1황녀 전하가 엮인 상황이라면 격노하셔서 곧바로 처벌하실 겁니다. 그러면 혼담도 망칠 수 있겠죠."

"훌륭한 책략이네! 당신을 우리 진영으로 끌어들이길 잘했어! 이번 계획이 성공한다면 당신은 내 심복이야!"

"감사합니다. 그럼 바로 준비하겠습니다. 부디 이번 건에 대해서는 끝까지 관심이 없는 것처럼 행동하시는 걸 잊지 마십시오."

"나도 알아."

자이프리트 백작은 그렇게 말한 다음 잔드라의 방을 나섰다.

그와 동시에 소리 없이 떠나간 그림자가 있었다는 사실을 두 사람은 알지 못했다.

4

"──그런 계획을 짜고 있는 모양입니다."

"흥, 역시 움직이는 건 잔드라 쪽이었나? 네게 감시를 맡기길 잘했군."

나는 그렇게 말하며 살짝 웃었다.

라인펠트 공작의 영지에 가기 위한 준비 기간. 그동안에 방해를 받으면 곤란하기에 경계하고 있었는데, 이렇게까지 멋지게 예상이 들어맞으니 웃음이 나왔다.

"어떻게 하시겠습니까?"

"그 녀석들의 계획은 그럴싸하게 보이게 만드는 거다. 흔적을 남겨서 아버님이 그렇게 믿게끔 하려는 거지. 아마 공작이 눈치채지 못하게 창녀의 옷이나 냄새 같은 걸 방에 남길 거다. 성의 메이드들이 그걸 발견하면 메이드장을 통해 곧바로 아버님의 귀에 들어갈 테니까."

"잔드라 전하의 진영에서는 효율적인 계획일 겁니다. 실패하더라도 위험 부담이 없다는 게 훌륭하군요. 소극적인 자이프리트 백작치고는 묘수를 고안해 냈다고 해야 할까요."

"그렇지. 자이프리트 백작은 우리 쪽으로 끌어들였으면 했는

103

데. 발도 넓고, 머리도 나름대로 잘 돌아가니까. 잔드라 진영에 별로 없는 잔드라의 조언자, 스토퍼 같은 역할을 맡고 있을지도 모르겠는데. 그럴 자신이 있으니까 잔드라에게 갔을 테고."

후보가 제위 쟁탈전에서 승리한 다음, 그 후보의 측근들은 중요한 직책을 맡게 된다. 자이프리트 백작은 발이 넓긴 하지만, 중요한 직책을 맡지는 못했다. 이대로는 결코 출세하지 못할 것이다. 그렇기 때문에 자신을 중용해주고, 자기가 활약할 수 있는 진영을 선택했다. 나중을 생각하면 나쁜 선택은 아니다. 하지만 보는 눈이 없었다.

"이대로 방치하면 잔드라의 진영이 견고해질지도 모르겠어. 아깝지만 실각시켜야겠군."

"이쪽으로 끌어들이지 않으실 겁니까?"

"자이프리트 백작을 끌어들일 바엔 차라리 라인펠트 공작에게 잘 보이게끔 노력하는 게 낫지. 완전히 상위호환이니까. 그 사람이 발도 더 넓고, 돈도 더 많아."

"그렇긴 합니다."

"그래서 그런데, 일을 하나 더 부탁해도 될까?"

"알겠습니다."

"그 녀석들은 라인펠트 공작의 방에 이것저것 손을 쓸 거야. 결과도 신경 쓰일 테고, 잔드라가 쓸데없이 움직이지 않을까 걱정되는 자이프리트 백작도 분명히 성에 머무르겠지. 그 방에 그 녀석들이 손을 써둔 것들을 옮겨놓으라고. 자이프리트 백작은 기혼

자야. 성을 창관처럼 써먹었다는 사실을 알게 되면 아버님의 분노가 더욱 거세지겠지. 제도에는 남아 있을 수 없을 거야."

씨익 웃으며 반격할 수단에 대해 설명하자 세바스가 한숨을 쉬었다.

"휴우……."

"왜 그래?"

"아뇨, 어쩌다 이렇게 자라 버렸나 싶어서 말이지요."

"그래, 나도 그렇게 생각해. 주위 환경이 정말 지독했는데도 불구하고 용케 이렇게 올곧게 자랐다고 나 자신을 칭찬하고 싶군."

"축복받은 환경이었을 테니 타고난 성격이실 겁니다."

"그런가? 나는 올곧은 성격을 타고난 건가?"

"올곧다는 단어의 해석에 문제가 좀 있는 것 같습니다만."

그렇게 이야기를 나눈 다음, 세바스는 소리 없이 방에서 사라졌다.

■ ■ ■

다음 날. 곧바로 행동에 나선 자이프리트 백작은, 자신이 라인펠트 공작의 방에 숨겨두라고 지시한 물건들이 자기가 머물렀던 객실 곳곳에서 발견되었다는 사실에 경악하며 아버님께 끌려갔다.

"자이프리트 백작!! 이게 대체 어떻게 된 일이냐?!"

"폐, 폐하! 이건 뭔가 잘못된 것입니다!"

"잘못된 것은 네 행동이다! 부인이 있는 몸이면서도 창녀를 부르다니! 그것도 내 성에! 너는 나를 공경할 마음이 없는 게로구나! 황제의 성을 창관처럼 써먹는 귀족이 있다는 이야기는 들어보지도 못했다!!"

"히이이이이이익!! 요, 용서하여 주십시오! 이건 정말로 뭔가 잘못된……."

"변명 따위는 듣고 싶지도 않다! 처분은 나중에 생각하마! 지금은 감옥 안에서 자신의 소행을 반성하도록!!"

"자, 잠깐만 기다려 주십시오! 폐하! 폐하!!!!"

자이프리트 백작은 곧바로 경비병에게 붙잡혀서 옥좌의 방 밖으로 끌려갔다.

내일 아침에 출발하겠다는 말을 하러 온 나는 그런 자이프리트 백작의 모습을 보고는 마음속으로 크게 웃어댔다.

이제 잔드라는 유능한 인재를 잃었다. 자이프리트 백작이 다짐을 받았던 것처럼, 이번 건에는 관심을 보이지 않을 수밖에 없다. 자세하게 조사하면 다른 죄까지 들키게 되기 때문이다. 자이프리트 백작도 그 사실을 알고 있는 이상, 실토하지는 않을 것이다.

이제 잔드라는 한동안 움직이지 못한다. 에리크도 그렇고, 고든도 아버님의 칙명을 받고 움직이는 레오의 진영을 건드리진 않을 것이다. 잔드라와 달리 그 두 사람은 대신과 장군이라는 나라의 직책이 있다. 함부로 움직이다가는 직책을 잃게 되기 때문에 이런 상황에서는 적극적으로 움직일 수 없다.

다시 말해, 한동안 제도를 비우더라도 문제가 없다는 뜻이다.

나는 그런 생각을 하며 아버님에게 내일 아침에 출발하겠다고 말했다.

"그렇군. 만나러 가는 거냐."

"네. 그게 제일 낫겠다고 판단했습니다."

"뭐, 그 녀석의 성격상, 편지로는 움직이지 않겠지."

"네. 제도까지는 오지 않더라도 공작의 영지까지라면 와줄지도 모르니까요."

내가 한 말을 듣고 아버님이 연달아 고개를 끄덕였다. 옆에 프란츠가 있어서 그런지 저번에 보았던 것처럼 무기력한 모습은 전혀 드러내지 않았다.

"전하. 이건 개인적인 부탁입니다만, 괜찮으시겠습니까?"

"말씀하시죠, 재상."

"감사합니다. 라인펠트 공작은 20년 전, 어린 나이에 리제로테 전하에게 반한 뒤로 한 번도 전하께 직접 편지를 보내지 않았습니다. 전하께서 제도에 계실 때는 항상 저를 거쳐서 보냈습니다. 제도와 공작의 영지는 마음 편히 오갈 수 있을 만큼 가깝지 않습니다. 그럼에도 불구하고 공작은 항상 제게 편지를 보냈습니다. 이유가 뭔지 아시겠습니까?"

"누님에게 직접 보내는 건 폐가 된다 생각했기 때문인가요?"

"그렇습니다. 폐가 되지 않는다면 재상이 때를 봐서 건네줬으면 좋겠다고 하더군요. 전하께서 기분 나빠하시는 것 같다면 찢어 버려도 상관없다고 말이죠. 이렇게 배려하는 구혼자는 라인펠트 공작뿐입니다. 그러니 리제로테 전하께서도 라인펠트 공작의 편지만큼은 반드시 읽으셨고, 선물도 라인펠트 공작이 보낸 것만은 빠짐없이 받으셨습니다. 장군으로서 전장을 돌아다니게 되신 이후로는 측근에게서 똑같은 이야기를 들었습니다."

그건 뜻밖의 사실이다. 라인펠트 공작이라면 그런 배려를 하더라도 신기할 건 없다.

뜻밖이었던 건 누님이 그 편지를 항상 읽었다는 점이다.

이거 혹시나 그럴 수도 있나?

"멀리 떨어진 영지에 있는 귀족에게 있어서 편지나 선물은 상대를 붙들어 두는 수단입니다. 1년에 한 번 만날까 말까. 잊혀지지 않게끔 지나친 마음을 드러내는 귀족도 많은 와중에 그런 의미에서는 라인펠트 공작이 신사적이라 할 수 있었습니다. 그래서 리제로테 님께서는 혼담을 거절하면서도 편지나 선물은 거절하지 않으셨습니다."

"그렇군요. 개인적으로 싫어하는 건 아니라는 뜻이네요."

"네. 뭔가 이유가 있을 겁니다. 결혼을 하지 않겠다고 결심하셨거나, 아니면 다른 이유가 말이죠. 전자라면 어쩔 수 없겠습니다만, 다른 이유가 있다면 전하께서 설득해 주셨으면 합니다. 분명히 싫어하신다면 라인펠트 공작도 포기하겠지만, 리제로테 전하께서 아마 싫어하시는 게 아닐 겁니다. 그렇기에 안쓰럽습니다."

계속 편지를 전달했으니 프란츠도 편지를 보았을 것이다.

선물이 어떤 건지도 알고 있었을 테고, 그것을 받은 리제 누님의 반응도 알고 있다.

프란츠는 누구든 잘 돌봐 주는 성격이니 조언도 꽤 해주었을 것이다.

그런 프란츠가 보기에도 이 사랑은, 결실을 맺었으면 하는 모양이다.

"20년……, 경우에 따라서 너무 끈질기다고 하는 사람도 있을 것이다. 나도 그중 한 명이었다. 포기하라고 몇 번이나 말했다. 그러는 게 바람직할 거라고. 아무리 노력해 봤자 의미가 없다고. 하지만 라인펠트 공작은 언제나 '리제로테 님께서 민폐라고 말씀하신다면 포기하겠습니다'라고 대답했다. 그 녀석에게 있어서 리제로테는 인생이다. 좋은 결과가 나오든 아니든, 이번에 마무리를 지어주고 싶구나."

역시 아버님도 사람이구나.

20년 동안 한 사람을 붙들어 둔 것에 죄책감을 느낀 모양이다.

보기에 따라서는 누님이 형편 좋게 매달리게 해둔 것처럼 보일지도 모르니까.

누님 성격을 생각하면 그런 생각은 없었겠지만, 내게 신경 쓰지 말라고 딱 잘라 말하지 않은 시점에서 붙든 거나 마찬가지다.

"만약에……, 누님이 누구와도 결혼할 생각이 없다고 하면 포기하실 겁니까?"

"……그런 거라면 어쩔 수 없겠지."

시집가는 모습을 보고 싶다. 아버님은 그렇게 생각하지만, 고집이라고도 할 수 있다.

아버님은 안타까운 듯이 그렇게 중얼거렸다. 아버님 성격을 감안하면 누님이 시집을 감으로써 제위 쟁탈전에 휘말리지 않게 될 거라 생각하고 있을지도 모르겠다.

아마 고든과 잔드라, 둘 중 한 명이 황제가 되면 누님도 트집을 잡아서 제거할 것이다. 하지만 시집을 가면 더 이상 황족이 아니게 된다. 조금이나마 위험을 덜 수 있다. 제국으로서도 뛰어난 장군을 잃지 않아도 된다.

황제라 해도 뭐든지 마음대로 하지는 못하기 때문이다.

"그러면 그렇게 진행하겠습니다. 좋은 소식을 알려드릴 수 있을지는 모르겠습니다만, 최선을 다하긴 할 테니 잠시 기다려 주십시오."

"알겠다. 잘 부탁하마."

나는 옥좌의 방을 나섰다.

5

남부로 향한 레오는 어떤 도시에 와 있었다. 남부 최대의 도시인 분메.

그곳을 다스리는 자는 남부 일대에 영향력을 지닌 대귀족, 크류거 공작 가문이다.

"협력해 주셔서 감사합니다. 크류거 공작."

"아뇨, 아뇨, 순찰사에게 협력하는 건 귀족으로서 당연한 일이니까요."

그렇게 말하며 웃은 사람은 녹색 머리 남자. 이미 50세가 넘었지만, 여전히 젊어 보인다.

큰 키에 날씬한 몸매, 허리에는 얇은 검을 차고 있다. 예전에는 전장에도 나섰던 무인이기도 하다. 이름은 스벤 폰 크류거.

현재 황제의 제5비의 오빠이기에 황제의 매형이기도 하다.

"남부에 대해서는 크류거 공작에게 물어보는 게 제일 나을 것 같다고 생각합니다. 솔직히 말해 크류거 공작이 보기에 수상쩍은 귀족이 있습니까?"

레오는 크류거 공작을 똑바로 바라보았다.

남부에서 일어난 사건들 중 대부분에 크류거 공작이 관여했다. 레오나르트도 그 사실은 이미 알고 있었다. 하지만 갑자기 크류거 공작을 조사할 수는 없다.

우선은 린피아의 마을과 관련이 있는 곳부터 손을 대야겠지만, 그러기 전에 크류거 공작이 누구 이름을 댈지 신경 쓰였던 것이다.

"수상쩍은 귀족 말씀이십니까. 척 보기에 수상쩍은 귀족은 제가 주의를 주기 때문에 없겠지만, 국경 근처의 귀족들은 고삐가 약간 느슨하긴 합니다."

약간 느슨하긴 합니다, 이럴 때 애매한 표현으로 말하는 건 수상쩍다.

얼마든지 둘러댈 수 있기 때문이다. 하지만 그것만으로 추궁할
수는 없다.

레오는 크류거의 일거수일투족에 주의를 기울이며 미소를 짓
고는, 잡담을 나누었다.

■ ■ ■

레오가 크류거 공작과 만나는 동안, 린피아는 거리에서 물건을
사고 있었다.

물론, 물건도 살 겸, 거리의 상황을 살피고 있었다.

"그거하고, 저것도 주세요."

"네, 감사합니다!"

"요즘 뭔가 특이한 일은 없었나요?"

"특이한 일? 음, 짐작가는 게 없는데."

과일을 파는 가게 주인에게 물어 보았지만, 돌아온 것은 그런
대답이었다.

이번이 다섯 군데째. 다들 비슷한 느낌이었다.

적어도 이곳 분메에 겉으로는 특이한 일이 없는 것 같았다.

"그렇군요. 감사합니다."

린피아는 그렇게 말한 다음 산 물건들을 챙기며 주위를 둘러보
았다.

필요한 물건들은 대충 다 샀다. 정보 수집도 지나치게 할 이유

는 없다. 이제 어떻게 할까, 린피아가 고민하고 있자니 길가에 백발 노인이 곤란해하고 있었다.

"미안하다만, 좀 물어볼 것이……."

"……."

"흐음. 이 근처 사람들은 쌀쌀맞군."

노인은 그렇게 말하며 한숨을 쉬었다. 키가 작고 약간 뾰족한 귀. 노인은 드워프였다. 드워프는 원래 노안이지만, 그 노인은 드워프 중에서도 나이가 많은 편 같았다.

땅딸막한 드워프치고는 날씬했고, 긴 백발을 늘어뜨리고 있었다. 린피아는 하얀 지팡이를 짚고, 허리까지 굽은 그 드워프를 못 본 척할 수가 없었기에 말을 걸었다.

"영감님. 왜 그러시나요?"

"오오, 착한 아가씨가 있군. 미안하지만 도시 문까지만 안내해 줄 수 있겠나. 나는 방향치라서 말이야. 벌써 사흘이나 헤매고 있다네."

"사흘이나요? 고생이 많으셨겠네요. 안내해 드리죠."

린피아는 감정이 표정에 잘 드러나지 않는 편이지만, 거리에서 사흘 동안이나 헤맸다는 드워프 노인의 말을 듣고 놀라움을 감출 수가 없었다.

하지만 린피아는 곧바로 노인을 안심시키기 위해 미소를 지으며 안내해 주겠다고 말했다.

그런 린피아의 호의를 느낀 노인도 미소를 보였다.

"아니, 아니, 고맙네, 고마워. 드워프라 그런지 아무도 이야기를 들어주지 않아서 말이지. 곤란했던 참이네."

"그러셨군요. 힘드셨겠어요."

린피아의 말투는 담담했지만 위로하려는 기색이 담겨 있었다. 그 분위기를 눈치챈 노인이 크게 웃었다.

"아니라네. 아가씨가 나를 발견해 주었으니 운이 좋았지."

"저도……, 곤란할 때 도움을 받았으니까요. 아니, 아직 도움을 받는 도중이라고 해야 할까요."

"호오? 아가씨도 곤란한 일이 있는 건가?"

"네, 뭐."

"그렇군, 그래. 힘들겠어. 으음~, 이것도 인연일 터인데. 도움이 될 만한 물건이 있던가."

노인은 그렇게 말하며 메고 있던 가방을 열고 안을 뒤지기 시작했다. 린피아는 사양했지만, 노인은 젊은이가 사양할 필요는 없다면서 계속 가방을 뒤지고 있었다.

"영감님, 이쪽이에요, 이쪽."

"으음? 오, 그쪽인가."

노인은 계속 가방을 뒤지고 있어서 그런지 린피아가 잠깐 한눈을 팔면 전혀 다른 방향으로 가려 했다. 그렇게 린피아가 때때로 드워프 노인의 진로를 조정해 주다가 정신을 차리고 보니 도시의 문에 도착했다.

"영감님, 도착했어요."

"응? 도착했다고? 어디에?"

"문이요."

"오오! 그랬지, 그랬어! 아가씨에게 보답으로 줄 물건을 찾다 보니 목적을 깜빡 잊고 있었군그래!"

고개를 번쩍 든 노인이 시원스럽게 웃었다.

이런 성격이라 헤매는 것 같다고 생각한 린피아는 이 노인을 이대로 도시 밖에 내보내도 괜찮을지 불안해졌다. 하지만.

"아가씨에게는 이걸 주지. 영수(靈樹)로 만든 피리다. 아가씨가 꼭 도움이 필요하다고 생각했을 때 불도록 해. 아가씨의 아군이 아가씨가 있는 곳을 알 수 있을 게야."

"그런 건 못 받아요! 영감님이 가지고 계세요!"

"나는 됐다네. 아가씨가 가지고 가도록 해. 꼭 불어야 하네. 누군가에게 기대는 건 잘못이 아니니."

노인은 그렇게 말한 다음 씨익 웃고는 문 밖으로 나갔다. 그 뒷모습이 매우 불안해서 린피아는 걱정이 되었지만, 할 일이 있는 이상 계속 돌보고 있을 수는 없다.

린피아는 노인의 뒷모습을 향해 고개를 숙여 인사하고는 다시 도시 안으로 돌아왔다.

"인간도 아직 못 써먹을 정도는 아니로군. 자, 다음은 어디로 가볼까. 나를 부르는 목소리가 있으려나."

노인은 그렇게 중얼거리면서 길을 벗어나 산속으로 사라져 갔다.

제도를 떠난 지 일주일이 지났다. 느긋하게 라인펠트 공작 영지로 가던 나는 겨우 라인펠트 공작 영지의 수도에 도착했다.

"오신 걸 환영합니다. 이곳이 저희 라인펠트 공작 영지의 수도 에르츠이고, 저기가 저희 저택입니다."

"겨우 도착했군요."

마차에서 내린 나는 크게 기지개를 켰다. 눈앞에는 큼직한 저택이 있다. 충분히 크긴 하지만, 공작이 사는 곳치고는 작은 편일 것 같다. 제국 동남부에 있는 이곳 라인펠트 공작 영지는 애초에 다른 공작들의 영지와 비교하면 큰 편이 아니니, 이 정도가 딱 좋을지도 모르겠다.

"오랫동안 여행하셨으니 우선 푹 쉬시죠."

"그러게요. 저도 좀 피곤합니다."

크라이네르트 공작령에 갔을 때는 말을 타고 닷새가 걸렸다. 그때는 급했기 때문에 계속 달리기만 해서 말이 쓰러질 기세였다. 하지만 이번에는 그리 급하지 않다. 그래서 느긋하게 마차를 타고 1주일에 걸쳐서 왔다. 그렇다 해도 이번에 타고 온 것은 황족이나 공작들이 이용하는 최첨단 마도 마차다. 일반적인 마차와 비교하면 꽤 일찍 도착한 편이겠지.

"죄송합니다. 제가 계속 떠들어서 피곤하신 모양이군요."

유르겐은 그렇게 말하며 미안한 듯한 표정을 지었다.

그러자 나는 쓴웃음으로 대답했다. 마차 안에서 유르겐이 항상 떠들고 있긴 했다.

싫었던 건 아니다. 하지만 싫지 않다고 해서 피곤을 느끼지 않는 것도 아니다.

"가능하면 목욕을 하고 싶은데요."

"맡겨만 주십시오. 저희 저택에는 대욕탕이 있습니다. 어머님께서 그쪽으로 신경을 많이 쓰셨습니다."

"기대되네요."

나는 그렇게 말하며 유르겐의 안내를 받아 저택으로 들어갔다.

그런데 저택으로 들어서자 유르겐의 집사로 보이는 노인이 급하게 유르겐에게 달려왔다.

"왜 그래? 그렇게 당황하고."

"크, 큰일입니다! 지, 진정하시고 제 말을 들어 주십시오!"

"우선 네가 진정하라고. 천천히 말해도 되니까."

유르겐은 그렇게 말하며 집사를 진정시켰다.

심호흡을 한 집사가 약간 차분해진 느낌으로 말을 꺼냈다.

"저, 전하께서 좀 전에 도착하셨습니다."

"그래, 나도 알아. 나하고 함께 오셨지."

"아, 아닙니다! 아르노르트 전하가 아니라!"

"전하라고 하니 헷갈리는 거다. 원수 각하라고 불러 줬으면 좋겠다만."

듣기만 해도 무심코 무릎을 꿇고 싶어지는 목소리가 내 귀에 날아들었다.

위압적인 건 아니다. 하지만 거역하면 안 된다는 걸 상대방이 스스로 깨닫게 만드는, 태어날 때부터 위에 서는 것이 정해져 있다는 듯한 목소리. 다른 사람에게 명령하기 위해 태어났다고 해도 그 말을 믿어버릴, 그 사람이 계단을 천천히 내려왔다.

풍성한 금발과 보라색 눈동자. 여자치고는 키가 크다. 글래머인데 딱 달라붙는 군복을 입었기에 몸매가 좋다는 걸 알아볼 수 있다. 보는 사람들이 흘려 버릴 미녀지만, 그 여자는 까만 군복 위에 푸른 망토를 걸치고 있었다. 제국에서 푸른 망토를 걸칠 수 있는 군인은 세 원수 뿐이다.

크리스타를 어른으로 만들어서 요염함과 시원스러움, 그리고 힘찬 느낌을 더한 것 같은 그 여자의 이름은 리제로테 렉스 아드라. 제국 제1황녀이자 황족 최강의 장군이다.

"리제 누님……! 어째서 여기?!"

"오랜만에 만난 누나에게 그게 무슨 말이냐? 다시 해라."

"어……."

"다시 해라."

"……오랜만입니다. 리제 누님. 건강하게 지내시는 것 같아 다행입니다."

"좋다."

누님이 반론을 용납하지 않겠다는 말투와 눈빛으로 그렇게 말했기에 나는 어쩔 수 없이 인사를 처음부터 다시 했다.

그런 나를 보고 만족했는지, 리제 누님은 미소를 지으며 내 곁으로 다가왔다.

"오랜만이구나, 아르. 너도 건강하게 지내는 것 같아 다행이다. 크리스타는 어떻게 지내고 있지?"

갑자기 근황 이야기를 하기 시작했다. 여전히 마이페이스인 데다 억지스럽다.

유르겐은 멍한 상태로 무릎을 꿇고 있었다. 우선 실례하고 있다고 하는 게 보통일 텐데. 뭐, 이 누나에게 무슨 말을 해봤자 소용이 없겠지만. 다른 사람에게 맞추지 못하는 게 아니라 맞출 생각이 없다. 유아독존 그 자체가 이 사람이다.

"크리스타도 건강하게 지내고 있습니다. 요즘은 나이가 비슷한 친구도 생겨서 자주 웃게 되었고요."

"그렇군. 번거롭게 해서 미안하구나."

"아뇨, 여동생이니까요. 그리고 제일 많이 돌봐주는 사람은 어머님이십니다."

"그렇군. 어머님도 건강하신가?"

"네. 평소와 마찬가지십니다."

리제 누님은 보고를 대충 듣고 나서 만족스러운 듯이 고개를 끄덕였다.

그리고 그제야 유르겐 쪽을 보았다.

"유르겐. 자리를 비운 동안 실례해서 미안하다."

"아뇨, 환영도 해드리지 못해 죄송합니다."

"리제 누님. 다시 여쭙겠습니다만, 어째서 여기?"

원래는 도착하고 나서 편지를 쓸 예정이었다.

설마 벌써 와 있을 줄은 전혀 예상하지 못했다.

동부 국경에서 여기까지는 그리 멀지 않다. 뭐, 제도와 비교하면 그렇다는 거지만.

특히 누님이 보기에는 그렇게 먼 거리가 아닐 것이다. 하지만 누님은 동부 국경을 맡고 있는 원수다. 그렇게 간단히 움직일 수 있는 입장이 아닐 텐데.

"신병 훈련을 후방에서 진행하고 있어서 말이다. 그러던 와중에 네가 여기로 온다는 연락을 받았다."

"연락을 받았다니……."

대체 어떤 정보망을 깔아둔 건지.

정보를 빠르게 입수한 것도 그렇고, 연락을 받았다고 해서 우리보다 먼저 와 있는 행동력도 이상하다.

"자, 나는 온 이유를 말했다만, 너는 왜 유르겐과 함께 여기에 온 거지?"

"어……, 그건……."

아차. 무덤을 팠다. 솔직하게 말해야 하나 아니면 둘러대야 하나.

잠시 망설이고 있자니 리제 누님이 살짝 웃었다.

"굳이 말하지 않아도 된다. 어차피 아버님께서 시킨 거겠지?"

"……잘 아시는군요."

"아버지니까. 무슨 짓을 할지는 대충 짐작이 된다."

어이가 없다는 듯이 한숨을 쉰 리제 누님은 유르겐 쪽을 보았다.

유르겐은 껄끄러워하는 표정을 짓고 있었지만, 그러면서도 둘러대려는 낌새는 보이지 않았다.

"끈질긴 녀석이로구나, 유르겐. 이번에는 동생까지 끌여들여서 어쩔 셈이지?"

"평소와 마찬가지입니다. 리제로테 님."

"그렇군. 그렇다면 내 대답도 마찬가지다. 나는 너와 결혼할 생각이 없다. 나는 함께 죽을 수 없는 자하고는 결혼하지 않는다."

"저도 잘 알고 있습니다. 하지만 저는……!"

"됐다. 오랜만에 아르와 이야기를 하고 싶구나. 방을 빌리마."

"……네."

리제 누님은 망토를 펄럭이며 마치 자신의 저택인 것처럼 나아갔다.

그 뒷모습이 따라오라고 하고 있었지만, 그래도 그럴 수는 없었다.

"리제 누님. 오랫동안 여행해서 피곤합니다. 몸을 좀 씻고 와도 될까요?"

"나는 신경 쓰지 않는다."

"제가 신경 씁니다."

"소녀 같은 말을 하는 녀석이로군. 뭐, 됐다. 나도 시원하게 씻고 싶었던 참이다. 오랜만에 함께 목욕할까."

"네……?"

이 누나가 대체 무슨 말을 하는 거야? 같이 목욕할 리 없잖아!

"아, 아뇨, 사양하겠습니다……!"

"사양하지 마라. 등을 씻겨 주마."

"저, 저는 라인펠트 공작하고 함께 목욕할 겁니다! 오던 도중에 친구가 되었거든요! 이럴 때는 역시 함께 목욕을 하면서 더욱 친해져야지요!"

억지스럽긴 하지만 누님을 말리기 위해서는 어쩔 수 없다.

내가 그렇게 생각하고 있다는 걸 눈치챘는지, 유르겐도 나서 주었다.

"리제로테 님. 전하의 등은 제가 씻어드리겠습니다. 그러니 안심하십시오."

"그렇군."

"네, 그러니 리제로테 님께서는 방에서."

"어쩔 수 없지. 셋이서 함께 목욕할까."

"네?!"

"따로따로 목욕하면 귀찮지 않나? 뭐, 안심해라. 남에게 보여도 창피할 만한 몸은 아니다."

"푸웁!!"

자기도 모르게 상상해 버린 모양인지 유르겐이 코피를 잔뜩 흘리며 몸을 웅크렸다.

그 모습을 보고 리제 누님이 유쾌하게 웃었다.

"하하하, 여전히 순진하구나. 유르겐."

"웃을 때가 아니라고요! 아무튼 누님은 방에 계세요! 아시겠지요?!"

"뭐지? 누나와 목욕하는 게 싫은 거냐?"

"네! 싫습니다! 싫으니까 방에 계세요!"

"그렇군. 그렇다면 어쩔 수 없지. 그럼 둘이서 시원하게 씻고 오거라."

리제 누님은 그렇게 말한 다음, 마음에 안 든다는 듯이 계단을 올라갔다.

위험했다. 하마터면 공작을 죽일 뻔했다. 현역 원수, 그것도 제1황녀가 공작을 코피로 죽게 만들다니, 웃을 수 없는 살인사건이다. 말 그대로 죽여주는 매력이다.

"공작, 괜찮아요?"

"괘, 괜찮습니다……. 그런데 역시 리제로테 님은 대단하시군요. 호탕하신 분이에요……."

"그냥 여자를 포기했을 뿐인 것 같은데……."

"아뇨, 저렇게 저를 휘두르시는 분이십니다……. 하지만 그것 또한 저분의 매력이죠……."

"이제 누님이라면 뭐든 좋으신 모양이네요……."

나는 양쪽 다 별종이라며 한숨을 쉬고는 유르겐과 함께 대욕탕에서 여행의 피로를 풀러 갔다.

7

목욕을 하면서 여행 도중에 더러워진 몸을 씻어내고 개운해진 나와 유르겐은 옷을 입으며 앞으로 어떻게 할지 의논했다.

"아무튼 지금은 누님의 페이스네요. 이대로 밀리기만 하면 안 됩니다."

"네. 그런데 멋지게 선제공격을 당해 버렸군요."

그렇게 말하는 유르겐의 표정은 전혀 분한 것 같지 않았다. 오히려 역시 대단하다고 감탄하는 듯한 표정이었다. 뭐, 이렇게까지 멋지게 우리 계획을 박살 낸 걸 보니 대단하긴 하지만, 그렇게 감탄하고 있을 때가 아니다.

"동생으로서 생각하는 건데요. 누님이 라인펠트 공작을 대하는 태도는 싫어하는 느낌이 아닌 것 같습니다. 오히려 마음에 들어 하는 것 같네요."

"그게 정말입니까?!"

"제가 그렇게 느낀 것뿐이지만요. 리제 누님은 원래 저런 성격이니 아무리 제가 왔다 하더라도 싫어하는 사람의 저택에는 올 사람이 아닙니다. 역시 혼담을 받아들이지 않는 이유는 저 사람이 말한 조건 때문이겠죠."

"'함께 죽을 수 없는 사람과는 결혼하지 않는다' 말이죠……."

"네. 반대로 말해서 그 조건을 만족시킨다면, 결혼하는 것 자체를 싫어하는 건 아니라는 뜻입니다. 결혼 자체에 부정적이라면 어떻게 해볼 방법이 없겠지만, 저래 봬도 일단은 황족 여자니까요. 어렸을 때부터 언젠가는 결혼할 거라고 배우며 자랐습니다. 그러니 공작이 조건을 만족한다는 걸 증명한다면 희망이 있을 겁니다."

"그렇군요……, 그런데 저분과 함께 죽을 수 있는 사람이라면 측근이 될 수밖에 없습니다."

그게 문제다. 누님은 일부러 군에 들어온 유르겐을 쫓아냈다.

측근이 될 기회를 누님이 가로막은 것이다.

그것만은 누님답지 않다. 군에 들어가서 유르겐이 좌절한 것도 아니다. 누님이 손을 써서 쫓아낸 것이다. 아무래도 그 점이 신경 쓰인다.

"어찌 됐든, 최소한 싸울 수 있다는 걸 증명해야 하겠죠."

"저도 알고 있습니다. 리제로테 님께 수련의 성과를 한번 보여 드리죠."

유르겐은 그렇게 말하며 의기양양하게 툭 튀어나온 배를 두드렸다.

출렁, 진동하는 살을 보고 왠지 불안해졌지만, 소리 내어 말할 수는 없었다.

■ ■ ■

"목욕을 오랫동안 하더군. 머리카락과 몸을 씻을 뿐인데 시간이 그렇게 오래 걸리나?"

"목욕을 그저 머리카락과 몸을 씻는 거라 단정 짓는 건 목욕에 대한 모독입니다. 리제 누님."

입을 열자마자 그런 말을 꺼낸 리제 누님의 머리카락에는 윤기가 흘렀다.

아마 누님은 그 말대로 수고를 별로 들이지 않았을 것이다. 그냥 감기만 했겠지.

세상 모든 여자들에게 질투를 살 것 같은데.

나와 유르겐은 누님이 앉아 있던 원형 테이블 앞에 앉았다. 테이블에는 홍차가 마련되어 있었다. 과자도 있긴 하지만, 누님이 자기 쪽으로 끌어당겨 두어서 손을 댈 수가 없다.

"그런가? 전장에서는 물이 귀중하니 말이야. 즐기는 경우가 별로 없다."

"제도에 머무르실 때는 그런 걸 신경 쓸 필요가 없잖아요?"

"제도에 머무를 때는 시녀들도 있어서 싫었다. 결국, 나는 어디에 있더라도 목욕을 빠르게 끝낸다. 아무래도 목욕을 즐긴다는 느낌을 이해할 수가 없군."

어떤 의미로는 시녀들도 대단하네.

이런 누나하고 같이 목욕을 하러 들어가서 몸을 씻어주는 게 무섭지 않을까.

뭐, 그런 걸 따지다 보면 아무것도 못 하겠지만.

고생이 많은 직업이다. 다음에 어머님의 시녀들에게 먹을 거라도 가져다줘야겠다.

"목욕할 때는 빈틈이 많으니까요. 리제로테 님께서는 무의식적으로 그런 걸 싫어하실지도 모르겠습니다."

"오오! 그거다! 좋은 말을 하는구나. 유르겐."

리제 누님은 미소를 지으며 유르겐을 칭찬했다.

그리고 상이라는 듯이 자기 앞에 있던 과자를 유르겐에게 건넸다.

누님이 다른 사람에게 물건을 주다니?!

충격이었다. 리제 누님은 자신의 물건에 대한 집착이 강하다. 정이 많다고도 할 수 있을 것이다. 나조차 누님의 물건을 받은 적은 손꼽을 정도밖에 없다.

예전에 리제 누님의 부하가 대귀족의 심기를 건드려서 폭행을 당하고 치료를 받게 된 적이 있었다. 그 이야기를 들은 리제 누님은 그 대귀족의 집까지 쳐들어가서 이렇게 소리쳤다.

'내 부하는 내 것이다. 그 목숨까지 내가 맡아두고 있다. 다시 말해 네놈은 내 소유물에 멋대로 흠집을 냈다는 뜻이다'라고. 그리고 리제 누님은 그 대귀족을 흠씬 두들겨 패버렸다.

꽤 문제가 되긴 했지만, 황태자가 여기저기에 손을 써서 큰 문제로 발전되기 전에 잠잠해졌지만, 지금도 기억한다.

그런 누님이 유르겐에게 과자를 주다니……. 뭐, 따지고 보면 원래 유르겐 거기도 하고, 과자도 셋이서 먹으라고 내줬겠지만. 그래도 정말 신기하다. 그것만 봐도 누님이 유르겐을 나름대로 마음에 들어 한다는 걸 알 수 있다.

"감사합니다."

"으음."

겨우 과자인데도 유르겐은 매우 고맙다는 듯이 받았고, 누님도 그 태도를 당연하게 받아들이고 있다. 오늘은 기분이 꽤 좋은 건지도 모르겠다. 나는 그런 가능성을 알아보기 위해 각오를 다지고 과자 쪽으로 손을 뻗었다. 그러자 시야가 회전했고, 등에 충격이 느껴졌다. 정신을 차리고 보니 나는 바닥에 드러누워 있었다.

"오랜만에 만나보니 손버릇이 안 좋아진 모양이로구나? 아르."

"리제 누님은 여전하신 모양이로군요……."

내가 뻗은 오른쪽 손목을 리제 누님이 붙잡고 있었다.

한 손으로 손목을 비틀어서 자세를 완전히 무너뜨린 것 같았다. 그것도 다치지 않게끔 부드럽게 착지시켜서. 겨우 과자 가지고 정말 무섭게 구는 누나다…….

"이상하네……, 기분이 좋으신 거 아니었나요?"

"기분은 좋다. 오랜만에 너를 만났으니 말이다. 제도에서 한가하게 지내면서도 나를 만나러 오지도 않는 괘씸한 동생인데, 만난 것만으로도 기분이 좋아지는군. 훌륭한 누나인 것 같지 않나?"

"글쎄요. 세상 사람들은 과자를 집으려 한 것뿐인데 가볍게 내던지는 누나를 훌륭하다고 하지 않을 것 같습니다만."

"네가 말없이 내 과자를 훔치려 했기 때문이다."

"이상한데요? 그거 3인분이거든요? 모두 함께 나눠 먹으라고 내놓은 과자라고요."

"당연하다는 듯이 내 눈앞에 놓여 있지 않았나? 다시 말해 내 것이다."

"……."

누님은 그렇게 말하고 과자를 맛있게 먹었다.

전선에서는 과자가 잘 나오지 않는다. 원수인 누님이라면 얼마든지 사치를 부릴 수 있겠지만, 누님은 그런 짓을 하면 병사들에게 본보기가 되지 않는다며 검소하게 생활한다.

그러니 누님도 오랜만에 먹는 과자일 것이다. 정말 기분이 좋아 보인다.

그런 누님을 보니 유르겐도 행복한 것 같았다.

왜지? 어째서 나만 손목을 잡힌 상태인데. 부조리하네.

좀 전부터 발버둥치고 있는데도 누님이 잡은 손을 뿌리칠 수가 없다.

"누님. 슬슬 놔 주시면 안 될까요?"

"어째서지?"

"어째서지?!"

"사과하지 않은 자를 놓아줄 리가 없잖나."

"그러니까, 그건 애초에 3인분 과자라서."

"내 것이다."

"……과자를 훔치려 해서 죄송합니다."

"좀 더 덧붙일 말이 있을 텐데?"

"'누님의'! 과자를 훔치려 해서 죄송합니다."

"좋다."

그렇게 말하고 나서야 나는 겨우 풀려났다.

손목을 문지르며 다시 의자에 앉고 보니 누님 앞에 있던 과자가 거의 남지 않았다.

"응? 유르겐. 과자가 없어졌다만?"

"자연스럽게 없어진 것처럼 말하지 말아주세요. 누님이 드셨잖습니까."

"곧바로 준비하라고 하겠습니다."

"으음."

"……."

왜 내 태클은 이렇게 무시당하는 건데.

유르겐이 손뼉을 치자 시녀들이 작은 쟁반에 담긴 케이크를 가지고 왔다. 냄새만 맡아도 달다. 하지만 마음에 드는 달콤함이다. 치즈 케이크인가? 맛있을 것 같다.

우선 누님 앞에 케이크가 놓였다. 그다음에는 내 앞에 놓───, 옆에서 뻗어진 누님의 손으로 인해 누님 앞으로 옮겨갔다.

이제 못 참겠다!

"잠깐만요!! 이상하잖아요! 이거!"

"뭐가 말이냐?"

"모든 게 다요! 왜 제 앞에 내려놓은 접시를 가지고 가시는 건데?! 누님 것도 있잖아요?!"

"없다만?"

"벌써 먹었어?! 빠르네?! 아니, 그거, 제 거라고요! 바로 드시려 하지 마세요!"

"동생 것은 누나 것이다."

"그 폭군 같은 논리는 대체 뭔데요?! 그럼 여동생 것은 오빠 것이라고 해도 납득하시겠네요?!"

"나는 부조리에 굴하지 않는다."

"진짜?! 에잇!"

내가 무슨 말을 해봤자 소용이 없을 것 같았기에 억지로 케이크를 향해 손을 뻗었다.

하지만 누님은 한 손으로 내 손을 쳐냈다. 그리고 다른 쪽 손으로 케이크를 먹기 시작했다.

진짜!

반드시 뺏겠다고 결심하며 두 손을 뻗었지만, 누님이 전부 한 손으로 쳐냈다.

그러던 와중에 누님이 내 케이크를 다 먹어 버렸다.

"아······."

"아르노르트 전하. 제 케이크를 드십시오."

"공작······, 감사합니다. 잘 먹겠습."

"동생 것은 누나 것이라고 했을 텐데?"

유르겐이 준 케이크도 내 손에 들어오기 전에 뺏겼다.

그리고 그 케이크도 결국 누님의 뱃속으로 들어갔다. 역시 부조리하다······.

결국 나는 그때 아무것도 먹을 수가 없었다.

☙ 제3장 꿈틀대는 어둠

1

아르 일행이 라인펠트 공작 영지에 도착했을 무렵.

피네는 제도에서 매우 바빴다.

"하으으?! 어, 어떻게 하죠! 어떻게 하면 되나요?! 유리야 씨!"

"거기서 가만히 있어. 그거면 충분하니까."

"개점합니다~~~!!"

아인 상회의 제도 지점이 문을 연 것과 동시에 길게 줄을 서 있던 손님들이 밀어닥쳤다. 목적은 아인 상회가 새롭게 내놓은 상품인 '미용수'였다.

그것 자체도 꽤 좋은 상품이긴 한데, 아인 상회는 그 상품에 광고 문구를 달았다.

"네~! 그 유명한 창구희도 쓰고 있는 미용수! '갈매기수'는 300개 한정 상품입니다~!"

짐승 아인 점원이 귀여운 모습으로 주목 상품을 어필했다. 그 병에는 투명한 물이 들어 있었다. 이것저것 조합해서 만든 상품인 모양인데, 손님들의 시선은 피네에게 쏠려 있었다.

"정말로 피네 님께서 계시네! 하나 살게!"

"진짜 피네 님이야!! 세 개 줘!"

"다섯 개!"

"귀찮네! 10개 줘~!!"

제국 제일의 미녀가 쓴다는 미용수.

제도의 여자들에게는 마법 같은 말이었다. 세차게 가게 안으로 밀어닥친 손님들은 저마다 미용수를 사갔고, 눈 깜짝할 새에 300개가 모두 팔렸다.

단순한 광고 문구라면 이렇게까지 잘 팔리지 않았을지도 모르지만, 지점 2층에서 피네가 손을 흔들고 있었다.

실제로 그 사람이 있다는 것이 무시무시한 효과를 발휘했고, 갈매기수는 발매된 지 며칠 만에 제도에서 가장 잘 팔리는 화장품이 되었다.

"고생했어. 피네."

"까, 깜짝 놀랐어요……."

유리야는 자기가 세운 전략이 제대로 들어맞았기에 계속 미소를 짓고 있었다.

한편, 매번 마치 적군에게 돌진하는 기사 같은 기세로 돌격해 오는 여자 손님들을 보게 된 피네는 정신을 차릴 수가 없었다.

"가게 문을 열 때까지는 다들 저를 보고 계시니……, 제 쪽으로 돌격해 오시면 어쩌나 싶어서……."

"미안하지만 익숙해졌으면 좋겠어. 보답은 기대해도 되니까."

"네! 열심히 할게요!"

주먹을 살짝 쥐는 피네의 모습은 여자인 유리야가 봐도 가련했다.

처음에는 그녀의 모습을 한 번이라도 보기 위해 남자 손님들이 잔뜩 몰려왔지만, 유리야가 여자 손님만 들어올 수 있게 했기에 많은 남자 손님들은 포기할 수밖에 없었다.

그중에는 억지로 들어오려 하는 손님도 있었지만, 아인 상회가 자랑하는 아인 경호원들이 전부 쫓아냈다.

그로 인해 그 가게에서는 행패를 부릴 수 없다는 인식이 제도에 침투하기 시작하고 있었다.

그리고 유리야는 그런 상황을 보고 다음 단계로 넘어가기로 결심했다.

"피네. 다음 작전으로 넘어가자."

"다음 작전 말인가요? 제가 뭘 하면 되죠?"

"마찬가지야. 일단 손을 흔들면서 애교를 부려. 경비는 두 배로 늘릴 테니까."

"두 배라고요……."

피네는 자기 주위를 보았다. 주위에는 우락부락한 아인 호위가 이미 세 명이나 있다. 두 배로 늘린다면 여섯 명이 된다는 뜻이다.

덩치가 큰 아인 여섯 명이 둘러싸고 있는 자신을 상상한 피네는 당황하는 기색을 보였다.

"제, 제가 안 보이게 될 텐데요……!"

"슬쩍 보이기만 해도 괜찮아. 여기 창구희가 있다는 걸 알면 남자들이 몰려들 테니까."

"그, 그런가요?"

"그래. 바보 같은 남자들에게서 돈을 쓸어 모아 주겠어. 후후

후, 하늘을 나는 갈매기는 붙잡을 수 없는 법이라고."

"너, 너무 지나치게 하진 말아주세요……."

"나도 알아. 적당히 할 거라고. 적당히."

유리야는 그렇게 말하며 심술궂은 미소를 지었다. 그 미소를 본 피네는 약간 음모를 꾸미는 아르와 비슷하다고 생각했지만, 소리 내어 말하지는 않았다.

그리고 다음 날. 피네는 유리야의 음모가 아르 이상일지도 모른다고 생각하게 되었다.

"네~! 아인 상회 제도 지점 개점합니다~!"

귀여운 옷을 입은 아인 점원들이 문을 열자 꽤 넓은 가게 안으로 남자 손님들이 몰려들었다.

피네는 그런 남자 손님들을 향해 어색한 미소를 지으며 손을 흔들었다.

"우오오오오오오!! 피네 님이다!! 진짜 피네 님! 초상화나 환영지로 본 것보다 귀여워!!"

"예쁘다! 눈부셔! 빛나는 것 같아!"

"눈에 새겨야지! 평생!"

아인 상회는 온 힘을 기울여 미리 피네의 초상화 포스터나 일정 시간 동안 환영을 보여주는 환영지라는 양산형 마도구를 써서 제도 전체에 광고를 진행했다.

창구희를 직접 볼 수 있다. 그 부가가치가 남자 손님들을 제도 지점으로 몰려들게 했다.

하지만 그중에는 포스터에 적혀 있던 문구를 제대로 읽지 않은 손님도 있었다.

"피네 님! 이쪽을 봐주세요! 피네 님!"

"이 자식! 상품을 사러 온 게 아니라면 돌아가라고!"

"시끄러워! 상품 같은 건 살 생각이 없단 말이다!"

그렇게 큰 소리로 외친 젊은이는 성큼성큼 가게 안으로 들어온 우락부락한 아인 경호원에게 붙잡혀 버렸다.

"뭐, 뭔데?!"

"손님. 저희 가게의 포스터에 적혀 있던 주의사항을 알고 계십니까?"

"뭐?! 주의사항?!"

손님의 반응을 본 경호원은 어이가 없다는 듯이 한숨을 쉬고는 포스터 아래쪽을 손가락으로 가리켰다.

거기에는 꽤 커다란 글씨로 '상품을 사지 않는 손님은 사절. 어길 경우 벌금을 지불하셔야 합니다'라고 적혀 있었다.

제대로 읽지 않았던 그 젊은이는 새파랗게 질렸지만, 이미 늦었다.

경호원에게 가게 뒤쪽으로 질질 끌려갔다.

"유, 유리야 씨……."

"괜찮아, 난폭한 짓은 안 해. 상품을 사게 만들 뿐이야. 돈을 가지고 있지 않다면 그만큼 부려먹을 거고."

"그, 그랬군요……."

피네는 안심한 듯이 숨을 내쉬었다.

그런 피네의 모습을 본 유리야가 쿡쿡 웃었다.

"왜, 왜 그러시죠?"

"아니, 마음씨가 착하다고 생각했을 뿐이야. 보통 저런 녀석을 걱정하진 않거든."

"그, 그런가요?"

"보통은 말이지. 하지만 너는 그래도 된다고 생각해. 나처럼 악독한 사람도 있으니 너처럼 마음씨가 착한 애가 있어도 되겠지."

"유리야 씨는 충분히 착하신데요!"

"그래? 나는 여기 있는 남자들에게서 돈을 쓸어 담을 생각만 하고 있는데?"

"숨기셔도 소용없어요! 저도 알고 있으니까요. 유리야 씨께서 부유층이 있는 곳에 포스터를 우선적으로 붙이셨다거나, 바깥 구역 사람들에게 무료 급식을 하고 계신다거나, 이것저것 알고 있어요!"

돈이 있는 녀석들에게서 쓸어 담는 건 상관이 없지만, 돈이 없는 사람들을 표적으로 삼지는 않는다. 그것이 유리야의 기본적인 자세였다.

아인 상회에는 인간 사회에 적응하지 못하고 고립된 사람들이 많이 모여 있다. 그때, 매우 가난하게 살았던 사람들도 많다. 유리야는 그런 사람들을 봐 왔기 때문에 정기적으로 바깥 구역에 사는 빈곤층에게 무료 급식을 진행하고 있었다.

제도 지점을 낸 지 얼마 안 되었을 때부터였다.

유리야는 자기 재산을 내놓아서 이익을 거둘 수 없는 그런 행동을 하고 있었다.

"어째서 그런 걸 알고 있는 건데?"

유리야가 껄끄럽다는 듯이 중얼거리자 피네는 방긋 웃으며 주위에 있던 경호원들을 보았다.

성보다 안전하다고는 할 수 없는 지점에 있는 만큼 경호원들이 항상 피네 곁에 붙어 있다. 피네는 그런 경호원들에게 방긋방긋 웃으며 여러모로 물어본 것이다.

"경호원이면서 입이 참 가볍구나."

"죄송합니다……, 저도 모르게."

"에휴……."

"다들 유리야 씨를 칭찬하셨어요! 훌륭한 사람이라고요! 대륙에는 다양한 아인이 있고, 여러모로 안 좋은 소문 때문에 인간들이 싫어하죠. 그래서 아인 상회를 만드신 거잖아요! 고독한 아인들을 받아주는 곳이 될 수 있게끔. 아인들의 평판이 조금이라도 좋아지게끔. 정말 감동했어요!"

"정말……, 사람 좋은 아가씨가 좋아할 만한 이야기를 떠들어 댔구나."

"사실이니까요."

유리야는 경호원들의 다리를 살짝 걸어찼지만, 그러기만 하고 넘어갔다.

그런 다음, 유리야는 매출을 보고 온다고 하며 아래쪽으로 내려가 버렸다.

"화가 나신 걸까요?"

"부끄러워하시는 것 같습니다."

"그렇군요. 귀여우시네요, 유리야 씨."

피네는 유리야가 들으면 화를 낼 것 같은 말을 하며 아래쪽에 있는 손님들에게 손을 흔들었다.

한동안 그렇게 반복하다가 손님들의 쇼핑이 끝났을 무렵.

피네도 가게 안쪽으로 들어갔다. 피네가 있으면 손님들이 계속 눌러앉아 있을 것이기 때문이다.

"휴우, 피곤하네요."

"고생했어."

유리야는 피네를 치하하면서 홍차를 내주었다.

그녀는 오늘 매출이 적힌 종이를 들고 있었다. 거기 적힌 금액은 오랫동안 장사를 해온 유리야도 거의 보지 못했던 수치였다.

"제도에서 창구희가 어떤 효과를 발휘하는지 착각하고 있었네. 이거, 검토를 다시 해야겠어."

"효과가 별로 없었나요?!"

"반대야, 반대. 효과가 너무 대단하다고. 상품을 얼른 입하시키지 않으면 재고가 금방 바닥날 것 같거든."

"아, 그렇군요! 다행이네요!"

자기도 도움이 되었다고 생각한 피네는 훈훈한 표정으로 홍차를 마셨다.

그런 피네를 보고 기특한 소녀라고 생각한 유리야의 마음이 따스해졌다. 그리고 그와 동시에 앞으로도 계속 그그렇게 남아주면 좋겠다고 생각했다.

하지만 그게 너무 번드르르한 소원이라는 것도 잘 알고 있었다. 지금은 제위 쟁탈전이 한창 벌어지고 있는 와중이다. 다른 진영의 성공을 잠자코 지켜볼 정도로 상대방은 어설프지 않다.

이번 성공을 발판으로 더 나아가면 반드시 방해가 들어올 것이다. 그게 언제가 될지가 문제다.

세력을 이끌고 있는 레오가 칙명을 받아 남부로 간 이상, 요란하게 움직이지는 않겠지만, 절대로 그럴 일이 없을 거라는 보장도 없다. 보통, 공작의 딸이자 황제가 마음에 들어 하는 피네를 방해하려는 사람은 없다. 하지만 상대는 제위 후보들이다. 피네를 두려워할 녀석들이 아니다.

거친 일은 자신의 관할이 아니다. 그것은 쌍둥이 황자가 대처할 일. 하지만 장사 쪽에서라면 이야기가 다르다. 유리야는 방해가 들어올 것을 염두에 두면서 다음 계획을 생각하기 시작했다.

그런 와중에 갑자기 세바스가 나타났다.

"갑작스럽게 실례하겠습니다. 피네 님. 바로 성으로 돌아와 주십시오."

"무슨 일이 있었나요?"

"네. 크리스타 전하께서 피네 님을 찾으십니다."

피네는 그 말만으로도 크리스타가 또 미래를 보았다는 걸 짐작했다.

2

"크리스타 전하, 미츠바 님. 늦어서 죄송합니다."

성으로 돌아온 피네는 곧바로 미츠바의 방으로 갔다. 그곳에는 미츠바를 끌어안은 채 움직이지 않는 크리스타가 있었다.

"피네 양……, 미안해. 갑자기 불러서."

"괜찮습니다. 그런데 이번에는 뭘 보셨나요?"

일부러 세바스를 보내서 자신을 서둘러 돌아오게 할 정도의 미래다. 느긋하게 이야기하고 있을 시간은 없다고 생각한 피네는 곧바로 자세한 내용에 대해 물어보기로 했다.

미츠바는 약간 어두운 표정을 지었다. 그 모습을 본 피네는 기분 나쁜 예감이 들었다. 그리고 그 예감은 적중했다.

"……남부에서 일어난 긴급 사태 때문에 아버님께서 중신 회의를 개최했는데, 그 도중에 아버님께서……, 쓰러지셨어……."

떨면서 미츠바에게 달라붙어 있던 크리스타가 목소리를 쥐어짜듯이 자신이 본 미래를 말했다. 그 내용은 제국 전토를 뒤흔들 수도 있었다.

"황제 폐하께서……."

피네는 그렇게 중얼거리다가 자신의 손이 떨리고 있다는 걸 눈치챘다. 다른 쪽 손으로 떨리는 걸 막으려는 듯이 꽉 잡고는 심호흡을 했다.

황제가 쓰러진다. 그것은 중대한 사건이다. 하지만, 쓰러진다고 해도 몇 가지 패턴이 있다.

"그게……, 황제 폐하의 죽음이 보였다는 뜻인가요?"

"……아니, ……아버님은 쓰러지셨을 뿐이야……, 누군가가 죽는 미래하고는 보이는 방식이 달랐어……."

"금방 목숨이 위태로워지는 문제가 아니라는 뜻이군요……."

크리스타의 미래시는 불확정이긴 하지만, 사람의 죽음에 대해서는 정확도가 꽤 높다고 들었다. 실제로 멀리 떨어진 곳에 있던 황태자의 죽음도 들어맞았다. 사람의 죽임이 보이면 그것은 거의 확실하게 현실이 된다. 지금은 그 사실이 고마웠다. 죽음이 보이지 않는다면 황제가 죽을 가능성은 낮다.

"미츠바 님. 황제 폐하께서 앓고 계신 병이 있나요?"

"아니, 지병은 없어. 하지만 3년 전부터 체력과 기력이 떨어지기 시작하신 것 같아."

"동부에서 사건이 일어난 뒤로 폐하께서도 바쁘시니 과로로 쓰러지시는 건지도 모르겠네요. 남부에서 일어난다는 긴급 사태가 계기가 되어서요."

"그럴 가능성은 충분히 있지. 폐하를 암살하는 건 거의 불가능해. 지금은 근위기사단이 전부 나서서 지키고 있으니까. 독살도 힘들 거야. 세바스, 다른 방법이 있을까?"

"잔재주는 통하지 않을 겁니다. 독이든 마법이든, 황제 폐하를 해치는 건 불가능합니다. 만약에 쓰러뜨리려 한다면 힘으로 호위들을 돌파하는 게 가장 가능성이 큰 방법이겠지요. 그럴 수 있다면 말입니다만."

초일류 암살자인 세바스가 한 말을 듣고 피네는 자신의 생각에 자신감을 품었다. 암살이 아니라 황제 자신의 몸 때문에 생기는 문제. 그렇다면 대책도 세우기 쉽다.

"그렇다면 미츠바 님. 황제 폐하의 건강에 신경을 써주실 수 있을까요?"

"알겠어. 폐하의 건강이 걱정되니 어의의 진찰을 받으시라고 말씀드릴게. 하지만 크리스타가 보았다면 그 미래를 바꾸긴 힘들 거야."

"그렇죠. 아마 바뀌진 않을 거예요. 저희는 황제 폐하께서 쓰러지시는 미래를 바꿀 수 없을 겁니다. 쌓인 피로를 가시게 해드리는 것도, 계기로 작용하게 될 남부의 사건을 막을 수도 없으니까요. 시간이 있다면 가능할지도 모르겠지만, 제국 남부에서 문제가 생긴다면 아마 그리 멀지 않은 미래겠지요."

남부에서 무슨 일이 일어나는 것도 거의 틀림없을 테고, 거기에는 분명히 레오가 엮일 것이다. 타이밍이 너무 좋기 때문이다. 그리고 그 소식은 황제의 귀에 들어갈 수밖에 없다. 계기가 될 사건 자체를 없앨 수 없는 이상, 건강 악화는 피할 수 없다.

"그렇다면 폐하께 크리스타 이야기는 하지 않는 게 나으려나."

피네는 미츠바가 한 말을 듣고 잠시 입을 다물었다. 제국의 백성으로서 황제의 위기를 알면서도 잠자코 있는 게 바람직한 일인지 생각했기 때문이다.

목숨에 별로 지장이 없을 것 같다는 생각은 어디까지나 추측에 불과하다. 혹시나 심각한 병일지도 모른다. 그럴 가능성이 없다고 딱 잘라 말할 수는 없다.

머릿속에서 이런저런 생각이 맴돌았다. 하지만 답은 나오지 않았다. 그렇게 답이 나오지 않는 와중에 문득 피네의 눈에 크리스타의 얼굴이 보였다.

겁먹은 표정이다. 갑작스럽게 자기 아버지가 쓰러지는 모습을 보았다. 미리 대비할 여유도 없었을 테니, 그 미래에 공포를 느낄 수밖에.

그런 크리스타의 모습을 보고 피네의 마음 속에서 답이 정해졌다.

"……네. 아르 님께서 계속 지켜오신 비밀이에요. 밝혀서 무언가가 바뀐다면 밝혀야겠지만, 바뀌지 않는다면 위험 부담만 지게 되겠죠. 폐하도 사람이십니다. 미래를 볼 수 있다는 걸 알게 되시면 크리스타 전하께 의존하게 되실지도 몰라요. 그렇게 되면 분명히 전하께서 부담을 떠안으실 겁니다. 지금은 미츠바 님께서 어의와 함께 황제 폐하의 건강에 신경 쓰시는 대책만으로도 충분할 것 같아요."

"고마워, 피네 양. 크리스타를 생각해 줘서. 정말 도움이 많이 되었어. 아르도 분명히 그렇게 말할 거야. 그 아이는 상대가 폐하라 하더라도 크리스타의 힘을 밝히지 않겠지. 황제는 제국의 이익을 우선시해. 아버지이기 전에 황제이기 때문이야. 필요하다면 크리스타의 힘을 이용하는 것도 황제로서 당연한 일이야. 아르도 그렇게 생각하기 때문에 누구에게도 말하지 않았고, 말하게 두지 않았어. 그건 상대가 레오라 해도 예외가 아니야. 그래도 레오는 분명히 크리스타에게 무언가가 있을 거라고 짐작하겠지만 말이지."

물어보지 않는 이유는 먼저 말하지 않기 때문이다. 그리고 대부분의 경우, 크리스타 곁에 아르가 있기 때문이다. 그래서 레오는 크리스타에 대해 뭔가 물어보려 하지 않는다. 문제가 있다면 아르가 먼저 이야기를 할 거라는, 절대적인 신뢰를 품고 있기 때문이다.

미츠바도 그 사실을 알고 있었다. 두 사람은 서로가 서로를 가장 신뢰하고, 서로 무슨 생각을 하는지 이미 알고 있는 것처럼 의사소통을 할 수 있다.

강한 유대감으로 이어진 쌍둥이 아이들. 그래서 미츠바는 피네의 존재가 고마웠다. 그 두 사람이 서로 굳게 믿는 걸 제외하면, 신뢰할 수 있는 타인이 거의 없기 때문이다.

"피네 양에게는 정말로 어떻게 감사해야 할지 모르겠네. 당신이 그 아이들 곁에 있어 줘서 다행이야. 아르도, 레오도, 크리스타도, 물론 나도. 폐만 끼치고 있네. 미안해."

"아, 아뇨, 그렇지는……, 고개를 들어 주세요. 미츠바 님."

미츠바가 고개를 숙이자 피네는 당황했다. 아무리 공작의 딸이라 하더라도 황비의 신분이 더 높다. 게다가 아르와 레오의 어머니.

피네는 어떻게 해야 할지 몰라서 허둥대며 세바스를 보았지만, 세바스는 훈훈하다는 듯이 미소만 짓고 있을 뿐이었다.

"저기, 저기……, 아으으……."

"……마음씨 착한 당신이 곁에 있으면 그 아이들은 분명히 괜찮을 거야. 다른 사람들을 속이고, 깎아내리고, 몰락시키는 제위 쟁탈전을 벌이면서도 자기 자신을 잃지 않을 테니까. 마음대로 살게끔 해왔지만……, 길을 잃지는 않을까, 역시 걱정되거든. 부디 부탁할게. 당신에게라면 그 아이들을 맡길 수 있겠어."

"……저는 미츠바 님께서 말씀하신 것처럼 훌륭한 사람이 아닙니다. 하지만……, 기대에 부응할 수 있게끔 최대한 노력하겠습니다."

"고마워. 그 말만으로도 충분해. 그럼 바로 움직일까?"

"네! 세바스 씨. 죄송하지만 모든 연줄을 동원해서 모험가 분들께 소문을 퍼뜨려 주세요."

"어떤 소문입니까?"

"조만간 대규모 의뢰가 있을 거다. 그러니 지금 진행 중인 의뢰는 끝내두는 게 낫겠다. 그런 소문을 퍼뜨려 주세요. 그렇게 하면 많은 모험가들에게 여유가 생길 거예요. 황제 폐하께서 쓰러지실 경우, 군대나 기사는 신속하게 움직이지 못해요. 믿을 만한 건 모험가뿐이죠."

"알겠습니다."

세바스는 이유를 듣고 만족스러운 듯이 고개를 끄덕였다. 만점에 가까운 대답이었기 때문이다.

"그리고 아인 상회에 연락을. 돈이 필요하게 될지도 모른다고 말해 주세요."

"그것도 알겠습니다. 그럼 실례하겠습니다."

세바스는 그렇게 말한 다음 자취를 감추었다. 이어서 피네도 그곳을 나섰다.

제국 남부에서 문제가 생긴다면 아르는 반드시 움직일 것이다. 그를 도와야만 한다. 최대한 아르가 움직이기 편하게끔, 할 수 있는 일은 해야 한다.

그것이 유일한 공유자인 자신의 역할이니까.

피네는 마음속으로 그렇게 중얼거리며 움직이기 시작했다.

3

제국 남부의 변경. 깊은 숲속. 레오는 그곳에 있는 마을에 와 있었다.

"처음 뵙겠습니다, 촌장. 제8황자, 레오나르트 렉스 아드라입니다."

레오는 그렇게 말하며 마을에서 가장 큰 집에 사는 백발 노파에게 고개를 숙였다.

촌장이라 불린 노파는 자그마한 몸을 떨면서 고개를 숙이고는 대답했다.

"히나 마을의 촌장……, 마오라고 합니다. 이런 마을에 황자 전하께서 몸소 와주셔서 감사합니다."

"아뇨, 어떤 마을이든 제국의 마을입니다. 황족은 모든 백성에게 책임이 있으니까요."

레오는 그렇게 대답하며 부드러운 미소를 지었다.

그런 레오의 말을 듣고 집 안에 있던 다른 한 사람이 휘파람을 불었다.

"깜짝 놀랐네. 쌍둥이가 이렇게 다를 수 있나?"

"형은 어떻게 보이던가요?"

"거만해 보이던데."

벽에 등을 기대고 있던 사람은 붉은 머리 남자.

아르의 요청에 따라 모험가들을 이끌고 마을을 호위하고 있던 아벨이다.

모험가답게 겉치레 없이 솔직하게 말하는 아벨을 보고 레오는 호감을 품었다.

"그렇군요. 그럼 평소의 형을 보면 놀라실지도 모르겠네요."

"그렇다면 좋겠어. 그 황자, 엄청난 보수를 내걸고 변경 마을 호위를 맡기고 말이야. 여기 오는 도중에 어떤 괴물이 나타날지 우리 모두가 겁을 먹었거든?"

"어떻던가요?"

"괴물은 없었어. 평화로운 마을이야. 하지만 미리 들었던 대로 납치범 같은 녀석들은 있더군. 우리가 마을을 지키는 걸 보고 마을 사람들을 건드리진 않았지만, 가끔 보이긴 해. 그래도 엄청난 보수와는 어울리지 않을 정도로 손쉬운 의뢰야."

모험가에게는 좋은 일일 텐데, 아벨은 왠지 불만인 것 같았다.

그런 모습에서 프로 의식이 느껴져서, 레오는 쓴웃음을 지었다.

보수가 적으면 화를 내고, 너무 많으면 불만을 품는다. 모험가란 골치 아픈 존재다. 하지만 레오는 그들처럼 자유롭게 사는 사람들을 좋아했다.

"지금부터는 힘들 겁니다. 저는 이제 곧 납치범 조직을 추적할 거예요. 아마 이 마을을 다스리는 영주도 관여했겠죠."

"호오? 그 근거가 뭐지?"

"저는 일부러 영주가 사는 도시에는 들르지 않았지만, 들르려는 낌새는 보였습니다. 그때 영주는 매우 당황하며 수상쩍은 움직임을 보였다고 합니다. 변경의 마을을 인지하지 못하고 마을의 요청을 무시하기만 한 거라면 저를 환영하는 움직임을 보일 수밖에 없죠. 하지만 영주는 누군가와 연락을 취하려 했습니다. 그 움직임은 의혹을 더욱 깊게 만들기에 충분합니다."

"너무 긴장한 것뿐일지도 모르잖아?"

"그럴지도 모르죠. 하지만 제가 온 시점에서 남부 귀족들은 제 목적을 알게 되었을 겁니다. 눈치채지 못하고 그냥 놓치기만 한 거라면 최소한이나마 대처하려 할 겁니다. 실제로 다른 국경 부

근의 영주는 유민 마을에 대처하고 있습니다. 하지만 그 영주는 아직 움직이지 않고 있죠."

"샛길로 빠지나 싶더니 의외로 이것저것 하고 있군. 소문대로 실력이 좋아."

"그 평가가 과연 맞는 평가일까요. 저는 아직 아무것도 이루지 못했으니까요."

레오는 그렇게 말하며 시선을 떨구었다. 그건 솔직한 생각이었다.

수렵제 때 기사를 이끌고 가긴 했지만, 결정타가 되지는 못했다. 전권 대사로서 두 나라의 신뢰를 얻어낸 것도 레오가 아니라 레오 행세를 한 아르였다.

제위 쟁탈전에 뛰어든 이후로 나 자신은 아무것도 이룬 게 없다.

때문에 레오는 이번 건에 대해 매우 굳게 마음을 먹었다. 누군가가 나를 황제로 만들어 줘선 안 된다. 자신이 직접 황제가 되겠다는 의지를 보이고 행동에 나서야만 황제에 어울리는 자다. 남부 변경의 문제조차 해결하지 못한다면 황제는 꿈만 같은 이야기다.

그런 마음에서 나온 말이었다.

"뭐, 당신이 그렇게 생각한다면 그런 거겠지. 방심하지 않는 건 좋은 거야. 그래도 너무 급하게 사건을 해결하려다가 본질을 놓치진 말라고."

"물론이죠. 제일 먼저 생각해야 할 것은 마을, 그리고 납치당한 사람들입니다."

"……린은 착한 아이입니다……. 자기가 제일 괴로울 텐데도 그런 낌새를 보이지 않고 마을을 위해 움직여 주었지요."

"……린피아에게는 아무런 이야기도 듣지 못했습니다. 하지만 일부러 마을을 떠난 이상, 뭔가 힘든 일이 있었을 거라는 상상은 되더군요."

"네……, 제일 먼저 납치당한 사람이 생긴 게 11년 전. 린보다 세 살 많은 언니였습니다. 린이 다섯 살 때입니다. 그리고 마지막으로 납치된 건 린보다 여섯 살 어린 여동생. 린이 병에 걸려서 누워 있었을 때였습니다……."

"자매가 납치당하다니……."

"언니와 여동생과는 달리 그 아이만은 오드아이가 아니었습니다. 그 사실 때문에 죄책감이 들었겠지요. 납치당한 아이들은 모두 오드아이였으니까요. 11년 전에는 드워프 유민이 나라에 잔뜩 들어와서 아인이나 특이한 힘을 지닌 아이들을 납치하는 경우가 많았습니다. 황제 폐하께서 모든 유민이 제국 백성이라고 선언하신 뒤로는 빈도가 줄어들긴 했지만, 그럼에도 불구하고 납치범들은 저희 마을을 계속 노렸습니다. 아무도 도와주지 않았습니다. 저희가 유민이기 때문입니다."

촌장은 그렇게 말하고 한숨을 크게 쉬었다.

유민들도 좋아서 유민이 된 것이 아니다.

제국으로 들어온 유민들 중 대부분은 남부의 전국 시대 때 고향에서 쫓겨난 자들이거나 소칼 황국이 내건 아인 배제 정책에 휘말린 자들이다.

제국은 유민에 대해 관대하다. 하지만 그것은 뛰어난 아인들을 받아들이기 위해서이기 때문에 인간만 우대해줄 수는 없다. 뛰어난 기술을 지닌 아인은 각지에서 활약할 수 있지만, 그러지 못하는 자들은 변경에서 얌전히 참고 살 수밖에 없다.

그들은 11년 전까지 없는 존재 취급받으며 살아왔다. 하지만 황제의 선언이 상황을 바꾸었다. 유민들은 기뻐했지만, 그 이후로 모든 것이 바뀐 것은 아니었다.

당시, 황제는 제국에 있는 유민들을 제국 백성으로 인정하고, 인지하고 나서 5년 동안 세금을 면제하기로 했다. 그것은 영주에게 있어서 부담만 되는 정책이었지만, 실제로 모든 유민 마을이 세금을 낼 여력이 없었기 때문이다. 그렇기 때문에 5년 동안 영지에 정착하게 만들고, 교역이나 개간을 시켜 세금을 낼 여력을 만든다. 그렇게 지시를 내렸지만, 일부 영주는 그 지시를 의도적으로 무시했다.

자신들에게 이득이 되지 않기 때문이다. 레오는 그런 생각도 어느 정도는 이해했다. 정말로 그렇다면 정상참작해 줄 여지가 있다고 생각했다. 영주에게도 입장이 있기 때문이다.

하지만 이번 같은 경우는 그렇지 않다. 이 마을은 특수한 마을이다. 오드아이가 많고, 린피아처럼 실력이 좋은 사람도 태어난 데다 뛰어난 사냥꾼도 많다. 영지에 편입되면 영주에게도 많은 이익이 생길 터. 하지만 영주는 이 마을을 없는 것처럼 취급했다. 조사만 하면 금방 알 수 있는데도 불구하고.

그러지 않으면 제국 중앙에서 이 마을의 존재를 알아 버리기 때문이다. 영주에게는 숨겨두고 싶은 무언가가 있었던 것이다.

"그래서 린피아는 저를 찾아왔습니다. 이건 전부 변경까지 신경 쓰지 못했던 중앙의 책임입니다. 용서해 주세요."

"아! 아뇨! 무슨 그런 말씀을! 저희가 그런 걸 따진 건 아닙니다! 고개를 들어 주십시오!"

"아무리 사죄를 드려도 마음의 상처는 낫지 않을 겁니다……. 반드시 데리고 오겠다는 약속을 드릴 순 없지만, 온 힘을 다해 납치당한 마을 분들을 수색하고, 영주의 죄도 밝혀낼 생각입니다. 그때는 황제 폐하께서 공정한 심판을 내리실 겁니다."

"감사합니다……! 감사합니다……!"

촌장은 연달아 고개를 숙였다.

이야기는 그렇게 끝났고, 레오는 아벨과 함께 밖으로 나왔다.

"말은 그렇게 해도 꽤 힘들걸?"

"그렇겠죠."

"마을을 엿보는 녀석들은 차림새나 장비로 보아 진짜배기들이다. 납치 같은 건 산적이나 불량배들이나 하는 짓인 줄 알았는데, 저렇게까지 진심으로 나선 녀석들은 본 적이 없어. 완전히 사업으로 성립되고 있다는 뜻이지."

"그렇죠. 그만큼 배후에 큰 조직이 있는 겁니다. 이 마을을 다스리는 영주는 세력이 큰 영주가 아니에요. 아마 영주도 이용당하고 있을 뿐이겠죠."

"남부 귀족 전체가 관여하고 있을 가능성도 있겠는데. 자칫하다가는 남부의 반란을 유발할지도 모른다고?"

"그렇다면 엄청난 실책이겠죠."

레오는 그렇게 말하며 웃었다. 남부 변경 문제는 황제의 환심을 사기에 안성맞춤인 문제다. 하지만 남부 귀족이 반란을 일으키게끔 만들면 레오가 그 책임을 지게 될지도 모른다.

너무나도 위험한 임무였다. 깊게 파고들지 않고 대충 수사한 뒤, 마무리 짓는다.

그게 효과적인 전략이라 할 수 있다. 하지만.

"그래도 저는 이야기를 듣고, 구해 주고 싶다는 생각이 들었습니다. 구해 주고 싶다 생각한 자들조차 구해 주지 못하면서 황제가 될 수 있을까요?"

"그건 나도 몰라. 하지만 누가 더 황제가 되었으면 좋겠냐고 물어본다면, 구해 주고 싶은 녀석을 구해 주는 황제가 더 낫겠군."

"그렇죠. 그래서 저는 여기에 제 고집을 밀어 붙이려고 왔습니다. 보수를 많이 드렸죠. 죄송하지만 일을 해주셔야겠는데요?"

"그래, 그래. 분부하신 대로……."

모험가의 감이, 꽤 껄끄러운 의뢰자라고 말하고 있었다.

하지만 돈은 이미 받았다. 모험가로서 한번 받아들인 의뢰는 거절할 수 없다.

아벨은 어깨를 으쓱이고는 레오가 한 말에 답할 수밖에 없었다.

4

제국 남부 도시, 밧사우. 남부의 여러 도시 중에서도 밑에서 세는 게 더 빠를 정도로 작은 이 도시의 작은 저택.

원래는 린피아네 마을을 다스려야 하는 영주, 데니스 폰 시터하임 백작은 곤경에 처해 있었다.

"그러니까……, 크류거 공작은 나를 구해 줄 생각이 없다는 뜻인가?"

"그렇게 되겠군요."

스벤 폰 크류거가 보낸 사자의 말을 듣고, 데니스는 벌레를 씹은 듯한 표정을 지었다.

"그렇다면 내게 어쩌라는 거지?"

"사건의 주모자가 되어주셔야겠습니다. 전부 당신이 꾸민 일인 것이죠."

사자는 그렇게 말하며 미소를 짓고 있었다. 데니스가 그 말을 받아들일 거라 믿어 의심치 않는 것이다.

"남부를 위해서 말인가……."

"그렇습니다. 당신을 포함한 남부 귀족들 3분의 1이 크류거 공작님께 협력하고 있습니다. 많은 남부 귀족들을 지키기 위해서 희생해 주셨으면 합니다. 이미 당신은 추궁을 피할 수 없을 테니까요."

어쩌다 이렇게 되었을까. 데니스는 한숨을 크게 쉬었다. 그는 올해로 서른세 살. 10년 전에 영주가 되었는데, 지금은 그 사실이 부끄러울 뿐이었다.

처음에는 아버지의 유언 때문이었다. 유민을 제국의 백성으로 삼겠다는 황제의 선언이 이루어지고 1년 뒤, 데니스의 아버지는 죽었다. 그때, 데니스의 아버지는 유민이 제국의 백성이라 해도 결코 우리 영지의 백성은 아니라는 말을 남겼다.

데니스의 아버지는 예전에 날뛰던 유민 때문에 다리에 부상을 입었고, 그 이후로 계속 몸이 불편했다. 그런 이유에 남긴 원망스러운 말이었고, 젊은 데니스는 그 말을 받아들였다.

그리고 몇 년이 지난 뒤, 그 사실을 크뤼거 공작에게 들켰다. 그런 정황이 드러나게 되면 영주 지위를 잃게 될 거라고 협박당해 납치범 조직을 돕게 되었다.

지금은 저택 지하에 납치범 조직의 거점이 만들어져 있고, 데니스가 배신하는 걸 막기 위해 크뤼거 공작이 보낸 기사들이 저택을 활보하고 있다.

돌이킬 수 없는 상황까지 몰린 채, 이제는 자신을 잘라 내려 하고 있다.

"내가 순순히 따르면 주민들의 안전은 보장하는 건가?"

"물론입니다."

사자가 하는 말은, 거짓으로밖에 보이지 않았다.

예전에 데니스는 양심의 가책 때문에 한번은 황제에게 직소하려 한 적이 있었다. 그때, 시터하임 백작 영지는 남부의 귀족들 때문에 유통이 끊기고, 농작물에까지 손을 대는 끔찍한 괴롭힘을 당했다. 농작물이 제대로 자라지 않고 유통이 끊기면 굶을 수밖에 없다.

데니스는 크류거 공작에게 사죄하며 충성을 맹세했다. 영지의 주민들을 지키기 위해서였다.

이번에도 배신하려 하면 영민들이 무슨 꼴을 당하게 될까. 그래서 데니스는 반쯤 포기하고 있었다.

"그렇다면 됐다. 내가 주모자로서 잡혀가도록 하지."

"감사합니다. 남부를 위하여 희생한 당신을 잊지 않을 겁니다."

"그런 말은 됐다. 솔직히 크류거 공작을 위해서라고 하는 게 어때? 남부를 장악하고, 왕처럼 행세하고, 대체 무슨 생각이지?"

"그건 당신과는 상관이 없는 일입니다."

"상관이 있지. 크류거 공작의 발판이 되는 거니까. 황제 자리를 찬탈이라도 하려는 건가?"

"홋……, 저희 주인은 그런 생각을 하지 않으십니다. 하지만 전부 제위 쟁탈전을 위해서라고 말해두지요."

"그렇군……, 여차하면 남부에서 반란을 일으키겠다고 떠보면서 잔드라 전하를 황제로 만들 셈인가? 그렇게 되면 크류거 공작 가문은 가장 유력한 외척이 되겠지. 제5비님께서는 크류거 공작 가문 사람들을 등용하실 테고. 찬탈이 아니긴 하군. 그건 가로채기다."

사자는 매서운 데니스의 비판을 듣고도 동요하지 않았다. 제국의 역사에서는 딱히 드문 일도 아니었기 때문이다. 하지만 그렇게 외척을 중용하는 황제는 오래 가지 못한다. 다른 귀족들의 구심력을 잃게 되기 때문이다. 그런 문제에 대해 크류거 공작은 어떻게 생각하고 있을까.

납치범 조직을 뒤에서 조종하며 재주 좋게 남부 귀족들을 자기 편으로 끌어들인 남자다. 뭔가 생각이 있긴 할 것이다. 하지만 그건 나와는 상관이 없는 일이다. 데니스가 그렇게 자조하고 있자니 사자의 몸에서 갑자기 칼날이 돋아났다.

"커헉……."

"아니?!"

"죄송합니다……, 영주님."

그렇게 중얼거린 사람은 젊은 여기사였다. 오렌지색에 가까울 정도로 밝은 갈색 머리카락을 어깨까지 기른 그 기사는 데니스에게 있어서 단순한 기사가 아니었다.

"레베카?! 대체 무슨 생각이냐?!"

"이 녀석들이 하는 말을 믿으시면 안 됩니다! 이 녀석들은 영주님을 죽일 생각이었습니다!"

"뭐라고?!"

"그 녀석들은 영주님께 자백하는 편지를 쓰게 만든 다음에 죽여서 레오나르트 황자에게 내놓을 셈입니다! 어서 도망치시죠!"

보아하니 레베카 말고도 기사 몇 명이 방으로 들어와 있었다.

저택 안에서는 몇 명 되지 않는 기사들, 시터하임 백작 가문에 충성을 맹세한 기사들이다.

"레오나르트 황자께 가서 공작의 악행을 고발하시죠! 황자는 알바트로 공국에서도 조난자들을 저버리지 않았을 정도로 훌륭한 인격자입니다! 분명히 구해 줄 겁니다!"

"……."

데니스는 레베카가 한 말을 듣고 잠시 입을 다물었다.

이 도시에서 도망칠 수는 있을 것이다. 하지만 과연 끝까지 도망칠 수 있을까.

이렇게 중요한 국면에서 배신을 경계하지 않을 리가 없다. 그리고 데니스는 한 번 배신하려던 전적까지 있다.

틀림없이 레오나르트에게 가는 도중에 복병을 숨겨두었을 것이다. 데니스는 그렇게 예상하고는 숨을 크게 내쉬었다. 그리고 자신의 어리석음을 비웃었다.

"하하하……, 나는 글러먹은 남자로구나."

"영주님?"

"……기사 레베카. 임무를 주마."

데니스는 그렇게 말한 다음 방의 구석 쪽 바닥을 밟았다.

그러자 그곳이 덜컥, 열렸고 안에서 편지가 나왔다. 데니스가 쓴 편지이며, 크뤼거 공작을 비롯한 남부 귀족의 악행을 적어둔 것이다.

데니스가 직접 썼고, 특수한 계약을 할 때 사용하는 마법의 혈인이 찍혀 있다. 그 혈인이 있기에 이 편지의 신빙성이 더 강해진다.

"이 편지를 가지고 제도로 가라."

"무슨 말씀을?! 저만 도망치라는 겁니까?!"

"너는 내 친구의 딸이지만, 아이가 없는 내게 있어서 너는 딸 같은 존재였다……. 그러니 네게 맡기마. 부디 제도로 가서 이 편지를 황제 폐하께."

"싫습니다! 저는 영주님하고!"

"안 된다. 너는 젊다. 여기서 목숨을 잃어선 안 된다."

데니스는 그렇게 말한 다음, 기대 두었던 검을 들었다.

그 모습을 본 레베카는 데니스가 죽을 생각이라는 걸 깨달았다. 어렸을 때 부모님을 여의고 나서 십몇 년 동안 부모님 역할을 했던 주인이 죽으려 하고 있다.

레베카는 그런 행동을 용납할 수가 없었다.

"저도 싸우겠습니다! 키워주신 은혜를 갚겠습니다!"

"같이 죽어 달라고 키운 게 아니다! 살아라……, 부디 한심한 내 부탁을 들어다오."

"싫습니다! 그런 말씀은 들을 수 없습니다! 영주님도 함께 도망치셔야 해요!"

"많은 아이들을 저버렸다……, 이제 와서 오래 살 생각은 없다. 하지만 마지막 순간 정도는 귀족으로서의 책무를 다해야지."

데니스는 그렇게 말한 다음 레베카를 제외한 다른 기사들을 둘러보았다.

모두가 각오를 다진 표정을 짓고 있었다. 애초에 목숨을 내던져서라도 영주를 도망치게 할 생각이었다. 그런 영주가 마지막으로 하고 싶은 일이 있다고 하니 말릴 사람은 없었다.

"귀족의 책무라니……, 죽는 게 책무인가요?!"

"아니다, 구하는 것이다. 남부에서 데리고 온 아이들은 일단 이곳에 모인다. 여기에서 얼마나 가치가 있는지 확인하기 때문이다. 아직 많은 아이들이 이 저택에 있다. 내가 도망쳐도 될 리가 없지. 안 그런가?"

"하지만……, 그렇다면 저도 기사로서!"

"기사의 역할은 주인의 명령을 따르는 것이다. 더 이상 억지를 쓰는 건 용납 못 한다! 가라! 기사 레베카!"

반론을 받아들이지 않겠다는 듯이 강한 말투였다.

그 명령을 들은 레베카는 눈물을 흘리면서 무릎을 꿇고는 공손히 편지를 받았다.

그리고 밖에서 발소리가 들렸다. 그 소리를 들은 데니스는 마지막 지시를 내렸다.

"창문으로 나가거라. 우리가 싸우는 동안에 거리에 반란이 일어났다고 알려라. 그렇게 혼란스러워진 틈을 타서 제도로 가라!"

"네……."

지시를 받은 레베카는 창문 옆에서 대기했다. 그리고 데니스가 문을 박차고 뛰어온 크류거 공작의 부하 기사들과 교전하기 시작했다.

레베카는 그 뒷모습을 눈에 새긴 다음, 창문을 통해 밖으로 나갔다. 그리고.

"반란이다! 영주의 저택에서 반란이 일어났다! 다들 도망쳐라!"

저택 밖으로 나온 레베카는 그렇게 소리치고 뛰어가며 제도를 향한 긴 여정을 시작한 것이다.

■ ■ ■

"우오오오오옷!!"

데니스는 한 기사를 벤 다음, 다른 기사에게 몸통박치기를 가했다.

이미 데니스 일행은 저택 지하에 침입해 있었다.

데니스에게 충성을 맹세한 기사들은 데니스가 생각했던 것보다 저택에 많이 있었고, 그들은 영주를 위해 맹활약하며 거만하게 저택을 돌아다니던 크류거 공작 가문의 기사들을 쓰러뜨렸다.

"히이이이익?!"

"걸리적거린다!"

저택 지하에 있던 노예 상인들이 주저앉자 데니스는 그들의 목을 망설임 없이 베었다.

그들은 저택 지하에서 아이들을 선별하던 크류거 가문의 부하들이다.

데니스는 그들에게 동정을 베풀 생각이 전혀 없었다.

그리고 그는 드디어 기사 몇 명과 함께 아이들이 갇혀 있던 감옥에 도착했다.

어둑어둑한 감옥 안에는 수십 명의 아이들이 목줄을 찬 채 갇혀 있었다.

지저분한 감옥 속, 빼빼 마른 아이들을 본 데니스는 어째서 좀 더 일찍 행동하지 않았을까 하는 후회에 사로잡혔다.

"이제 괜찮다! 구하러 왔다!"

데니스는 그렇게 말한 다음 죽인 간수에게서 열쇠를 빼앗아 감옥 문을 열었다.

하지만 아이들은 구석에서 몸을 웅크린 채 움직이려 하지 않았다.

그 모습을 본 데니스는 검을 칼집에 넣고 천천히 감옥 안으로 들어갔다.

"이제 괜찮다……, 여기서 나가게 해주마……."

"정말로……?"

한 소녀가 중얼거렸다. 열 살 정도 되어보이는 그 소녀의 눈은 붉은색과 푸른색 오드아이였다.

아마 유민 마을 아이일 거라 짐작한 데니스는 입술을 깨물었다.

"그래, 정말이다……."

"마을로 돌아갈 수 있어……?"

"그래, 돌아갈 수 있다……."

"린 언니를 만날 수 있어……?"

"그래, 만날 수 있지. 레오나르트 황자라는 착한 사람이 근처까지 와 있다. 그 사람들이 너희를 구해 줄 거다."

데니스는 소녀에게 다가간 다음, 지저분한 그 소녀를 부드럽게 끌어안았다.

"미안하다……, 미안하다……."

"집에 가고 싶어……, 집에 가고 싶다고오……."

데니스는 흐느껴 우는 소녀의 머리카락을 쓰다듬으며 고개를 크게 끄덕였다.

그리고 다른 아이들을 둘러보며 선언했다.

"모두 집에 보내주마. 반드시."

그 말을 들은 아이들의 얼굴에 미소가 드리워졌다. 하지만.

"그렇게 둘 수는 없지."

"커헉……."

검은 옷을 입은 남자가 뒤에서 데니스의 가슴을 뒤쪽에서 꿰뚫었다.

데니스는 피를 토하면서도 힘을 쥐어짜서 검을 뽑아 들고는 남자에게 휘둘렀다.

하지만 그 공격은 맞지 않았다. 그 남자는 소질이 있는 아이들을 암살자로 키우는 역할을 맡은 교관이었고, 어느 정도 검술을 하는 정도로 당해낼 수 있는 상대가 아니었다.

게다가 가슴이 뚫려서 빈사 상태에 처한 상황. 이기지 못하는 건 불을 보듯 뻔했다.

하지만 데니스는 포기하지 않았다. 포기할 자격 같은 건 없다고 생각했기 때문이다.

하지만 마음만으로는 어떻게 해볼 수 없는 실력 차이가 있었다.

데니스는 죽을 각오를 하고 검을 찔러 넣었다.

"우오오오오오오오오옷!!!!"

"꼴사납군."

교관은 그 찌르기 공격을 피하고는 스쳐 지나가며 데니스의 목을 베었다.

그 머리가 공중에 뜬 뒤, 오드아이 소녀 곁으로 데굴데굴 굴러갔다.

자신들을 구해 주겠다고 말한 남자의 머리를 본 소녀는 한순간 무슨 일이 일어난 건지 알 수가 없었다. 하지만, 살짝 뜨인 데니스의 눈과 소녀의 눈이 마주친 순간.

희미한 희망이 산산조각 났고, 공포와 절망이 소녀의 마음을 지배했다.

"안 돼애애애애애애애애애애애애애애애애애애애!!!!!!"

소녀의 비명은 높게, 넓게 울려 퍼졌다.

그와 동시에 소녀의 두 눈이 빛났고, 감옥이 까만 무언가로 휩싸였다.

❧ 제4장 각자의 마음

1

누님이 저택에 온 날로부터 사흘이 지났다.

결국, 그날 누님은 그 이후로 곧바로 저택을 떠났다. 원래 신병을 훈련하러 왔었기 때문이다. 일단락되면 다시 오겠다고 했기에 우리는 미리 준비를 마쳤다.

그리고 어젯밤. 아침에 만나러 가겠다는 연락이 왔다.

드디어 승부를 낼 때다.

"어, 어떨까요? 해낼 수 있을까요?"

"괜찮아요. 겁내지 마시고 가시죠."

"그, 그렇죠."

저택의 안뜰.

유르겐은 그곳에서 핼버드를 준비하고 있었다. 물론 연습용이지만, 이제 곧 유르겐은 그걸 들고 싸우게 된다.

상대는 물론 누님이다.

누님과 결투를 해서 최소한의 힘은 있다는 걸 인정받는다. 그게 목표다.

"저번에 만난 느낌을 보니 누님은 공작을 싫어하지 않습니다. 오히려 마음에 들어 하는 편인 것 같네요. 그렇다면 힘만 보여줘도 문제가 없을 겁니다."

나는 그렇게 말하며 유르겐을 격려했다.

황제까지 끼어든 이번 임무.

이번 결투의 성과에 따라 혼담이 진행될 수도 있다. 하지만 실패하면 유르겐은 중요한 기회를 놓치게 되는 것이기도 하다. 그때문인지 유르겐은 약간 긴장한 것 같은 느낌이었다.

내가 보기에는 지금까지 열심히 노력했으니 이번 기회를 부디 잘 살렸으면 좋겠다. 아니, 잘 살려주지 않으면 곤란하다.

누님의 혼담을 마무리 지으면 앞으로 가족간의 문제는 나와 의논하기 편해진다. 나는 어디까지나 제위 쟁탈전의 협력자이지 당사자가 아니기 때문에 아버님도 나를 써먹기 편할 것이다. 골치아픈 일은 사양하고 싶긴 하지만, 상황을 유리하게 이끌어 나가려면 어쩔 수 없다.

어떻게 해서든 아버님의 신뢰를 얻어 낸다면 좋겠다.

나와 유르겐의 이해는 일치한다.

"이길 필요는 없습니다. 힘을 보여주기만 하면 인정해 줄 거예요."

"그렇지요. 그런 분이십니다."

유르겐이 그렇게 말했을 때, 입구 쪽에서 발소리가 들렸다.

규칙적인 발소리와 함께 나타난 사람은 리제 누님이었다.

누님은 안뜰 한가운데에서 핼버드를 들고 있는 유르겐을 보고 어이가 없다는 듯이 한숨을 쉬었다.

"마중 나오지 않은 시점에서 짐작은 하고 있었다만……, 또냐?"

"또입니다. 전하."

"질리지도 않는 녀석이로군."

누님은 그렇게 말하며 집사가 준비해 둔 연습용 검을 들었다.

그리고 몇 번 휘두르며 감각을 확인하고는 자세를 대충 잡았다.

"와라. 노력의 성과라는 걸 보여봐라."

"네!"

마치 선생님과 학생 같다.

하지만 혼담을 제안한 상대와 거절한 상대라는 걸 생각하니 어이가 없다.

20대 중반 남녀치고는 너무나도 무드가 없다.

하지만 어떤 상황에서 불이 붙을지도 모르고, 불을 붙이는 것도 내 역할이다.

"그럼 시작 신호는 제가 맡겠습니다. 누님께 한 방이라도 맞추면 라인펠트 공작의 승리라고 해도 될까요?"

"상관없다. 뭐, 힘들 것 같다만."

"방심하시다니, 원수 각하답지 않으시군요."

유르겐이 신기하게도 도발적인 미소를 짓고 있다.

내가 기량의 차이를 메꾸기는 힘든 만큼 도발하라고 제안했기 때문이다.

유르겐은 그런 방법에 난색을 드러냈지만, 전략이라고 설득해서 납득시켰다.

그리고 그 책략은 멋지게 효과를 발휘했다.

"호오? 말재주가 늘었구나? 내게 방심이라는 단어를 쓰다니, 어지간히 자신이 있는 모양이군."

"자신이 아닙니다. 냉정한 판단이지요, 각하."

"좋다. 내가 방심하고 있다면 증명해 봐라. 나는 원래 잘 쓰지 않는 쪽 손만 써서 싸워주마."

리제 누님은 그렇게 말하며 검을 왼손으로 바꿔 들고는 오른손을 등 뒤로 돌렸다.

그 순간, 나는 무심코 승리 포즈를 취할 뻔했다. 누님 성격을 감안하면 도발했을 때 분명히 오기를 부리며 이상한 조건을 내걸 거라 예측했기 때문이다.

아무리 강자라 하더라도 한쪽 손만으로 싸우면 어느 정도 둔해지기 마련이다. 자주 쓰지 않는 손이라면 더더욱 그렇다. 그럼에도 불구하고 유르겐과 누님의 기량 차이를 메꾸기는 힘들겠지만, 유르겐이 일격을 맞출 가능성이 커지고, 누님도 유르겐의 실력을 인정하기 쉬워진다.

어느 정도나마 고전하면 인정할 수밖에 없을 테고, 자기가 내건 핸디캡을 이유로 삼을 정도로 그릇이 작은 사람도 아니다. 뭐, 과자는 안 주지만.

"누님. 미리 확인하는 겁니다만, 라인펠트 공작이 누님께서 납득할 만한 일격을 날렸을 때도."

"물론 인정해 주마. 그만큼 대단한 남자로 성장했다면 부인이 되어주마."

언질을 받았다.

나는 알겠다고 대답하고는 두 사람 사이에 오른팔을 내밀었다.

그리고 두 사람이 준비를 마친 것을 보고는 신호를 보냈다.

"시작!!"

"우오오오오오오오오오옷!!!!"

유르겐은 시작과 동시에 온 힘을 다해 일격을 날렸다.

누님은 그것을 피하지 않았다. 자주 쓰지 않는 쪽 손으로, 그것도 무게가 덜 나가는 검으로 그 일격을 막으려 나섰다.

크게 울린 격돌음.

누님은 핼버드를 완전히 막아냈다.

"왜 그러지? 겨우 그 정도인가?"

"설마요. 당신이 막아낼 거라는 건 예상하고 있었습니다. 당신은 도망치지 않는 분이시니까요."

유르겐은 그렇게 말하며 두 팔에 힘을 주고 밀어붙이기 시작했다.

아무리 누님이라 해도 단순한 힘 대결로는 밀리는 것 같았다. 최초의 일격은 몸 전체를 써서 막아냈지만, 교착 상태에 들어선 뒤로는 유르겐이 무게를 이용해 밀어붙이고 있었다.

"흥! 아르가 가르쳐 준 모양이로구나? 어느 정도는 전술적으로 움직이게 된 것 같군."

"이제 어떻게 하시겠습니까?"

"궁지에 몰아넣었다고 생각하나? 잘 기억해 둬라. 공격하는 순간이 가장 무방비한 법이다."

누님은 그렇게 말하며 힘을 슬쩍 빼고는 몸을 회전시켰다.

무게를 지탱할 사람이 없어졌기에 핼버드가 바닥을 향해 일직선으로 떨어졌다. 그 옆에서 화려하게 회전하는 모습을 보이던 누님은 기세를 그대로 살려서 유르겐에게 일격을 가했다.

이런.

그렇게 생각했을 때 다시 격돌음이 울렸다.

보아하니 유르겐은 누님의 검을 자루 부분으로 막아내고 있었다.

"호오?"

"무게만 보고 이 무기를 고른 건 아닙니다."

"꽤 성장한 모양이로구나. 그런데, 공격을 막아낸 것만으로도 만족하는 건가?"

두 사람 모두 거리를 벌렸다.

유르겐은 천천히 핼버드를 돌리기 시작했다.

원심력을 더한 일격으로 방어를 뚫고 날려버릴 생각인가?

누님도 그 공격을 경계해서 그런지 유르겐의 간격 안으로 들어가지 않았다.

하지만 유르겐은 그런 움직임을 용납하지 않고 조금씩 간격을 좁히기 시작했다.

"재주 좋게 움직이는 녀석이로군."

"저 자신이 무거워져서 말이죠. 다루기가 편합니다."

"이상한 녀석이야. 그렇게까지 할 정도로 나를 부인으로 삼고 싶은 거냐?"

"설마요. 저는 당신 곁에 있고 싶을 뿐입니다."

"마찬가지 아닌가?"

"안타깝게도 많이 다릅니다. 그 사실을 이해하지 못하신다면 전하께서도 아직 멀으셨군요."

"으음……, 싸구려 도발이로군."

누님은 그렇게 말하면서 물러서던 발걸음을 멈췄다.

유르겐의 도발을 받아들일 생각이다. 정말. 자신의 미래가 걸려 있는데도 불구하고 불리한 상황에 뛰어들다니.

원수로서 군대를 지휘할 때라면 그런 짓을 하지 않았겠지만, 이번 결투는 개인적인 싸움이다.

그러니 누님은 자신의 신조를 관철한다.

누님을 정말 잘 알고 있네. 역시.

"하아아아아아아앗!!"

유르겐은 핼버드를 크게 회전시키며 간격을 좁혔다.

그리고 유르겐은 핼버드의 회전을 잘 제어하며 순식간에 찌르기 자세로 들어갔다.

능숙하다.

완전히 허를 찔렀을 것이다.

그렇게 생각했지만.

"어설프군."

누님이 내지른 검이 기세가 붙기 전 핼버드의 끄트머리를 억눌렀다.

점과 점이 맞닿는 달인의 재주.

그런데 그런 것보다, 어떻게 찌르기라는 걸 간파했지?

그만큼 핼버드의 위력을 의식하게 만들었고, 애초에 유르겐이 핼버드를 선택했던 이유도 위력과 무게를 중시했기 때문이다. 그런 사정을 알고 있는 만큼 누님도 내려치는 움직임을 예측할 줄 알았는데…….

"어떻게……."

"훗, 이제 아무런 변명도 못하겠지."

"설마……, 운에 맡기신 겁니까?"

"그런 바보 같은 짓은 안 한다. 예측했을 뿐이지. 너는 로맨티스트니까 말이야. 분명히 예전에 내가 가볍다고 딱 잘라 말했던 찌르기를 날릴 거라 생각했다. 네가 내 성격을 잘 알고 있듯이, 나도 네 성격을 알고 있다."

"크으……."

유르겐은 다시 거리를 벌렸다.

하지만 표정을 보니 알 수 있다. 그건 비책 중의 비책. 비장의 수였다.

그게 완전히 막혀 버렸다.

이제 어떻게 해볼 수가 없을 것이다.

"끝났군. 또 내 승리다, 유르겐."

"……네. 졌습니다……."

유르겐은 축 늘어진 채 패배를 인정했다.

리제 누님은 그런 유르겐을 보고 슬쩍 웃으며 의기양양한 표정을 지었다.

"뭐, 나쁘진 않았다."

"그럼 납득해 주신 겁니까?"

"그것과 이건 다른 이야기다. 나를 납득시킬 만한 일격은 아니었다. 그러니 유르겐과의 혼담은 없었던 걸로 한다."

누님은 그렇게 잔혹한 말을 꺼냈다.

유르겐은 망연자실한 표정으로 그 말을 듣고 있었다.

"누님……! 뭐가 그렇게 마음에 안 드시는 겁니까……?!"

"뭐지? 꽤 적극적으로 참견하는데?"

"참견할 만도 하죠. 저렇게 열심히 노력하는데 쌀쌀맞게 내치지 말아주세요. 마음에 들어 하시는 건 보면 압니다. 뭔가 이유가 있다면 그걸 말씀해 주세요. 휘둘리는 공작이 안쓰럽습니다."

내가 그렇게 호소하자 리제 누님은 잠시 생각한 다음, 쓸쓸한 듯이 웃었다.

그 미소는 내가 본 적이 없는 미소였다.

그리고 누님은 살짝 고개를 끄덕이고는.

"그런가……, 유르겐. 잘 들어라."

"네……."

"이제 나를 신경 쓰지 마라. 민폐다."

있을 수 없는 말을 했다.

한순간, 나는 내 귀를 의심했다.

방금 이 사람이 뭐라고 했지?

유르겐도 놀란 모양이었다.

하지만.

"……그렇, 군요……, 민폐입니까……."

"그렇다."

"……주제도 모르고 나서서 죄송합니다. 앞으로 혼담을 제안하지는 않겠습니다."

유르겐은 그렇게 말하며 고개를 크게 숙였다.

한순간, 발끈해서 누님을 보았지만, 울컥한 기분은 금방 사라졌다.

누님이 내가 본 적이 없을 정도로 풀 죽은 표정을 짓고 있었기 때문이다.

"그럼 실례하마. 아르, 유르겐을 부탁한다."

"어? 잠깐만요! 누님!"

누님은 기운이 없는 뒷모습을 보이며 걸어갔다.

돌아보니 유르겐도 무릎을 꿇은 채 넋이 나간 상태였다.

대체 무슨 상황이지?!

어느 쪽을 살펴야 하는 건데?!

레오가 있었다면, 나는 그렇게 생각을 하면서 한동안 두 사람을 번갈아 가며 보다가.

누님을 쫓아갔다.

분명히 뭔가 이유가 있을 거라 생각했기 때문이다.

정말로 민폐라고 생각한다면 그런 표정을 보여줄 리가 없다.

2

"누님! 리제 누님!"

"뭐지? 아직 할 이야기가 있나?"

리제 누님은 불쾌하다는 듯이 그렇게 대답했다.

다가오지 말라는 오라를 내뿜고 있고, 목소리나 표정, 모든 것이 기분이 나쁘다는 걸 알리고 있다. 평소였다면 아마 다가가지 않았을 것이다.

하지만 이번에는 그럴 수가 없다.

"아직이고 뭐고, 아무것도 해결이 안 되었는데요."

"네 말대로, 유르겐에게 확실하게 거절했다. 뭐가 불만이지?"

"누님이 그렇게 하셔서 속이 시원하시다면 불평하지 않겠습니다. 하지만, 아니시잖아요?"

"무슨 말을 하는 거지? 나는 후련한 마음이다만?"

"거짓말이 서투르시네요."

후련한 표정이 아니다.

오히려 후회하는 듯한 표정으로 보인다.

"걸으면서 이야기하시죠? 물어보고 싶은 게 잔뜩 있는데요."

"나는 할 이야기가 없다."

"그러시군요⋯⋯. 실은 크리스타에게 사이 좋게 지내는 남자

친구가 생겼는데요."

"뭐라고?! 어떤 남자인데?! 착실한가?! 나이는?!"

"거짓말이에요."

한순간, 누님이 허를 찔린 듯한 표정을 지었다.

그리고.

"그렇군. 오랜만에 나와 대련하고 싶다는 뜻이로구나?"

"으악~?! 농담이에요! 농담! 그래도 이런 거짓말도 알아채지 못할 정도로 모르는 게 많으시죠?"

나는 허리에 찬 검에 손을 댄 누님을 말리면서 쓴웃음을 지었다.

누님은 잠시 생각한 다음, 숨을 내쉬었다.

"……짧게 해라."

"그건 누님 하기에 달렸죠. 걸으면서 이야기할까요."

나는 그렇게 말한 다음 누님 옆을 나란히 걸어가기 시작했다.

누님은 계속 입을 다물고 있었다.

역시 먼저 말을 꺼내 줄 분위기가 아니구나.

"신경 쓰이는 게 몇 가지 있거든요."

"한 가지만 해라."

"그렇군요……, 그럼 한 가지만. 3년 전에 레오하고 무슨 일이 있었나요?"

설마 그 질문을 할 줄은 몰랐던 모양이다.

리제 누님이 눈을 크게 떴다.

그리고 내게서 눈을 돌렸다.

"한 가지라면 대답해 주시는 거죠?"

"……상관없는 이야기다."

"그럴까요? 그때쯤부터 제도에 오시는 횟수가 많이 줄어들었죠? 연락도 편지로만 하시고, 제가 보기에는 누님이 다른 사람들을 피하시는 것 같은데요."

리제 누님은 짜증난다는 듯이 나를 노려보다가 하늘을 올려다보았다.

그리고.

"……3년 전, 황태자의 장례식이 거행되었을 때, 나는 어떤 행동을 하려 했고, 레오가 말렸다."

"무슨 행동을 하려 하셨는데요?"

"즈잔을 죽이려 했다."

"그거참……."

누님다운 행동이네.

그리고 레오다운 행동이기도 하다.

아니, 그런 일이 있었나?

그 녀석도 나름대로 비밀이 있는 녀석이구나.

"어머님의 죽음에도, 황태자의 죽음에도 관여했다. 그렇게 확신했다. 그래서 제국의 화근을 없애려 했었는데……, 레오가 내 앞을 가로막았다."

"증거도 없이 황비를 죽이면 누님도 처벌당할 테니까요."

"그렇다 하더라도……, 죽이고 싶었다. 도저히 용서할 수 없다

179

고 생각했다. 그래서 억지로라도 지나가려 했다. 하지만⋯⋯, 레오는 계속 얻어맞으면서도 물러서지 않았다. 잘못된 행동이라고하면서 나를 지나가게 하지 않았다."

"그 녀석답네요."

"⋯⋯레오는 이렇게 말했다. 심판은 법에 따라 내려져야 한다고. 하지만 법은 무력하다. 오라버니는 증거가 남지 않는 방식으로 살해당했다. 그렇다면 벨 수밖에 없다⋯⋯, 그렇게 생각했다. 그래서 나는 레오를 기절시켜서라도 지나갈 생각이었다. 몇 번이나 때렸다. 몇 번이나⋯⋯, 몇 번이나 말이다."

그러고 보니 황태자가 죽은 뒤에 그 녀석은 한동안 방에 틀어박혀 있었다.

충격을 받아서 그런 줄 알았는데, 누님에게 두들겨 맞아서 그랬던 거구나.

"그럼에도⋯⋯, 레오는 물러서지 않았다. 잘못된 행동이라고. 형님은 그런 걸 원하지 않는다고. 하지만⋯⋯, 가족이 두 명이나 죽었단 말이다⋯⋯. 나는 잠자코 있을 수가 없었다. 정론을 떠들어 대지 말라고. 어머니와 지탱하겠다고 맹세한 오빠를 잃은 내 심정을 이해하겠냐고. 남겨진 자들의 심정을 이해하겠냐고⋯⋯. 그랬더니 레오는 크리스타는 어떻게 되냐고 말했다. 다른 가족들은? 제국은? 형님이 지키려 했던 것들은? 모든 책임을 내팽개치는 건 도망치는 것에 불과하다고."

"⋯⋯그래서 누님은 레오에게 뭐라고 하셨죠?"

리제 누님은 하늘을 보다가 땅을 내려다보았다. 그 표정은 매우 어두웠다.

이런 표정을 본 건 처음이다.

"……아무 말도 하지 못했다. ……그제야 머리에 피가 쏠렸다는 사실을 눈치챘다. 정신을 차리고 보니……, 그곳에 있을 수가 없었다. 만신창이가 된 레오를 볼 면목이 없어서……, 도망치듯이 국경으로 돌아갔다."

"그렇군요. 그런 자신을 용서할 수 없어서 다른 사람을 만나는 걸 피하셨던 거네요."

"……그래, 용서할 수가 없었다. 그와 동시에 무서웠다. 레오가 말려주지 않았다면 나는 어리석은 짓을 저질렀을 거다. 그런 자신이 무서워서……, 친한 사람을 만드는 걸 그만두었다. 지인들과는 점점 관계를 끊어 나갔다. 그러면서도 끊지 못한 사람이 너와 크리스타……, 그리고 유르겐이다. 거리낌 없이 내게 다가오는 유르겐을 처음에는 귀찮다고 생각했다만……, 고맙다는 생각도 들었다."

정신을 차리고 보니 우리는 언덕을 오르고 있었다.

누님은 계속 입을 다물고 있었고, 꼭대기에 있던 벤치에 앉았다.

그 모습은 항상 패기가 흘러넘치던 누님과는 다른 사람인 것 같았다.

"'함께 죽을 수 있는 사람'하고만 결혼할 수 있다. 그 말은 그런 배경 때문에 나온 말이었군요."

"……또 나만 남겨졌을 때, 내가 무슨 짓을 할지 모른다. 그렇다고 해서……, 남겨지는 아픔도 주고 싶지 않다. 나는 군인이다. 나 자신의 죽음은 각오하고 있다. 하지만……, 군인이 아닌 자의 죽음은 용납할 수 없다."

"그래서 라인펠트 공작이 군에 들어오는 걸 막으셨나요?"

"유르겐은 뛰어난 인재다. 병량 관리를 맡겨도 되고, 참모로도 괜찮을지 모른다. 하지만 함께 죽을 수는 없다. 나는 내가 느낀 아픔을 유르겐이 맛보지 않았으면 했다."

"하지만 관계를 끊을 정도로 냉철하지는 못했고요. 가장 친한 친구이기 때문이죠?"

"……그가 어떻게 생각하는지는 모르겠다만, 내가 보기에는 오랫동안 친하게 지낸 친구다. 하지만 네 말을 듣고 이렇게 생각했다. 내 멋대로 묶어 둬서는 안 된다고. 나는……, 응석을 부리고 있던 거다."

그래서 좀 전에 그렇게 말했구나.

서투르다고 해야 하나, 뭐라 해야 하나.

누님의 시간은 3년 전에 멈춰 버렸는지도 모르겠다.

군인으로서의 책무만 바라보면서 많은 것들로부터 눈을 피했다.

그걸 책망할 수는 없다. 황태자와 가장 사이가 좋았던 사람은 누님이다. 지탱하고 싶은 주군으로서, 황태자를 보고 있었다. 내가 레오를 그렇게 보는 것처럼.

레오를 잃는다면……, 과연 나는 앞을 볼 수 있을까?

힘들겠는데. 아마 누님과 비슷할 것 같다.

하지만 그걸 누군가가 막아선다면?

누님은 갈 곳을 잃은 마음을 떠안고 살아온 거구나.

"누님이 어떤 마음인지 이해한다고 말하진 않겠습니다. 저는 아무도 잃지 않았으니까요. 큰형은 존경할 만한 사람이었지만, 가족이라고 할 정도로 밀접한 관계는 아니었고요. 제게는 어머니가 계시고, 동생도 있습니다. 소중한 누군가를 잃지는 않았죠. 하지만, 그래도 할 수 있는 말은 있네요."

"뭐지⋯⋯?"

"저는 당신을 가족이라고 생각해요. 크리스타도, 어머님도, 그리고 아마 레오도. 그러니 지금 당신이 살아가는 방식은 슬프네요. 지금처럼 살아간 끝에 행복이 있을 것 같진 않아요."

"나는 행복을 추구하지 않는다. 내가 생각하던 행복한 이상은⋯⋯, 3년 전에 산산조각 났다."

"그보다 더 나은 이상을 레오가 만들 겁니다. 그러니 누님도 앞을 봐주세요."

그것은 설득력이 없는 말이었다.

이제 막 제위 쟁탈전에 참가한 레오가 황태자보다 더 나은 이상을 만들 수 있을 거라고 딱 잘라 말하는 건 편애에 불과하다.

레오는 자주 황태자와 비교당한다. 본인도 황태자처럼 되려 하고 있다.

하지만 누구도 황태자와 맞먹는다는 말조차 하지 않는다. 지금 레오는 황태자의 하위호환이다.

하지만.

"레오의 부족한 부분은 제가 메꿀 겁니다. 저희도 둘이서라면 큰형을 넘어설 수 있어요. 누님이 큰형과 함께 꿈꾸던 이상적인 미래보다 더 나은 걸 보여드리죠. 그러니까 그걸 볼 노력을 해주세요."

"……큰소리를 치는군. 나와 오라버니의 이상은 네가 생각하는 것보다 훨씬 장대하다만?"

"바라던 바입니다."

나는 그렇게 말한 다음 리제 누님의 눈을 똑바로 바라보았다.

그 눈은 평소와는 달랐다.

부드러운 눈이었다.

"……동생이 성장한 모습을 보니 신기한 기분이로군."

"그런가요? 그럼 레오를 보시면 좀 더 신기한 기분이 드실 겁니다. 그 녀석도 확실하게 성장했거든요. 저희뿐만이 아니라, 위대한 황태자가 죽은 뒤로 모두가 각자 성장했어요. 라인펠트 공작도 마찬가지입니다. 당신에게 어울리는 남자가 되기 위해 노력한 그 사람의 결말이 그런 이별이어도 될 리가 없죠. 결혼할 생각이 없으시다면 딱히 상관없습니다. 그래도 그 사람이 싫으신 건 아니잖아요?"

"뭐, 그렇지……. 나를 위해 노력하는 남자다. 마음에 든다는 생각도 있다. 물론, 남자로 볼 생각은 없다만."

"그렇다면 그렇게 말씀하시죠. 관계를 끊는 건 너무하세요."

"그야 그렇겠다만……."

누님이 왠지 말을 흐리는 것 같았다.

설마.

"껄끄럽다거나 그런 건 아니시죠?"

"다, 당연히 껄끄럽지?! 그렇게 내치고서 뭐라고 해야 하나?!"

"딱히 상관없잖아요. 그냥 적당히 말씀하시지. 그 사람이라면 신경 안 쓸 겁니다."

"내가 신경 쓴단 말이다! 내가 나서서 관계를 수습하진 않을 거다! 상대방이 먼저 부탁해 오면, 내가 지금까지처럼 지내자고 하는 거다! 이게 제일이야!"

"귀찮게 구는 사람이네……."

"누나에게 귀찮다니, 그게 무슨 소리냐?! 동생이라면 누나를 위해 노력해라! 유르겐에게는 협력해 놓고 내게는 협력하지 못하겠다는 말이냐?!"

에휴, 유르겐의 혼담을 도와주러 왔는데, 왜 이렇게 된 건지.

유르겐이라면 누님이 그냥 말이 지나쳤다고 한마디만 해도 눈물을 흘리면서 기뻐할 것 같은데, 자존심이 용납하지 못하는 모양이다.

역시 귀찮게 구는 사람이다.

뭐, 조금이나마 누님다운 모습이 돌아온 건 잘된 일이지만.

조금씩이라도 상관없다. 뭐든지 금방 잘 풀리진 않는 법이다.

그렇게 생각하고 있자니 누군가가 언덕 위로 올라왔다.

"응? 당신은 라인펠트 공작의 집사였나?"

"여, 여기 계셨군요! 두, 두 전하께 보고드립니다! 남쪽에서 보라색 봉화가 피어오르고 있습니다! 남부에서 국가 전체에 위협적인 이상 사태가 벌어진 모양입니다!"

보라색 봉화는 최고 수준의 이상 사태를 알리는 신호다. 한번 피어오르면 각지에 있는 중계지를 거쳐 제도까지 전달된다.

3년 전. 황태자가 전선에서 죽었을 때 이후로 처음.

"레오……?"

무심코 남쪽을 돌아보았다.

그날도 그랬다.

운명의 분기점은 항상 우리가 준비할 틈도 주지 않고 다가오는 모양이다.

나와 누님은 동시에 뛰어가기 시작했다.

3

"유르겐은 어디 있나?!"

저택으로 돌아온 리제 누님이 제일 먼저 물은 것은 유르겐의 행방이다.

있을 줄 알았던 유르겐이 보이지 않았기 때문이다.

"공작은 이미 기사들을 이끌고 출진하였습니다."

"출진했다고?!"

역시나 뛰어난 인재답게 빠르다.

하지만 너무 빨랐다.

움직일 수 있는 기사들만 데리고 출진해 봤자 할 수 있는 건 뻔하다.

"곧바로 불러들여라! 남부의 상황도 제대로 모르잖나?! 어째서 보낸 거지?!"

"물론 말렸습니다만……, 공작은 전하께서 지나갈 길을 확보하신다고…….."

"길을 확보한다고?! 유르겐은 대체 뭘 하러 간 거냐?!"

"공작은 진로를 가로막는 몬스터들을 토벌하러 갔습니다…….."

그렇구나.

그렇다면 움직일 수 있는 기사들만 데리고 간 게 이해된다.

하지만 위험하다는 건 마찬가지고, 여기에서 남부로 가는 건 꽤 힘들다.

거리도 멀고, 남부까지 가는 도중에는 숲도 많다. 포장된 길도 아니고, 숲에는 보통 몬스터가 있는 법이다.

"누님, 훈련 중인 부대는요?"

"신병은 못 써먹는다. 연습 상대로 데리고 온 기병 연대를 이끌고 갈 수밖에 없겠지."

연대는 5개 중대다. 1개 중대가 대충 200명이니 기병 연대는 1000명이다. 뭐, 부상자나 결원도 있을 테니 딱 1000명은 아니겠지만, 대충 1000명쯤은 될 것이다.

"1개 연대뿐인가요……, 적네요."

"서둘러 갈 수 있는 병력으로 따지면 많다고 해야겠다만……, 급하게 가봤자 할 수 있는 일은 별로 없겠지."

보라색 봉화는 국가의 중대사다.

아마 봉화를 피운 사람은 레오일 것이다. 지금 남부에서 보라색 봉화를 피울 수 있는 권한을 지닌 사람은 남부 국경의 장군이나 순찰사인 레오 정도밖에 없다.

보라색 봉화는 그만큼 효과가 크고, 중요하다.

안심해도 될지는 모르겠지만, 레오가 죽은 것 정도로는 피우지 않을 봉화라는 뜻이다.

그것을 피운 걸 보니 그만큼 위험하다는 뜻이지만.

"잘 해봐야 위력 정찰 정도겠죠."

"그래도 상황을 파악하려면 필요하다. 그쪽 상황에 따라서는 남부의 군을 움직인다. 일단 현지로 가야 뭐라도 할 수 있겠군."

그렇게 말한 누님은 패기를 뿜어내고 있었다.

제국 원수로서의 누님이다.

자, 그러면 나는 어떻게 해야 할까.

전이를 통해 남부로 가는 것도 간단하고, 누님을 데리고 가는 것도 간단하다. 하지만 정확한 전이는 불가능하다. 남부 어디에서 문제가 일어났는지 모른다. 린피아의 마을인지, 아니면 다른 도시인지. 눈에 띄는 표식조차 없는 곳일지도 모른다.

최악의 경우, 실버라는 정체를 밝히고 누님과 기병 연대를 남부로 데리고 가는 것까지 고려해야 한다. 지금은 그런 사태다.

하지만 남부에 1000명을 데리고 가면 마력을 꽤 많이 쓰게 된다. 단독으로 이동하는 것과는 전혀 다르다.

어차피 전이문을 쓸 거라면 좀 더 효과적으로 써야 한다.

"아무튼 연대가 도착할 때까지 기다릴 수밖에 없겠네요."

"그렇지……."

그렇게 대답한 누님의 표정은 걱정스러워 보였다.

■ ■ ■

"각하. 제7기병 연대, 소집에 따라 도착하였습니다."

"수고했다, 연대장."

이마에 손을 대고 경례한 중년 연대장을 보고 누님도 경례했다. 그런 모습을 보니 군대라는 실감이 들었다.

"신병들은 어떻게 했지?"

"연병장에 대기시켜 두었습니다. 동부 국경에는 전령을 보내긴 했습니다만, 전령이 오기 전에 증원을 파견할 테니 지금은 현지로 서둘러 가시죠."

제국군은 기본적으로 국경에 전력을 집중시킨 상태다.

물론 중앙에도 전력이 있긴 하지만, 각 영지에는 영주의 기사들이 있고, 제도에는 근위기사단도 있다.

즉, 제국군의 역할은 외적에 대비하는 것이 기본이다.

그중에서도 동부와 서부는 원수가 국경 수비의 전권을 쥐고 있는 정예군이다. 다른 국경에 이상이 생기면 원군을 보낼 여력도 있다. 아마 몇 번인가 훈련도 거쳤을 것이다.

예전에 황태자는 북부 전선을 시찰 중에 우발적으로 전투에 휘말렸고, 지휘를 맡고 있다가 죽었다. 누님은 자신이 달려갔으면 결과가 달라졌을 거라며 후회하곤 했다.

동부 국경의 움직임이 빠른 건 그런 교훈이 있었기 때문이다.

하지만.

"시간이 늦은 터라, 빠른 속도는 낼 수 없을 것 같습니다."

"어쩔 수 없지. 최대한 가볼 수밖에 없어."

이미 밖은 어두워졌다.

지금부터는 더욱 어두워질 것이다.

야간 행군은 위험하다. 지름길로 가려면 숲을 빠져나가야 하는데, 밤에 활동하는 몬스터도 많다.

우회하면 피할 수 있겠지만, 그만큼 시간이 걸린다.

나는 잠시 생각했다.

지금은 실버라는 사실을 밝히고 전이해야 할까.

하지만 남부 도시로 날아가면 그곳의 영주에게도 설명할 필요가 있고, 현장에서 거리가 멀다면 결국 야간 행군을 하게 된다.

어떻게 해야 할지 망설이고 있자니 공작의 집사가 숨을 헐떡이며 달려왔다.

"왜 그러시죠?"

"아, 아뇨, 헉, 허억……, 준비가 다 되었기에 알려드리러…….'"

"준비? 무슨 준비 말이지?"

"못 들으셨습니까……?"

집사는 믿기지 않는다는 듯한 표정을 지으며 누님을 바라보았다.

누님도 이상하다는 표정을 짓고 있었고, 집사가 금방 정신을 차렸다.

"공작님답군요……. 이쪽으로 오시지요."

집사는 그렇게 말하며 우리를 저택 윗층으로 안내했다.

그러자 터무니없는 경치가 보였다.

"이건……, 길?"

남쪽 방향으로 빛나는 길이 뻗어 있었다.

그 길은 아득히 먼 곳까지 이어져 있었다.

"3년 전부터 공작님께서 주변 영주와 협력해서 만들어낸 '빛의 길(리히트 베크)'입니다. 아직 미완성이긴 합니다만, 남쪽과 북쪽으로 각각 이어져 있고, 국경까지 일직선으로 연결하는 가도가 될 예정입니다."

"어째서 그런 걸……?"

"명분상으로는 상인의 운반 루트를 확보하는 것입니다만……."

"진짜 목적은 누님이 남쪽과 북쪽으로 빠르게 갈 수 있게끔 하기 위해서인가……."

집사가 조용히 고개를 끄덕였다.

3년 전, 그날.

이런 길이 있었다면. 유르겐은 분명히 그렇게 생각했을 것이다.

그래서 또 비슷한 일이 일어났을 때, 누님이 후회하지 않게끔 만든 것인가.

"대단한 사람이네……."

"각하! 저걸 이용하면 빠르게 남부로 갈 수 있습니다!"

"그렇, 군……. 바로 준비하라."

누님이 지시를 내리자 연대장이 뛰어갔다. 그 모습을 본 집사도 조용히 그곳을 떠났다.

누님은 잠시 그 빛의 길을 바라보고 있다가 중얼거렸다.

"바보 같은 녀석이다……, 그렇게 생각하지 않나? 아르."

"그러게요. 라인펠트 공작은 이미 충분히 부유합니다. 이 길이 완성되면 더 이익을 보는 건 주변 영주들이겠죠."

물론 라인펠트 공작 영지에도 도움이 되긴 할 것이다. 하지만 이렇게 규모가 큰 도로를 만들었다는 걸 감안하면 손해를 많이 봤을 것 같다.

그건 메꾸는 데 몇 년이 걸릴지.

이 주변에 있는 영주들은 그렇게까지 세력이 큰 영주가 아니다. 아마 건설비 중 대부분은 유르겐이 부담했을 것이다.

"어째서……, 그렇게까지 하는 거지?"

"글쎄요? 저는 잘 모르겠네요. 본인에게 물어볼 수밖에 없을 것 같습니다만."

그건 거짓말이었다.

답은 대충 짐작이 된다.

사랑한다. 공작은 그 말에 성실하게끔 이 길을 만들었다.

사랑하는 사람이 구하고 싶은 사람을 구하러 갈 수 있게끔, 두 번 다시 후회하지 않게끔.

유르겐도 3년 전부터 시작된 누님의 변화를 느끼고 있었던 건지도 모르겠다. 아니, 유르겐이 가장 잘 느꼈을지도 모른다.

"……아르."

"왜 그러십니까."

"내가 어떻게 해야 할까……?"

"그것도 모르겠네요. 하지만 누님은 누님답게 행동하셔야겠죠. 죄책감 때문에 혼담을 받아들인다면 아마 공작은 실망할 겁니다. 이런 사람을 좋아한 게 아니었다고."

"골치 아픈 녀석이군……."

"그렇겠죠. 제국에서도 세 손가락 안에 들 정도로 골치 아픈 사람인 것 같네요. 뭐가 골치 아프냐면, 이렇게까지 해놓고 누님에게는 아무 말도 없었다는 점입니다. 이렇게까지 했으니 결혼해 달라고 하는 사람이었다면 편했을 텐데요."

뭔가 해줬으니 결혼할 수 있을 거다. 그렇게 생각하진 않을 것이다. 호감을 사기 위해 행동한 게 아니다.

자신을 위해서가 아니라 사랑하는 사람을 위해서.

사랑에 성실하고 싶다고 말했을 때는 무겁다고 생각했는데, 그렇구나.

이렇게까지 하는 걸 보니 칭찬하고 싶다는 마음까지 든다.

무시무시할 정도로 일편단심인 사람이다.

"미안하다는 감정 같은 게 아니라, 그냥 결혼할 거라면 이 사람이 낫겠다는 생각이 들었을 때 혼담을 받아들이면 되는 것 아닐까요?"

"그럴 마음은 없다. 유르겐은 어디까지나 좋은 친구다."

"그러시군요. 뭐, 누님 일은 누님 자신이 정하시면 될 것 같네요. 하지만."

"하지만?"

나는 한동안 입을 다물고 있다가 발걸음을 돌렸다.

슬슬 기병 연대가 준비를 마칠 무렵이었기 때문이다.

그 모습을 보고 누님도 나를 따라왔다.

"하지만 뭐지?"

"신경 쓰이시나요?"

"당연하지. 어서 말해라."

"그게요……, 매형이라고 부를 거라면 그런 사람이 낫겠다고 생각했을 뿐입니다. 최소한 그 사람 정도가 아니면 저는 매형으로 인정 못 하겠어요."

"훗……, 그런가."

누님은 내가 한 말을 듣고 살짝 웃고는 푸른 망토를 펄럭이며 빠르게 걸어가기 시작했다.

그 모습은 위풍당당하고, 패기가 넘치는.

자주 봐서 익숙한 누님의 모습이었다.

"가자. 레오에게로."

"네."

그렇게 리제 누님과 나는 남부를 향해 일직선으로 나아가게 되었다.

4

나와 리제 누님은 기병 연대를 이끌고 전속력으로 달려갔다. 하룻밤 내내 달려갔지만, 아직 유르겐을 따라잡진 못했다.

빛의 길은 특수한 광석, 빛나는 광석을 막대기에 고정시켜 만들어 둔 길이었다. 낮에는 평범한 돌이지만, 밤에는 확실하게 빛난다. 딱히 비싼 돌은 아니다. 아이가 산에 올라가서 주워올 수 있을 정도다.

하지만 숫자가 엄청나게 많았다.

미완성이라고 들었는데, 어디까지 이어져 있을지.

"국가의 협력도 없이 용케도 이런 걸 해냈네요."

"유르겐은 많은 상인들과 관계를 맺고 있으니까. 게다가 그 녀석은 최근까지 에리크와도 협력 관계를 맺고 있었다. 그 영향도 클 거다."

"무서운 사람이네."

에리크조차 이용했나.

제위 쟁탈전에 관여하지 않는 공작 가문은 없다.

유르겐은 에리크와 이어져 있는 상인과 친분이 있긴 했다. 어째서 에리크냐 하면, 가장 유력한 후보라는 점, 그리고 아마 이 길이 가장 큰 이유일 것이다.

"고든은 아직 내게 적의를 보이고 있지 않지만, 성격으로 보아 황제가 되면 나와 충돌할 거다. 잔드라는 군이 말할 필요도 없겠지. 그래서 유르겐은 에리크와 접촉하고 있었다. 본인이 한 이야기니 틀림없을 거다."

"뭐든지 누님 우선이로군요."

"마음대로 하라고 말한 결과다. 내가 부탁한 건 아니다."

누님은 말을 타고 달려가며 중얼거렸다.

표정이 약간 불만스러운 것 같았다. 걱정을 끼쳤다는 게 약간 마음에 들지 않은 것 같다.

"에리크 형님도 어떤 목적인지 알면서 관계를 유지했겠죠. 이 길은 국가에도 매우 유익하니까요."

"유르겐은 용의주도하니까. 그렇게 되면 국가에 팔아넘겨서 이익을 챙겼을 거다."

"그럴싸하네."

결국, 누님을 위해서라면 상관없다는 태도지만, 챙겨야 할 것은 확실하게 챙긴다. 몇 가지 계획을 짜둔 뒤에 움직이고 있을 것 같다.

역시 무서운 사람이다.

"그 사람이 누님에게 반해서 다행이네요."

"그게 무슨 뜻이지?"

"누님에게 반하지 않았다면 정세를 살펴보다 제위 쟁탈전에 개입했을 골치 아픈 공작이라고요. 돈도 많고, 인맥도 여기저기 있고. 적이 되었다고 생각하면 골치가 아팠겠어요."

"뭐, 유르겐이 뛰어난 인재이긴 하지. 적이 되면 귀찮을 거다."

"잔드라 누님에게 반했다면 어떻게 해볼 수도 없는 상황이 되었을지도 모르고요."

"유르겐을 얕보지 마라. 저래 봬도 내게 계속 반한 남자란 말이다. 잔드라 따위에게 마음을 뺏길 리가 없잖나."

"……."

왠지 모르겠지만 누님이 약간 화난 듯이 말했다.

나는 눈을 동그랗게 뜨고 약간 뒤쪽에서 달려오던 연대장을 돌아보았다.

연대장은 슬쩍 웃고는 고개를 한 번 끄덕였다.

이건 그건가?

"누님……."

"뭐지?"

"아~, 아니에요. 말해봤자 소용이 없을 것 같으니까."

목까지 염장질하시는 건가요? 라는 말이 올라왔지만 집어삼켰다.

그렇게 말해 봤자 부정당할 뿐이다.

뭐, 실제로 그런 대상으로 보지 않는다고 해도.

누님이 유르겐을 인정한다는 건 분명하네.

그런 생각을 하고 있자니 앞쪽에서 빛이 일렁이고 있었다.

살펴보니 마을 사람들로 보이는 사람들이 모여 있었다.

"군인 분들! 식사를 마련해 두었습니다! 달려가면서 드세요!"

마을 사람들이 그렇게 말하며 연대 사람들에게 휴대 식량을 건넸다.

나와 누님은 그곳에 멈췄지만, 연대장은 휴대 식량을 받은 사람들부터 빠르게 출발시키고 있었다.

"실례합니다! 누가 이런 지시를 내렸죠?!"

"응? 뭐지? 총각, 이야기 못 들었어?"

중년 여자가 내게 휴대 식량과 물을 떠넘기는 듯이 건넸다.

그리고.

"공작님이야. 나중에 군인들이 올 테니 식사를 마련해 주라던데. 이 길을 만들 때 일부러 공간을 만들어 두고 말이야, 우리에게 부탁했어. 뛰어가면서도 식사를 받을 수 있게 협력해 달라고."

"그렇군요."

"자! 거기 예쁜 아가씨도 드셔!"

중년 여자는 그렇게 말하며 누님에게도 식량을 떠넘겼다.

누님은 순순히 그것을 받아들고는 주위를 둘러보았다.

하룻밤 내내 뛰어온 기병 연대는 지친 상태였다. 하지만 마을 사람들이 식량을 주고 격려까지 해준 덕분인지 표정이 좀 나아졌다.

유르겐의 배려다.

"……감사히 받도록 하지. 돈은?"

"신경 안 써도 돼! 매달 공작님이 마을에 돈을 가져다주거든. 이렇게 많이 줄 필요는 없다고 해도 듣질 않아. 그냥 이 길을 지나가는 사람들에게 잘해 달라는 말만 한다고. 뭐, 실제로 지나간 건 당신들이 처음이야. 공작님을 쫓아갈 거지? 만나면 안부 좀 전해줘."

"그런가……, 알겠다. 반드시 전하지."

누님은 그렇게 말한 다음 말을 타고 달려갔다.

나도 그 뒤를 쫓아가며 휴대 식량과 함께 받은 봉투를 열어 보았다.

거기에는 쿠키가 들어 있었다.

"누님은 단 것을 좋아하시니까요."

"시끄럽다. 군인들은 다들 단 걸 좋아한다. 전선에서는 먹을 수 없는 음식이니까. 이제 기운을 차리겠지."

"누님도 기운을 차리셨나요?"

"바보 같은 소리 하지 마라. 나는 처음부터 지친 적이 없다."

누님은 그렇게 말하며 말을 타고 점점 앞으로 나아갔다.

유르겐의 성격을 생각하면 말을 쉴 수 있게 공간도 따로 마련해 두었을 것 같다.

그렇구나, 그렇구나.

"누님에게 홀려있단 건 확실하겠네."

나도 그렇게 말하며 누님을 쫓아갔다.

■ ■ ■

다음 날 낮.

슬슬 기병 연대의 피로도 정점에 달하려 할 때쯤.

빛의 길이 끊겼다. 그리고 그곳 약간 앞에 죽은 지 얼마 안 된 몬스터의 시체가 보였다.

"오래된 시체가 아닌데요."

"가깝나."

유르겐 일행이 가까이 있다는 건 몬스터들도 많아진다는 뜻이다.

그 길을 만들 때 근처에 있던 몬스터들을 토벌했을 테고, 애초에 경계심이 많은 몬스터는 이상하게 빛이 나는 물건 근처에 접근하지 않는다. 그것 이외에도 여러모로 대책을 세워 두었을 것이다.

하지만, 그것도 끝났다.

그래도 이제 곧 남부에 발을 내디디게 된다. 레오 일행의 정확한 위치는 잘 모르겠지만, 현지에 도착하는 것도 시간 문제다.

그런 생각을 하고 있자니 앞쪽에서 전투를 벌이는 소리가 들렸다.

"라인펠트 공작 일행이겠네요."

"그렇군."

쌀쌀맞은 한 마디.

표정도 바뀌지 않았다. 하지만 말을 재촉하듯이 박차를 가하고 있다.

말은 저렇게 해도 걱정되는 모양이구나.

"공작님……! 더 이상은 힘들겠습니다!"

"부상당한 자는 물러서라!"

최근에 자주 들어서 익숙해진 목소리가 울려 퍼졌다.

보아하니 길에서 약간 벗어난 곳에서 유르겐 일행이 커다란 곰 형태의 몬스터와 대치하고 있었다.

더블헤드 베어. A급 몬스터다. 그런데 특징인 두 개의 머리 중 하나가 이미 뭉개진 상태였다.

하지만 그 때문인지 꽤 흉폭해진 것 같았다. 주위에는 작은 몬스터가 여러 마리.

지금까지 많은 몬스터들을 토벌하며 달려온 유르겐과 기사들은 피로 때문에 움직임이 둔해졌는지 몬스터 무리에게 고전하고 있었다.

더블헤드 베어의 발톱이 유르겐을 덮쳤다.

아슬아슬하게 핼버드로 막았지만, 유르겐은 멀리 날아가 버렸다.

"유르겐!"

누님이 반사적으로 이름을 외쳤다.

그리고 달려가려 했지만, 유르겐은 누님을 보고는 곧바로 일어서서 소리쳤다.

"나서실 필요는 없습니다! 서둘러 가주십시오!"

"무리하지 마라! 나머지는 부하에게."

"여력이 있다면 남부의 문제에 써주십시오! 이곳은 저희에게 맡겨 주시길!"

말은 그렇게 해도 유르겐 주위에 있는 기사들은 숫자가 그렇게 많지 않다.

아마 몬스터가 우리를 방해하지 못하게끔 흩어져 있을 것이다.

누님은 유르겐이 한 말을 무시하고 부하들에게 토벌 명령을 내리려 했지만, 유르겐은 무시무시한 표정으로 누님을 노려보며 말렸다.

"얕보지 말아 주시지요! 저도 그렇고, 기사들도 전하의 앞길을 확보하는 것 정도는 할 수 있습니다!"

"이제 됐다! 이제 충분하다!"

"신경 쓰지 마시고 먼저 가십시오! 무엇을 위해 오신 겁니까?! 남부에서 국가가 뒤흔들릴 수도 있는 사태가 벌어졌기에 오신 것 아닙니까?! 당신을 기다리는 사람들이 있습니다! 어서 가주십시오!!"

유르겐은 그렇게 말하며 더블헤드 베어를 향해 돌격해서 움직임을 막았다.

그 모습을 보고 연대장이 부하들을 전진시켰다.

"연대장?!"

"용서해 주십시오. 공작님 말씀이 맞습니다. 우리는 서둘러 가기 위해 온 겁니다."

연대장은 그렇게 말한 다음, 먼저 실례하겠다고 하고는 서둘러 출발했다.

그럼에도 불구하고 누님은 움직이지 않았다.

"유르겐……, 어째서 그렇게까지 하는 거지? 원호는 충분히 받았다. 그렇게까지 하지 않아도 된다……. 너는 싸우는 타입이 아니다……."

그건 계속 품고 있었던 의문이었을 것이다.

그러자 유르겐은 더블헤드 베어와 힘 대결을 벌이면서 대답했다.

"단순하지요……! 폼을 잡고 싶기 때문입니다……!"

그것은 엉뚱한 대답이었다.

그래도 유르겐다운 대답인지도 모르겠는데.

유르겐이 상인 타입이긴 하다. 일부러 전선에 나서서 몬스터와 싸울 필요 같은 건 없다. 바보 같은 행동일지도 모른다.

하지만.

"사랑하는 사람 앞에서 폼을 잡고 싶다……! 당신 앞에서는 믿음직한 남자로 있고 싶다……! 남자가 몸을 내던지는 이유가 그것 말고 또 있습니까……?!"

"그 대답은 대체 뭐냐……."

"남자는 그런 생물입니다! 바보라고 하셔도 상관없습니다! 저는 당신을 위해 몸을 내던지고 싶습니다!!"

유르겐은 그렇게 말한 다음, 기백이 담긴 목소리를 내며 더블헤드 베어를 밀어붙였다.

지금까지와는 다른 유르겐의 힘을 보고 더블헤드 베어가 겁을 먹었다.

유르겐은 그 빈틈을 놓치지 않고 핼버드를 화려하게 휘둘러 다른 쪽 머리를 잘라냈다.

"우오오오오오오오옷!!"

"공작님께서 해내셨다! 뒤를 따르라!"

"하아아아아아앗!!"

"우오오오오오옷!!"

유르겐이 큰 목소리로 외치며 핼버드를 들어 올리자, 극도로 지쳤던 기사들도 기운을 되찾았다.

살며시 누님을 살펴보았다. 아직 걱정스러운 듯한 표정을 짓고 있었다.

다행이다. 들키지 않은 모양이다.

쓸데없는 짓이려나 싶긴 했지만, 약간 힘을 빌려주었다.

피로가 회복되는 결계를 친 것이다. 하지만 그게 전부다.

강화 결계도 아닌데 어떻게 유르겐이 더블헤드 베어를 밀어붙일 수 있었는지는 알 수가 없지만.

잘 쳐도 평상시와 비슷한 정도의 힘이다. 지금이라면 사랑의 힘이라는 싸구려 같은 말도 믿어 버릴지도 모르겠다.

"괜찮을 것 같은데요?"

"……."

"에휴……, 제가 남겠습니다. 제가 남으면 터무니없는 짓은 못할 테니 안심하시고 가주세요."

"괜찮겠나?"

"저도 꽤 지쳤고, 잘 생각해 보니 제가 가봤자 할 수 있는 게 없으니까요. 레오를 잘 부탁드립니다."

"그런가……, 알겠다. 레오는 내게 맡겨라. 그리고 너무 자신을 비하하지 말거라. 강행군을 잘 따라왔잖느냐……. 너는 훌륭하게 컸다. 몸과 마음, 양쪽 다 말이다. 그러니 유르겐을 부탁하마."

"제게 맡겨 주시죠. 미래의 매형이니까요."

"아직 그렇게 결정된 건 아니다."

"글쎄요? 좀 전에는 멋있었던 것 같은데 말이죠."

"얕보지 마라. 유르겐이라면 그 정도는 해내는 게 당연하다."

누님은 그렇게 말한 다음 말을 타고 달려갔다.

그 모습이 보이지 않게 되었을 때쯤, 유르겐 일행도 몬스터 토벌을 마쳤다. 하지만 내가 결계를 해제했기에 모두가 일제히 무릎을 꿇었다.

자, 안전한 곳까지 대피시키도록 할까.

"손이 많이 가는 사람들이네."

나는 그렇게 중얼거리며 유르겐 일행 쪽으로 말을 타고 다가갔다.

5

"도망치는 백성들을 지켜라! 쫓기게 두지 마라!"

레오는 있는 힘껏 소리지르며 그렇게 지시를 내렸다.

밧사우로 향하고 있던 레오 일행은 곧바로 밧사우 상공에 까맣고 거대한 구체가 떠오른 것을 알아챘다.

그 까만 구체의 이상한 느낌을 감지한 레오는 곧바로 전투 준비를 시작했고, 긴급 사태를 알리는 보라색 봉화를 피웠다. 그만큼 그 까만 구체는 이질적이었기에, 레오도 직감으로 위험하다는 걸 알아챈 것이다.

살면서 한 번도 본 적 없는 그것은 레오가 이해할 수 없는 무언가였고, 그와 동시에 그것이 일으킨 사태 또한 레오의 이해를 뛰어넘었다.

그나마 다행인 것은 너무 성급하다고 하던 근위기사의 제지를 뿌리치고 보라색 봉화를 피운 것이 결과적으로 옳은 선택이었다는 점일 것이다.

"큭!"

레오는 말을 탄 채 검을 휘둘렀다.

그 칼끝 너머에는 뼈만 남은 몬스터가 있었다.

스켈레톤이라 불리는 하급 몬스터. 언데드 계열에 해당되는 특수한 몬스터로, 일반적으로는 발생할 리가 없는 몬스터다.

약점인 가슴 부분을 부수며 레오가 한 마리를 쓰러뜨렸지만, 그런 건 계란으로 바위치기에 불과했다.

마치 컵에서 물이 넘쳐흐르는 것처럼, 스켈레톤이 밧사우에 넘쳐나고 있었다.

그 숫자는 보이는 것만도 수백 마리가 넘었다.

밧사우 주민들은 그런 스켈레톤 군단으로부터 도망 다니고 있었다.

"레오나르트 전하! 물러나 주십시오!"

근위기사가 그렇게 말하며 레오 주위에 있던 스켈레톤을 순식간에 베어 넘겼다.

하지만 아무리 베어도 스켈레톤이 계속 솟구쳤다.

"끝이 없습니다! 일단 물러나시죠!"

"아니, 여기서 막는다."

"제정신이십니까? 전하?!"

레오가 그런 판단을 내리자 근위기사는 비명을 지르는 듯이 말했다.

이곳에 있는 사람들은 레오와 그의 호위인 근위기사대, 린피아, 그리고 아벨과 그의 파티 멤버뿐이다. 모두 합쳐도 스무 명이될까 말까한 정도.

수백 마리가 넘는 스켈레톤을 막아내는 건 아무리 생각해도 불가능했다.

"여기서 물러나면 도망치는 백성들이 추격당한다. 철수는 하지 않아. 이곳에서 전선을 유지한다."

"그렇다면 전하께서는 물러나 주십시오!"

"나는 물러나지 않을 거다. 또 할 말 있나?"

레오는 스켈레톤을 베면서 물었다.

물러나는 건 간단하다. 하지만, 그렇게 해버리면 지켜야 할 백성들이 위험에 처하게 된다.

자기 목숨이 아깝다고 백성들을 위험에 처하게 할 수는 없다.

지금 레오는 황제가 아니다. 그 몸이 제국에게 있어서 중요하다면 물러나는 것도 고려했을지 모른다. 하지만 지금 레오는 잘해봐야 제위 후보에 불과하다.

그 목숨의 무게는 황제만큼 무겁지 않다.

"나는 남부에 내 고집을 밀어붙이려고 왔다. 괴로워하는 사람들을 구하고 싶다고 생각하여 여기에 있다. 그건 지금도 마찬가지다. 자네들은 어떻지? 근위기사로서 검을 바친 그날, 황제 폐하께 맹세한 마음은 아직도 가슴 속에 있나?"

점점 늘어나는 스켈레톤 군단을 보고 철수하자고 건의한 근위기사는 입을 다물었다.

근위기사는 황제의 검으로서 황제 앞에서 선서한다. 바친 검과 자신의 긍지에 맹세하는 것이다.

"제국과 백성들을 위하여 이 몸을 바치겠다고 맹세했습니다. 가슴속에서 그 맹세가 사라진 적은 없습니다."

"좋아. 그렇다면 싸워라. 이곳에서 버는 시간이 분명 의미가 있을 거다."

"네!"

그 뒤로 레오에게 철수하자고 재촉하는 사람은 없었다.

레오도 그저 감정에 몸을 맡긴 채 남겠다고 한 것이 아니다.

점점 불어나는 스켈레톤의 행동은 무질서하게 움직이지 않았다. 가까이 있는 적에게 몰려들고 있다.

다시 말해 레오 일행이 스켈레톤을 끌어들이고 있다는 것이다.

지금 물러나면 가장 가까운 목표를 잃은 스켈레톤이 남부 일대로 퍼져나갈지도 모른다.

그렇게 되면 남부의 영주들은 자력으로 자신의 영지를 방어해야만 하고, 스켈레톤을 토벌하는데도 시간이 오래 걸릴 것이다.

제국을 고려하면 이곳에 남아서 '미끼'가 되는 것이 제일 낫겠다고 판단한 것이다.

"레오나르트 전하. 의논할 게 있습니다만."

"뭔데? 린피아. 설마 너까지 철수하자고 하진 않겠지?"

"뒤에는 고향 마을이 있습니다. 죄송합니다만, 전하께서 철수하시면 곤란합니다."

"역시 대단해. 잘 알고 있네."

린피아가 똑같은 결론에 도달했다는 사실을 안 레오는 쓴웃음을 지었다.

남부 귀족들의 비리가 의심되는 지금, 남부에 스켈레톤이 퍼지면 제일 먼저 피해를 입을 곳은 유민 마을이다. 아마 이를 지키려할 영주도 별로 없을 테고, 지킬 수 있는 힘을 지닌 영주는 그보다 더 적다.

"그래서, 어떤 걸 의논하려고?"

"원군을 부르시죠."

린피아는 이야기를 하면서 레오 주위에 있는 스켈레톤을 해치워 나갔다.

잠깐이라도 좋으니 제대로 이야기를 할 시간이 필요했던 탓이다.

"원군? 어디서?"

"남부 일대에서요. 제일 가까운 도시에 전령을 보내는 겁니다."

"영주를 재촉하려고?"

"아뇨, 영주는 믿을 수 없습니다. 믿을 만한 건 모험가입니다. 그들은 보수만 지불하면 배신하지 않고, 나름대로 활약해 줄 겁니다. 아벨 씨 일행처럼요."

"그래, 맞아! 보수를 잔뜩 받아 버려서 도망칠 수가 없다고! 얼른 도망치고 싶은데 말이야!"

근처에서 싸우고 있던 아벨이 그렇게 말하며 스켈레톤을 베어 나갔다. 주위에서는 아벨의 파티 멤버들이 아벨에게 불평을 늘어놓았다.

"리더가 보수에 낚여서……."

"내 탓으로 몰아가지 마?! 모두 함께 의논했었잖아?!"

"아니, 다들 반대했는데 리더가 곤경에 처한 마을을 저버릴 수 없다고 잘 이해도 안 되는 정의감을 내세워서 밀어붙인 거잖아."

"야, 야?! 이런 상황에 책임을 떠넘기지 말아 줄래?! 우리는 파티잖아?!"

아벨 파티 일행은 그렇게 유쾌한 대화를 이어가며 적당한 간격을 두고 서로 지원했다.

몬스터를 상대로 한 전투에 있어서는 모험가가 프로다.

그러니 모험가가 원군으로 와준다면 큰 도움이 될 것이다.

하지만.

"남부에 있는 작은 지부 소속 모험가만으로는 계란으로 바위 치기일 거야."

"그건 저도 알고 있습니다. 그러니 길드 전체에 의뢰를 하는 겁니다."

"그게 무슨 뜻이지?"

"레이드 퀘스트를 발주하겠습니다."

레이드 퀘스트. 낯선 단어를 들은 레오는 잠깐 기억을 더듬었다.

들어본 적이 있긴 한 단어였기 때문이다.

기억 속. 어렸을 때 어머니가 해준 이야기에 나온 단어였을 텐데.

"여러 모험가가 참가할 수 있을 정도로 큰 규모의 퀘스트였나?"

"네. 요즘은 거의 진행되지 않습니다만, 이번에는 안성맞춤일 겁니다."

"참고로 거의 진행되지 않는 이유는?"

"단순히 돈이 많이 들기 때문입니다."

린피아가 대답하자 레오도 납득했다.

랭크가 낮은 모험가를 여러 명 투입하는 것보다 랭크가 높은 모험가를 한 명 투입하는 게 낫다. 가장 대표적인 사례가 SS급 모험가다.

레이드 퀘스트를 의뢰하기보다는 SS급 모험가 한 명에게 의뢰하는 게 훨씬 더 싸게 먹힌다. 레이드 퀘스트는 그만큼 돈이 많이 든다.

"그래서, 자금을 구할 곳은 있는 거야? 내가 가진 돈은 그렇게까지 많지 않은데."

"아르노르트 전하께서 거금을 제게 맡겨 주셨습니다. 그걸 쓰도록 하시죠."

"정말……, 평소에는 돈을 거의 안 쓰면서, 다른 사람에게 큰돈을 쉽사리 건네다니."

"아르노르트 전하답지 않습니까? 자상하신 분입니다."

린피아는 그렇게 말하며 미소를 짓고는 아르가 맡긴 주머니를 레오에게 건넸다.

린피아가 갈 거라 생각했던 레오는 고개를 갸웃거렸다.

"네가 가는 게 수속 같은 걸 밟기도 편할 텐데?"

"배신할 가능성이 없다고는 장담할 수 없습니다. 근위기사 분을 보내는 게 안심이 되겠죠."

레오는 린피아가 한 말을 듣고 눈살을 찌푸렸다.

레오는 이미 린피아를 신뢰하고 있다. 배신하거나 겁에 질려서 도망칠 리가 없다고 생각했다. 하지만 그것은 레오의 개인적인 신뢰다.

이렇게 중요한 상황에 일개 모험가에게 중요한 임무를 맡길 수는 없다.

린피아는 레오의 입장을 고려하고 그렇게 제안한 것이다.

"저는 레오나르트 전하 곁에서 싸우겠습니다. 아르노르트 전하께 약속했습니다. 반드시 당신의 힘이 되어드리겠다고요."

"이미 충분히 힘이 되어주고 있어. 전령 역할에 지원할 자가 있는가?! 절대로 도망치지 않겠다고 자신 있게 나설 자가 있나!"

레오는 그렇게 말하며 근위기사들에게 물었다.

그냥 전령 역할을 모집하기만 하면 근위기사들은 나서지 않을 것이다. 적 앞에서 도망치는 행위나 마찬가지이기 때문이다. 게다가 지켜야 할 황족인 레오가 싸우고 있는 상황이니 더더욱 그렇다.

하지만 레오는 도망치지 않겠다고 자신 있게 나설 자라는 조건을 붙였다.

지금 나서지 않으면 그런 자신감이 없는 사람이 되어버린다.

모든 근위기사가 지원했다. 레오는 그중에서 가장 말을 잘 다루는 기사에게 주머니를 건네고 지시를 내렸다.

"제일 가까운 도시로 가서 모험가 길드에 레이드 퀘스트를 의뢰해라! 모험가 길드는 대륙 전체에 연락을 할 수 있다! 제도에 자세한 상황을 전달해 달라는 말도 잊지 마라!"

"네! 금방 돌아오겠습니다! 무운을 빕니다!"

"너도!"

기사는 그렇게 말한 다음 뛰어가기 시작했다.

레오는 그 뒷모습을 바라보다가 밧사우 거리를 돌아보았다.

까만 구체의 무시무시한 기운은 더욱 강해진 상태였고, 스켈레톤의 숫자는 줄어들지 않았다.

마치 지옥의 입구 같다.

레오는 그런 생각을 하며 그저 정신없이 검을 휘두르기 시작했다.

6

제도에서는 황제 요하네스가 중신들을 소집했다. 모험가 길드를 통해 남부의 상황을 파악했기 때문이다.

"그러면 중신 회의를 시작하마……."

그 목소리에는 패기가 없었다. 남부에서 보라색 봉화를 피웠다는 이야기를 들은 뒤로 몸 상태가 좋지 않았기 때문이다. 최근에 쌓인 피로와 3년 전에 똑같은 봉화를 보았을 때 황태자를 잃었던 과거로 인한 건강 악화였다.

하지만 황제로서 긴급 사태에 대처해야만 한다.

"폐하, 안색이 좋지 않으십니다만……."

"미츠바도 똑같은 말을 하더군. 어의를 부르라고 하던데, 의사는 쉬라고 할 게 뻔하다. 시간 낭비지."

"하지만……."

"끈질기구나, 프란츠."

재상인 프란츠는 요하네스의 몸이 걱정되었다. 오랫동안 섬긴 주인이다. 평소와 분위기가 다르다는 걸 금방 알 수 있었지만, 요하네스가 무슨 말을 하는지도 이해가 되었다.

"알겠습니다. 그러면 이번 건이 끝나면 휴가를 내시지요."

"알았다, 알았어. 그럼 시작하마……. 다들 이미 알고 있겠지만, 남부에서 보라색 봉화를 피웠다……. 피운 사람은 레오나르트다. 알 수 없는 구체가 나타났고, 언데드 몬스터가 대규모로 나타났다고 한다……. 모두의 의견을 듣고 싶구나……."

요하네스는 겨우 끝까지 말하고는 숨을 크게 내쉬며 옥좌에 등을 기댔다. 그리고 눈을 감은 채 목소리에 귀를 기울였다.

"폐하. 군대로 섬멸하는 것이 제일 나을 것 같습니다. 중앙에서 보내려면 시간이 오래 걸립니다. 남부 국경 수비군을 움직이시는게 어떻겠습니까?"

"하지만 그렇게 되면 남부 국경이 허술해집니다. 만에 하나의 경우도 고려해야 하니 이번에는 중앙군을 움직이셔야 할 것 같습니다. 근위기사대도 몇 부대 파견하면 전력도 충분하고 조기에 해결하는 것도 기대할 수 있을 것입니다."

"근위기사를 움직이면 폐하의 주위가 허술해진다. 동부에서 일어났던 사건을 잊었나?"

"그렇다면 어떻게 할 건가? 근위기사단은 제국 최강 전력이다. 긴급 사태인데도 놀려둘 셈인가?"

"폐하의 호위는 노는 게 아니다!"

"폐하의 안전도 중요하지만, 근위기사단이 전부 나서서 지켜드릴 필요는 없다! 지금은 남부의 문제를 조기에 해결하는 것이 우선이다!"

중신들이 각각 다른 의견을 내며 충돌했다. 요하네스는 그 목소리를 들으면서 머리가 마음대로 돌아가지 않는 것 때문에 짜증을 내고 있었다. 평소였다면 여러 가지 방법이 떠올랐을 것이다. 하지만 지금은 전혀 떠오르지 않는다. 중신들의 의견도 듣고만 있을 뿐, 머리에 들어오지 않았다.

눈을 떠보니 중신들이 뿌옇게 보였다. 눈을 몇 번 깜빡이며 시야를 안정시키려 했지만, 전혀 나아지지 않았다. 그리고 점점 시야가 흔들리기 시작했다. 마치 혼자만 지진이 일어난 곳에 있는 것 같았다.

구역질과 현기증. 그리고 빨라진 심장 고동. 요하네스는 괴로워하며 인상을 찌푸렸다.

큰일이다. 그렇게 생각하면서도 몸 상태는 좋아지지 않았다. 목소리도 점점 멀어져 갔고, 지금 있는 곳이 어디인지도 알아볼 수 없게 되었다.

그리고.

"폐하?!"

요하네스는 무너져 내리듯이 의식을 잃었다. 옥좌에서 떨어지는 것을 프란츠가 겨우 받쳐 주었다.

"어의를 불러라! 서둘러! 폐하께서 쓰러지셨다!!"

■ ■ ■

"……으음……?"

요하네스가 깨어난 곳은 침대 위였다. 그는 아픈 머리를 누르며 몸을 일으키려 했다. 하지만 곧바로 누군가가 가로막았다.

"무조건 안정을 취해야 한다는 게 어의의 판단입니다. 얌전히 누워 계세요. 폐하."

"미츠바……, 내가 쓰러진 건가……?"

"네. 중신 회의 중에."

"젠장……, 늦었군……, 몇 시간이나 잤지?"

"다섯 시간 정도입니다."

"바로 중신들을 모아라……, 대책을 짜야 해……, 남부가 위험하다…….'"

"회의는 재상이 주도해서 진행하고 있습니다. 폐하께서는 쉬시지요."

"내가 없으면 결론 나지 않는다……, 평상시라면 모르나……, 지금은 제위 쟁탈전이 한창 진행되고 있다……, 대신 중 몇 명은 이미 편을 들 세력을 선택했다……, 그들을 통해 아이들의 싸움이 벌어질 거다……."

어떤 세력이든 자신들에게 유리한 흐름을 만들려 한다. 토벌군을 조직하게 되면 자신들이 거느리고 있는 인재를 거기에 포함시키려 할 것이다. 진군 루트나 토벌 방법까지 전부 제위 쟁탈전의 재료가 되어버린다. 그 때문에 결론이 늦어진다.

그리고 늦어지면 늦어질수록, 레오가 궁지에 몰리게 된다. 다른 후보들은 그것 또한 바라던 바일 것이다.

"회의를 하고 있다면 잘 되었군……, 데리고 가다오."

"안 됩니다. 폐하께는 휴식이 필요하니까요."

"내 몸보다 남부가 더 중요하다……, 많은 백성들이 위기에 처했다……, 레오나르트도 마찬가지다……, 너도 레오나르트가 걱정될 터인데……?"

"네, 걱정됩니다. 하지만 제국에는 폐하의 몸이 더 중요합니다. 당신이 무사하시면 일시적인 혼란에 불과하겠지만, 당신이 돌아가시면 혼란이 한없이 계속 이어지겠지요. 그렇기 때문에 폐하께서는 쉬셔야 합니다."

"네 아들이……, 언데드 몬스터 무리와 맞서 싸우고 있는데도 말이냐……? 이대로 두면 원군을 보내는 게 늦어진다……, 레오나르트는 백성들을 저버리지 못해……, 자칫하다가는……."

"안심하시길. 위기를 극복하지 못한다면 레오에게는 황제가 될 자격이 없었다는 겁니다. 그리고 황제가 잠깐 쉬었다고 해서 흔들릴 나라라면 멸망해 버리는 게 오히려 세상에 도움이 되겠지요. 대체 신하들은 무엇을 위해 있다고 생각하시는 건가요? 믿고 쉬세요. 재상은 당신의 심복입니다. 분명히 잘 해낼 거예요."

미츠바는 그렇게 말한 다음, 이야기가 끝났다는 듯이 요하네스에게 이불을 덮어주었다. 그리고 그녀는 요하네스가 움직이지 못하게끔 감시하기 시작했다.

"미츠바……, 나는 가야만 한다……."

"무슨 말씀을 하셔도 소용없답니다. 아, 그렇지. 근위기사에게 기대해 봤자 소용없어요. 모두 물러가게 했으니."

"너는 정말, 어떻게 된 여자냐……, 황제를 감금할 셈인가……?"

"제 말을 듣지 않으신 폐하가 잘못하신 겁니다. 애초에 충고해 드렸을 텐데요. 피곤하신 것 같으니 어의의 진찰을 받으시는 게 어떻겠냐고요. 그 말을 듣지 않으신 폐하의 책임입니다. 받아들이고 쉬세요."

"나는 황제다……, 쉬면 안 된단 말이다……."

"그럼 다음부터는 쓰러지지 않게끔 건강 관리를 해주시고요."

"미츠바……."

"안 됩니다."

아예 말을 듣지 않을 기세다. 다른 황비였다면 구워삶을 수도 있을지 모르겠지만, 미츠바는 요하네스에게 사정없이 대하는 것이 장점이자 단점이었다.

어떻게든 해야 한다고 생각하던 와중에 점점 졸음이 몰려왔다. 몸은 무거웠고, 마치 침대에 묶여 있는 듯한 기분이었다.

그런 요하네스의 이마에 미츠바가 살며시 손을 댔다. 차가운 손의 감촉을 통해 약간 안심한 요하네스는 그대로 잠에 빠졌다.

7

"자, 공작. 푹 쉬시죠."

나는 유르겐 일행과 함께 근처 휴게소에 있었다.

원래는 유르겐이 일시적인 휴식 지점으로 만든 곳이었지만, 지금은 거의 야전병원이다.

만신창이가 된 기사들이 계속 몰려왔기에 나는 한동안 필요한 치료를 하고 있었다.

"죄송합니다……, 전하…….."

"왜 사과하시는 거죠?"

"전하께서도 동생분을 구하러 가고 싶으셨을 텐데……, 제가 한심한 탓에."

"한심하다고요? 당신이?"

오두막 안에서 갑옷을 벗고 누워 있던 유르겐이 분하다는 듯이 말했다.

그 말을 들은 나는 쓴웃음을 지었다.

지금 유르겐을 보고 한심하다고 할 녀석은 없을 것이다.

"오늘 당신은 훌륭했습니다. 한심하다고 비웃는 자가 있다면 누님이 베어 버릴 겁니다."

"하지만……, 당신은…….."

"저는 괜찮아요. 제가 남음으로써 누님이 앞으로 나아갈 수 있다면, 그것만으로도 제 역할을 충분히 다한 거라 생각합니다."

내가 그렇게 말하자 유르겐은 그렇습니까, 하고 작은 목소리로 중얼거리고는 천천히 눈을 감았다.

잠도 안 자고 쉬지도 않은 채 달려왔기에 졸음이 몰려왔을 것이다.

"고생 많았습니다, 공작. 당신을 매형이라 부르게 될 날도 머지 않았을지도 모르겠네요."

나는 잠든 유르겐에게 그렇게 말하고 나서 일어섰다.

다행히 이곳저곳에 흩어져 있던 유르겐의 기사들이 이곳에 모여있다.

뒷일은 그들에게 맡겨야겠다.

나는 유르겐이 자고 있는 오두막을 나선 뒤 내 전용으로 할당받은 오두막으로 향했다.

그리고 사람을 물리는 결계를 친 뒤, 안에는 잠에 든 내 모습을 환술로 남겼다.

사람을 물리는 결계에서 멀어지면 큰 효과가 없지만, 피곤한 사람 상대로는 충분히 효과를 발휘할 것이다. 그리고 허락도 없이 황자의 방에 들어올 사람은 없겠지만, 유르겐이라면 깨어났을 때 들어올지도 모른다. 피네도 들어왔었고, 공작 가문 사람들은 조심해야 할 것 같다.

나는 그런 생각을 하면서 오두막 안에서 제도의 숨겨진 방으로 전이했다.

그러자 내 집사가 미리 알고 있었던 듯이 기다리고 있었다.

"다녀오셨습니까, 아르노르트 님."

"준비는 되어 있겠지?"

"물론입니다."

"좋아. 가자, 암약할 시간이다."

나는 그렇게 말하며 항상 입던 옷을 입고 가면을 써서 실버로 변신했다.

■ ■ ■

"상황은?"

"남부에서 알 수 없는 구체가 발생했고, 그곳을 기점으로 대량의 언데드 몬스터가 나타났다고 합니다."

"레오는?"

"모험가 길드의 정보에 따르면 무사하시다고 합니다. 레오나르트 전하께서는 모험가 길드에 레이드 퀘스트를 의뢰하셔서 몬스터에 대처하고 계십니다."

"레이드 퀘스트? 그렇군. 린피아가 내놓은 의견이겠지."

건넨 돈을 효과적으로 써준 모양이다.

역시 린피아에게 맡기길 잘했구나. 모험가답게 재치 있는 의견이다.

"아버님의 대처는?"

"그게……, 문제가 발생했습니다. 황제 폐하께서, 쓰러지셨습니다."

"뭐라고?! 아버님이 쓰러지셨어?! 무사하신 거야?!"

"네. 목숨에 지장은 없으십니다. 정신적인 충격과 과로 때문에 건강이 악화되셨다고 합니다."

"그렇군……, 혼란은 어느 정도인데?"

"다행히도 크리스타 전하께서 그 사실을 미리 예지하셨습니다. 그 덕분에 미츠바 님께서 빠르게 간호 태세를 갖추셨기에 성의 혼란은 최소한으로 그쳤습니다."

"크리스타가 봤구나……, 괴로웠겠어."

나는 그렇게 말하면서도 무심코 안도의 한숨을 쉬었다. 이런 상황에서 아버님이 위독한 상태가 되기라도 한다면 제국은 매우 위험한 상태가 된다. 제위 쟁탈전의 심판이 사라졌으니까, 그 끝에는 분명히 내란이 벌어졌을 것이다.

하지만 그것과는 별개로 아버지가 무사하다는 사실 자체에 안심하기도 했다. 그저 안심하고 있을 수만은 없지만.

"그런데 그렇게 되면 골치 아프겠어."

"네. 현재 재상이 회의를 주도하며 남부 문제에 대처하려 하고 있습니다만, 대신들의 의견이 좀처럼 정리되지 않고 있습니다."

"그야 그렇겠지. 황제가 쓰러졌으니까. 증상이 가볍다고 하더라도 건강이 불안한 건 마찬가지야. 제위 쟁탈전은 이제 더욱 가속되겠지. 이미 협력할 세력을 정한 대신은 자기 세력을 위해서, 그렇지 않은 대신은 이번 사건을 선물로 삼기 위해서. 각자 꿍꿍이를 품고 움직이겠지. 그걸 조정하는 건 힘들 테고."

사람은 보통 자기 입장을 지키기 위해 움직인다. 제국을 위해 움직일 수 있는 건 그 입장이 보증되기 때문이다. 하지만 보증하는 사람이 쓰러졌다. 나중을 위해 자기 입장을 지키려 들기 시작한 것이다.

아버님이 건재한 이상, 그것은 일시적인 혼란에 불과하다. 하지만 남부의 문제는 지금도 계속 이어지고 있으니 조급히 대처할 필요가 있다.

"상층부가 결론을 내리지 못하는 이상, 제국군은 기대할 수 없겠군. 근위기사단도 아버님 곁을 떠날 수 없을 테고. 각지의 영주들을 집결시키려 해도 시간이 너무 오래 걸려."

"그렇다면 역시 아르노르트 님께서 전력으로 기대하시는 건 모험가 길드입니까?"

"역시?"

세바스가 한 말이 마음에 걸려서 되묻자 세바스가 조용히 고개를 끄덕였다.

마치 내 생각을 미리 알고 있었던 것 같은 말투다.

난 처음부터 제국의 전력을 별로 기대하지 않고 있긴 했다.

제국은 거대하기 때문에 긴급 사태에 대한 즉응성을 별로 기대할 수 없다. 그런 건 황족인 내가 잘 알고 있다. 남부에서 이상 사태가 벌어졌다고 해서 군을 금방 움직일 수 있는 건 아니다.

외부의 침공이라면 국경 수비군이 곧바로 움직이겠지만, 내부의 이변은 상정하지 못하고 있다.

중앙에서 대처할 것인지, 남부의 군이 대처해야 할지. 양쪽 다 판단하기 곤란한 것이다.

황제의 명령이 순식간에 전달된다면 이야기가 달라지겠지만, 제도와 남부 국경은 멀리 떨어져 있다. 의도를 전달하는 것만으로도 꽤 수고가 많이 든다.

그런 면에서 모험가는 재빠르게 움직일 수 있다. 이럴 때는 군이나 영주의 기사들보다 더 믿음직스럽다.

"뭐, 처음부터 모험가 쪽을 기대하고 있긴 했는데, 어떻게 알았지?"

"피네 님께서 분명히 그럴 거라고 하시면서 미리 움직이셨습니다. 피네 님께서는 제도와 주변 모험가들에게 레오나르트 전하의 레이드 퀘스트에 참가해 달라며 호소하고 계십니다."

"피네가? 아니, 피네라면 그럴 수도 있겠군. 그런데 그렇게 대대적으로 움직여도 괜찮은 건가?"

피네는 공작 영애이자 창구희라는 제국의 상징이기도 하다. 그런 피네가 국가 상층부도 결론을 쉽게 내리지 못하고 있는 문제에 대해 공공연하게 모험가들을 움직이려 하는 건 바람직하지 못하다.

"그건 안심하십시오. 피네 님께서 미리 움직이긴 하셨지만, 호소를 제안한 건 재상이니까요."

"그렇군. 재상답네. 회의에서 결론이 나오지 않는다면 모험가를 써먹어 버리자는 건가?"

"네. 동부에서 실버가 피네 님을 구하기도 했기에 피네 님께서 움직이시면 실버도 움직이지 않을까 추측하더군요. 조심하시길.

재상이라면 자잘한 것들을 통해 실버의 정체를 알아챌지도 모릅니다."

"뭐, 잘 해봐야지. 그런데, 그렇다면 제도 지부에는 모험가들이 모여 있는 거겠지?"

내 말을 들은 세바스가 고개를 끄덕였다. 그렇다면 바로 움직일 수 있다.

남부의 상황에 달려 있긴 하겠지만, 제도의 모험가들을 데리고 갈 수 있다면 큰 도움이 될 것이다.

"그럼 다녀오도록 할까."

"알겠습니다. 저는 피네 님을 호위하겠습니다."

나는 부탁한다고 말한 다음, 지부 입구 근처로 전이했다.

갑자기 나타난 나를 보고 지부 근처에 있던 사람들이 깜짝 놀랐지만, 나는 아랑곳하지 않고 지부 안으로 들어가려 했다.

그런데 그와 동시에 길드 안에서 제도를 향해 목소리가 흘러나왔다.

『제도에 살고 계신 여러분. 시끄럽게 해드려 죄송합니다. 저는 피네 폰 크라이네르트라고 합니다. 지금, 모험가 길드에서는 남부에서 발행된 레이드 퀘스트에 참가하실 모험가 분들을 찾고 있습니다. 부디 모험가 분들께 부탁드립니다. 힘을 빌려주세요. 남부에 괴로워하는 사람들이 있습니다. 그 사람들을 구하기 위해 여러분의 힘이 필요합니다.』

피네의 연설이 제도 전체에 퍼져나갔다. 그 연설을 들은 나는 미소를 지었다.

피네다운 연설이다. 명령이 아닌 진지한 부탁은 다른 사람의 마음을 움직인다.

『여기는 모험가 길드입니다. 방금 피네 님께서 설명하신 것처럼, 길드에 레이드 퀘스트 의뢰가 들어와 있습니다. 퀘스트 이름은 '푸른 갈매기의 구원'. B급 모험가 이상이라면 누구나 참가할 수 있습니다! 오랜만에 나온 레이드 퀘스트입니다! 돈을 벌 기회라고요! 참가해 주세요!』

길드의 접수처 아가씨일 것이다. 이쪽도 그럴싸한 선전이다.

그건 그렇고 푸른 갈매기의 구원이라. 퀘스트 이름은 길드에서 정하긴 하는데, 있는 그대로네.

그래도 분위기를 중시하는 모험가 상대로는 괜찮을지도 모르겠다.

창구희(푸른 갈매기 공주)를 위해 싸울 수 있다면 기꺼이 갈 테고.

"단순하군."

길드에는 급하게 달려온 모험가들이 점점 모여들고 있었다.

참가자뿐만이 아니라 응원하려 온 녀석들도 있을 것이다.

나는 그런 모험가로 가득 찬 지부에 발을 내디뎠다.

나를 본 순간, 시끌벅적하던 길드가 한순간 조용해졌다.

그런 와중에 참가자의 이름을 적던 접수처 아가씨만이 목소리를 냈다.

"서, 성함과 랭크를 말씀해 주세요."

"SS급 모험가, 실버다. 레이드 퀘스트에 참가하러 왔다."

접수처 아가씨가 긴장한 듯이 내 이름을 적었다.

아무리 모험가 길드라 하더라도 남부로 순식간에 이동할 수단은 없다. 그럼에도 불구하고 지부에서 모험가를 모은 이유는 나라는 존재가 있기 때문이다.

모험가들도 그 사실을 알고 있었을 것이다.

기다리던 사람이 나타났다. 모험가들이 그런 느낌으로 일제히 소리쳤다.

"역시 왔구나! 실버!"

"당신이 있으면 정말 든든하지!"

"얼른 구하러 가자고!"

시끌벅적하게 떠들어 대는 모험가들 안쪽.

길드 직원이 있는 곳에서 피네가 모습을 드러냈다.

그리고 피네는 부드러운 미소를 짓고는 나를 향해 고개를 숙여 인사했다.

말은 하지 않는다. 그럼에도 불구하고 우리에게는 통하는 것이 있다.

나는 조용히 고개를 끄덕이고는 길드 전체에 들리게끔 말했다.

"레이드 퀘스트의 지휘는 랭크가 가장 높은 자가 맡는다. 이번 같은 경우에는 나다만, 이의 있나?"

아무도 이의를 제기하지 않았다.

그것도 당연하다. 제도 지부의 최고 랭크는 SS급이지만, 그 밑은 AA급까지 떨어진다.

하지만 미덥지 못하거나 그런 건 아니다.

그들도 나름대로 제국을 지켜온 역전의 모험가들이다.

"이의는 없는 모양이군. 그럼 지휘는 내가 맡겠다. 모두의 목숨을 내게 맡겨다오."

대답은 들리지 않았다. 그 대신, 큰 환호성이 지부 전체에 울려 퍼졌다. 사기는 충분히 높다. 이 정도면 싸울 수 있다.

8

밧사우 상공에 까만 구체가 떠오르고 나서 며칠 뒤.

밧사우 근처에서 스켈레톤 군단을 막아내고 있던 레오 곁에는 2000명이 넘는 기사와 모험가들이 모여 있었다.

"전선을 교대해라! 교대한 사람들은 곧바로 휴식에 들어가라!"

레오는 지시를 내려 전선에서 스켈레톤을 막고 있던 집단을 뒤로 물러나게 하고 새로운 집단을 투입했다.

일단 시간을 벌기 위해 3교대로 스켈레톤을 막아내고 있었던 것이다.

하지만 밧사우에서 나오는 스켈레톤의 숫자는 늘어나기만 했고, 처음에는 밧사우를 반쯤 포위하기까지 했지만, 지금은 오히려 반쯤 포위당한 상태였다.

"레오나르트 전하. 전하께서도 쉬시지요."

"그럴 수는 없어. 지금이 중요한 상황이니까."

린피아가 쉬지도 않고 계속 지휘를 맡고 있던 레오에게 쉬라고 재촉했지만, 레오는 그 제안을 거절했다.

전황을 누구보다 잘 파악하고 있는 레오는 지금이 위험한 상황이라는 사실을 누구보다 잘 이해하고 있었다.

근처 영지의 영주가 보낸 기사들과 여러 모험가들이 도착했을 때는 숫자로 밀어붙여서 밧사우를 반쯤 포위했지만, 그 이후로 스켈레톤의 숫자가 갑자기 늘어났고, 지금은 스켈레톤보다 더 강한 언데드 계열 몬스터도 드문드문 보이게 되었다.

밧사우에서 생겨나는 몬스터들이 그냥 의미 없이 생겨나는 것이 아니라 이쪽의 움직임에 맞춰서 생겨나고 있다.

레오는 그런 확신이 들었다. 그렇다면 빈틈을 보였을 때 적이 치고 들어와서 진형이 무너지게 될 가능성이 있다.

가능성이 조금이라도 있는 한, 레오는 방심할 수가 없었다.

지금 레오 일행이 돌파당하면 대량으로 생겨난 스켈레톤이 남부로 흩어질 것이다. 근처 영지의 영주들은 주력인 기사들을 파견한 상태이기에 막아내지 못할 것이다.

남부는 사상 초유의 대혼란에 빠질 것이고, 군이 사태를 가라앉히기 위해 움직일 것이다. 그렇게 되면 국경의 수비가 허술해진다.

제국의 빈틈을 노리던 나라들은 그 약간의 빈틈을 놓치지 않는다.

"하지만 전하께서 쓰러지시면 전선이 붕괴할 겁니다."

"아직 괜찮아. 진짜로 힘들 것 같으면 말할게."

"그렇군요……, 그럼 잠깐만 시간을 내주실 수 있을까요? 잠깐이라면 근위기사 분들께 지휘를 맡기셔도 괜찮을 테니까요."

"그건 상관없긴 한데, 무슨 이유라도 있어?"

"밧사우에서 노방쳐 온 백성들 중에 부상을 입은 기사가 몇 명 있습니다. 그중 한 명이 깨어나서 전하께 말씀드리고 싶은 게 있다고 합니다."

"그렇구나……, 들어볼게. 이번 이변에 대해 뭔가 알아낼 수 있을지도 모르니까."

레오는 그렇게 말한 다음 근처에 있던 근위기사들에게 지휘를 맡긴 뒤 전선 뒤쪽에 마련된 캠프로 향했다.

그곳에는 휴식 중인 기사와 모험가, 부상당해 움직일 수 없는 백성들이 있었다.

레오는 그 캠프 구석에 있는 텐트 안으로 들어갔다.

"전하."

"그대로 치료를 계속해 줘."

레오는 손을 들어서 자신에게 인사하려던 중년 남자를 말렸다.

도시에서 의사로 활동했다는 그 남자는 도망칠 수 있었음에도 부상자를 치료하려 남을 정도로 특이한 사람이었다.

그런 의사의 치료 덕분에 겨우 의식을 되찾은 기사는 오른팔을 잃었고, 배에도 깊은 상처가 나 있었다.

"제8황자인 레오나르트다. 내게 하고 싶은 이야기가 있다는 기사가 자네인가?"

"저, 전하……, 부디 저희 주군을 구해주십시오……."

"밧사우의 영주 말이야?"

"네……, 영주인 데니스 님은 오랫동안 협박당하셨습니다……. 그 때문에 납치범 조직에게 밧사우가 이용당하고……, 저택 지하에는 잡혀 온 아이들을 가둬두는 감옥이 있었습니다……."

충격적인 고백이었다.

하지만 레오는 눈살을 찌푸리기만 할 뿐, 아무런 말도 하지 않았다.

지금부터가 중요하기 때문에 가로막으면 안 될 거라 생각했기 때문이다.

"데니스 님께서는……, 아이들을 구하기 위해 각오를 다지고 저택 지하로 가셨습니다……. 중간까지는 저도 동행했습니다만……, 부상을 입은 저를 동료들이 바깥으로 데리고 나왔습니다……. 그 이후에 저택에서 그 구체가……, 콜록, 콜록."

기사는 기침을 하다가 피를 토했다.

의사가 피를 닦았지만, 기사는 괴로워하면서 다시 피를 토했다.

그러면서도 기사는 레오를 향해 왼손을 뻗었다.

레오가 그 손을 꽉 잡았다.

"부디……, 영주님을……, 만약에……, 이미 늦어서 영주님을 구하지 못한다면……, 레베카를……."

"레베카?"

"그녀가⋯⋯, 영주님의 편지를 가지고 있습니다⋯⋯. 부디 시
터하임 백작 가문의 명예를⋯⋯, 저희는 일부러 협력한 것이 아
닙니다⋯⋯."

"그 이야기가 진실이라면 내 이름을 걸고 명예를 회복시키마.
그러니 지금은 쉬도록."

"감사합니다⋯⋯. 감사합니다⋯⋯. 감사⋯⋯합⋯⋯."

기사의 눈에서 빛이 사라지기 시작했고, 레오가 잡고 있던 왼
손에서도 힘이 빠져나갔다. 의사가 고개를 저었다. 최후의 힘을
쥐어짠 호소였던 것이다.

하지만 레오는 한동안 그 손을 계속 잡고 있었다.

"전하⋯⋯."

"저택 지하에 영주가 돌입하고 나서 까만 구체가 생겨났다. 다
시 말해 저 까만 구체는 저택 지하와 관련이 있는 거다."

"가장 가능성이 큰 건 아이들이겠군요⋯⋯."

"그렇지. 뛰어난 마력, 특수한 소질을 가진 아이들을 모아 두었
을 거야. 어떤 계기 때문에 이번 이변을 일으킨 건지도 몰라."

"그렇다면 저 까만 구체를 어떻게 하지 않는 한, 이번 이변은
끝나지 않을 겁니다."

"그래."

레오는 마지막으로 기사의 손을 꽉 쥐고는, 그 손을 기사의 가
슴 위에 올려놓았다.

그리고 뒷일을 의사에게 맡긴 다음, 텐트를 나섰다.

그 시선 끝에는 여전히 유유히 밧사우 상공에 군림하고 있는 까만 구체가 있다.

"저택에서 저 구체가 나왔다면, 구체 안에 누군가가 있더라도 이상할 게 없겠지?"

"그야 그렇긴 합니다만……, 설마 조사하실 생각이신가요?"

"물론이지. 나는 여기에 납치된 사람들을 구하러 왔어. 그들은 피해자야. 나는 그들을 구하고 싶어."

"……마음은 기쁘게 생각합니다. 저기에 여동생이 있을지도 모른다고 생각하니 저도 가만히 있을 수가 없습니다. 하지만 지금은 냉정한 판단을 내릴 필요가 있습니다. 당신은 제위를 목표로 삼고 계신 중요한 분이십니다."

"제위를 목표로 삼고 있으니까 구해야만 하는 거야. 나는 구하고 싶은 사람을 구할 수 있는 황제가 되고 싶어. 하지만 그 과정에서 누군가를 저버린다면 나는 분명히 그런 황제가 될 수 없을 거야. 사람은 익숙해지는 생물이니까, 한번 저버리면 나는 분명히 저버리는 것에 익숙해지겠지. 그러니 나는 물러서지 않겠어."

레오는 그렇게 말한 다음 린피아를 보며 미소를 지었다.

그때, 린피아의 눈에는 레오가 아르와 겹쳐서 보였다.

출발하는 날. 거금이 든 주머니를 건네던 아르와 지금 각오를 다지고 있는 레오의 모습이.

공통점이라 할 만한 것은 하나도 없다.

외모는 닮았다. 하지만 그것뿐이다. 그래도 겹쳐지는 것이 있었다.

린피아는 그제야 눈치챘다. 두 사람의 행동 원리의 근본에 있는 것이 똑같기 때문이다.

"역시 쌍둥이시군요……."

"응? 닮았어? 형하고?"

"네, 많이 닮으셨습니다. 아르노르트 전하께서도 그렇고, 레오나르트 전하께서도 '다른 사람'을 위해서 움직이시는 거군요."

"그렇게 대단하지 않아. 나는 말이지. 형은 모르겠지만, 나는 내가 약하다는 걸 알고 있을 뿐이야. 나는 분명히 익숙해져 버릴 테니까. 익숙해지지 않게끔 필사적일 뿐이야."

레오는 그렇게 말하며 쓴웃음을 지었다.

선을 확실하게 긋고, 그때마다 사고를 전환할 수 있다면 얼마나 좋을까.

서툴렀다. 계속 공부만 하던 건 그 때문이다. 아르처럼 놀면 절대로 돌이킬 수 없을 것 같았기에 공부를 했다.

하지만 아르는 본인이 공부를 해야만 한다고 생각했을 때는 공부를 했다.

그것은 어떤 의미로 보면 재능이다.

그래서 레오는 아르가 부러웠다.

하지만 부럽다고 생각하는 것도 슬슬 그만두어야 한다. 없는 것을 보채던 시간은 이미 끝났다.

"나는 형이 아니야. 무언가에 유연하게 대처하는 건 불가능하지. 전권 대사를 맡았을 때 뼈저리게 느꼈거든. 그래서 나는 똑바로, 흔들리지 않고 나아갈 거야. 여기 오기로 결심했을 때 그런 마음을 먹었거든. 내 고집을 밀어붙이겠다고."

"……알겠습니다. 그럼 함께하겠습니다. 하지만 그럴 기회는 나중으로 미뤄지겠군요."

"그러게."

보아하니 전선이 밀리기 시작하고 있었다.

스켈레톤뿐만이 아니라 새로운 몬스터가 늘어나기 시작한 것이다.

숫자뿐만이 아니라 질도 올라가기 시작했다.

지금 돌격해서 목숨을 낭비하는 건 너무 무모하다. 레오는 그렇게까지 어리석지 않았다.

구하기로 결심했다. 그 기회를 놓칠 생각은 없다. 하지만 기회도 아닌데 움직일 생각은 없다.

지금은 버텨야 할 때다.

언젠가 분명히 기회가 온다.

레오는 그 때를 믿으며 말에 올라타 지시를 내리고, 때로는 직접 전선으로 나가 검을 휘둘렀다.

하지만 강한 의지를 지닌 레오는 그렇다 해도.

다른 사람들은 그렇지 않았다.

"크윽!"

"으아아아아아악!!"

마음이 꺾이고, 체력이 떨어진 사람들이 당하기 시작했다.

그럴 때마다 레오는 그 사람들을 구해냈지만, 나중에는 그 빈틈이 전선 전체로 퍼져나갔다.

그리고 레오에게 치명적인 보고가 들어온 것은 그로부터 잠시 후였다.

"보고! 좌익이 돌파당했습니다!!"

"윽?! 예비 부대를 투입해라!"

"이미 늦었습니다! 도망치십시오!"

"도망쳐 봤자 소용없어. 어차피 뒤에서 공격할 거야."

레오는 그렇게 말하며 근위기사가 들고 있던 뿔피리를 빼앗아 들고는 몇 번이나 불었다.

그리고.

"레오나르트 렉스 아드라와 함께 영웅이 될 각오를 다진 자가 있는가?! 아직 검을 휘두를 수 있는 자는?! 아직 달릴 수 있는 자는?! 아직 앞을 볼 수 있는 자는?! 기사든, 모험가든, 시민이든 상관없다! 지금 이 순간, 이곳에서 전의를 잃지 않은 자들은 내 밑으로 모여라!"

레오는 검을 높게 들어 올렸다.

그리고 다시 뿔피리를 불었다.

그 뿔피리 소리는 먼 곳까지 울려 퍼졌다.

리제는 희미하게 울린 그 소리를 듣고 미소를 지었다.

"전원, 속도를 높여라! 전장이 가깝다!"

선두에 서 있던 리제는 망토를 펄럭이며 기병 연대 1000명을 이끌고 달려갔다.

제국 남부에 뜻있는 자들이 집결하려 하고 있었다.

9

"아벨 씨! 무사하신가요?!"

"겨우 말이, 지!!"

아벨은 린피아에게 대답하며 스켈레톤을 발로 걷어차서 날렸다.

호를 그리며 적의 포위에 맞서던 전선은 붕괴했다.

그러자 레오는 철수를 선택하지 않고 자신을 중심으로 방원진을 펼쳤다.

그로 인해 거의 모든 방향에서 적에게 포위당하게 되었지만, 전력을 유지하면서 그 자리에 머무르는 데는 성공했다.

하지만 포위당한 상태이기 때문에 쉴 틈이 없었고, 린피아나 아벨 같은 상위 모험가나 근위기사가 분투하며 어떻게든 버티고 있는 것이 현실이었다.

"린피아, 이 상황은 언제까지 계속되는 거지?"

"슬슬 움직일 것 같은데……."

"너도 모르냐."

아벨은 그렇게 말하며 주위를 둘러보았다.

조금씩이긴 하지만 아군이 당하기 시작했다. 어떻게든 원 안쪽으로 끌어들였기 때문에 죽은 사람은 없지만, 이대로 가다가는 싸울 수 있는 사람이 남아나지 않을 것이다.

"철수한 사람들이 눈치 빠르게 돌아와 주면 좋겠는데요."

"겁먹은 녀석들한테 그런 기대를 해봤자 소용없을걸?"

레오 곁에 모인 사람들은 약 천여 명.

나머지 천여 명은 전선이 붕괴하자 철수했다.

대부분이 기사들이었고, 모험가들 중 대부분은 레오 곁에 남았다. 자신의 의지로 레이드 퀘스트에 참가한 모험가와 영주의 명령으로 파견된 기사들의 의식 차이가 나타난 것이다.

물론, 남은 기사들도 많긴 하지만, 철수한 기사들이 모두 남았다면 상황이 달라졌을 거라는 생각이 들 수밖에 없었다.

특히 아벨이 마음에 들지 않는 건, 레오 곁에 있던 근위기사 몇 명이 보이지 않게 되었다는 점이었다.

"쳇! 역시 이런 의뢰를 받는 게 아니었다고! 이곳에 온 뒤로 구역질 나는 일만 생기잖아!"

"그럼 왜 도망치지 않는 거죠?"

"바보 같은 소리 하지 마. 우리는 모험가야. 한번 받은 의뢰를 내팽개칠 수 있겠냐고!"

"이건 의뢰에서 벗어난 일 아닌가요?"

"우리가 받은 의뢰는 마을을 지키는 거다. 이 몬스터를 어떻게든 하려면 저 황자를 지키는 게 제일 좋은 방법 아니야?"

아벨이 한 말을 듣고 옆에 있던 파티 멤버들도 맞장구를 쳤다.

모험가 중에서도 숙련자에 속하는 아벨과는 달리, 다른 파티 멤버들은 상처투성이였다. 그럼에도 불구하고 그들은 미소를 지었다.

절체절명의 상황에서 어두운 표정을 지어봤자 의미가 없다는 걸 그들은 알고 있었다.

"리더! 이번 일이 끝나면 황자에게 보수를 더 내놓으라고 말해 주세요!"

"맞아! 맞아! 수지가 안 맞는다고!"

"정말 그렇네. 알았어."

아벨 일행이 그렇게 농담을 주고받은 순간.

방원진 한가운데에 있던 레오도 중얼거렸다.

"왔나."

그 말과 동시에 북쪽에서 기마대가 다가오고 있었다.

그들은 철수한 기사들 중 일부였다.

"방원진을 해제! 밧사우로 돌격한다! 모두 나를 따르라!!"

레오는 아껴두고 있던 기사들을 이끌고 밧사우를 향해 돌격하기 시작했다.

그런 레오와 합류하듯이 북쪽에서 다가온 기마대도 스켈레톤 군단에게 돌격하며 안으로 침입했다.

"이봐, 이봐?! 이게 뭐야?! 마음이 바뀐 거야?! 저 녀석들?!"

"레오나르트 전하의 책략이군요."

"책략?"

"일부러 근위기사 일부를 이탈시켜서 철수한 기사들을 이끌게한 거예요. 철수한 기사들 중에는 어쩌다 보니 철수한 사람이나상황을 이해하지 못한 사람들도 있었을 테니까요."

"그렇게 정신없는 와중에 그런 것까지 하고 있었나……."

"그런 상황에서 제일 먼저 생각나는 건 철수였겠죠. 하지만 레오나르트 전하께서는 처음부터 철수를 선택지에서 제외하셨어요. 그래서 냉정하게 다음 수를 두실 수 있었던 거겠죠."

"도망쳐 주면 우리도 편했을 텐데 말이야."

"그러게요. 역시 제위를 노리는 분답군요."

린피아는 레오를 그렇게 평가하고는 앞서가는 레오를 쫓아갔다.

선두에서 나아가는 레오가 개척하고, 뒤따르는 기사들이 넓힌그 길을 모험가들이 나아갔다.

목적지는 까만 구체가 떠 있는 밧사우였다.

■ ■ ■

"전하! 물러나십시오! 이제 충분합니다!"

"어디가 충분하다는 거야!"

선두에서 나아가던 레오에게 근위기사가 물러서라고 건의했지만, 레오는 고집스럽게 선두를 양보하지 않았다.

사나운 기세로 스켈레톤을 베어내고 길을 개척해 나갔다.

사기는 충분히 올라갔다. 이제 근위기사들이 대신 그 역할을 맡아도 된다.

별동대도 근처까지 와 있고, 합류하면 추진력이 더 강해진다.

레오가 열심히 싸울 이유는 전혀 없는 것처럼 보였다.

"그렇다면 적어도 두 번째나 세 번째 열로!"

"바보 같은 소리 하지 마라! 긁어모은 기사들과 모험가, 그들을 위기에 몰아넣은 건 나다! 그런데도 그들은 따라와 주고 있다! 그건 내가 선두에서 달리고 있기 때문이다! 안전한 곳에서 소리 지르기만 하는 자를 누가 따르겠나?!"

레오가 그렇게 일갈하자 근위기사는 말문이 막혔다.

지금까지 생각해 온 레오의 인상과는 전혀 다른 모습을 보았기 때문이다.

레오는 무예가 뛰어나다 하더라도 사나운 성격과는 거리가 멀었다. 곱게 자란 마음씨 착한 황자. 모두가 그런 인상을 갖고 있었다.

하지만 지금, 선두에서 달려가는 모습은 그야말로 일군의 장수 그 자체였다.

"전하……."

"잠자코 따라오기나 해! 반드시 이곳을 돌파한다!"

레오는 그렇게 말하며 더욱 빠르게 말을 몰아갔다.

그리고 별동대가 합류하여 레오 일행의 기세가 더욱 강해졌다.

멀리 보이는 정도였던 밧사우가 확실하게 보이는 곳까지 왔다.

"밧사우가 가깝다! 다들, 힘을 쥐어 짜내라!"

레오가 그렇게 호령했을 때, 누군가가 레오를 향해 검을 휘둘렀다.

레오는 겨우 그 검을 막아 냈지만, 말은 멈춰 버렸다.

그리고 레오가 멈춘다는 것은 전체가 멈춘다는 뜻이다.

이곳은 몬스터의 바다 한복판.

멈추는 것은 곧 죽음이다.

레오는 어떻게든 빠르게 벗어나려 했지만, 앞을 막아선 남자가 레오를 앞으로 나아가지 못하게 하고 있었다.

"웬 놈이냐?!"

"훗……, 웬 놈일까?"

그렇게 말한 사람은 까만 옷을 입은 남자였다.

그 남자는 저택 지하에서 데니스를 죽인 교관이었지만, 눈이 새까맣게 물들어 있었다.

본래 검은색일 리가 없는 부분까지 전부 검은색이었다.

척 보기에도 이상한 남자. 그리고 그 이상으로 레오는 그 남자의 실력 때문에 애를 먹었다.

강하다는 말로 표현해도 될 수준이 아니었다.

고전하던 레오를 보다 못한 근위기사들도 가세했음에도, 밀어붙일 수가 없었다.

"크윽?! 이 녀석, 뭐지?!"

"어째서 이런 강자가 여기 있는 거야?!"

레오는 물론이고, 제국의 정예인 근위기사들도 실력이 부족한 것은 아니다.

그들이 여러 명 덤벼들었는데도 생채기 하나 내지 못한 남자.

세상에 이름을 떨쳤더라도 이상할 게 없는 실력이었다.

"뭐 하는 놈이냐?"

레오가 다시 물었다.

왜냐하면 주위에 있는 스켈레톤이 남자를 공격하려는 낌새조차 보이지 않았기 때문이다.

"이름을 물어보려면 먼저 자기소개부터 하는 게 어떤가?"

"……레오나르트 렉스 아드라. 제국의 제8황자다."

"그렇군, 황족인가. 그렇다면 나도 자기소개를 하마. 내 이름은 발람. 네놈들 인간이 부르는 호칭을 빌리자면 악마다."

"악마?!"

그것은 충격적인 발언이었다.

악마는 이곳과는 다른 세계, 마계의 주민이라고 하며, 대부분의 경우에는 인간보다 훨씬 강한 힘을 지닌 존재다.

몇 차례인가 마도사의 소환으로 인해 대륙에 재앙을 가지고 온적이 있다고 하며, 옛날에 용사가 토벌한 마왕도 악마였다고 한다.

그런 악마가 이곳에 나타났다.

어째서?

"설마……, 이 몬스터들은 마계에서 온 건가……?"

"정답이다. 이건 첨병이지. 이 도시의 중심에 마계와 이 땅을 연결하는 소환문이 열렸다. 언젠가 악마들이 잔뜩 이 땅에 올 거다. 네놈들에게는 미래가 없다."

"그렇다면 닫을 뿐이다!"

레오는 그렇게 말하며 발람에게 검을 휘둘렀지만, 발람은 레오의 검을 가볍게 막아냈다.

"포기해라. 닫을 방법 같은 건 없다."

"안타깝게도 포기하지 않겠다고 결심한 직후다!"

"훗, 어리석군. 이미 늦었다."

"———꼭 그렇다는 보장은 없다."

시원스러운 목소리가 울려 퍼졌다.

그와 동시에 발람의 왼손이 공중에 떠올랐다.

발람은 재빨리 거리를 벌리고는 자신의 왼손을 잘라 낸 상대를 보았다.

"여자……, 웬 놈이냐?"

"제국군 원수, 리제로테 렉스 아드라. 레오의 누나다."

"누님……?!"

레오는 눈을 크게 뜨고 오랜만에 본 리제를 바라보았다.

패기를 두른 채 푸른 망토를 펄럭이고 있다.

그 모습은 그야말로 레오가 기억하고 있던 리제였다.

10

약간 시간을 거슬러 올라간다. 레오가 보낸 별동대가 스켈레톤 군단에게 돌격하고, 레오 일행도 밧사우를 향해 돌격하기 시작했을 무렵.

리제 일행은 그제야 밧사우를 멀리서 보고 있었다.

"몬스터로 가득 찼군요."

"하지만 그 안을 나아가는 자들도 있다."

멀리서 보고 있기에 알아볼 수는 없으나, 리제는 확신했다. 저기에 레오가 있다는 것을.

리제는 말을 타고 달려가며 눈을 감았다.

예전에 이를 악물며 자신을 가로막은 동생. 자신이 믿는 것에는 물러섬 없이 올곧은 동생은, 지금도 이를 악물며 올바른 행동을 하려 하고 있을 것이다.

그렇다면 누나로서 해줄 수 있는 것은 단 한 가지.

"우리도 돌입한다!"

"네!"

리제가 가속하자 기병 천여 명이 뒤따랐다.

그들은 모험가도, 기사도 아니다. 리제 밑에서 오랫동안 계속 싸워온 정예 기병 연대다.

이제 와서 사기를 올려줄 연설 따위는 필요 없다.

모두가 리제에게 목숨을 바친, 죽으라고 하면 죽기까지 할 군인들이다.

"연대장! 그걸 쓴다!"

"알겠습니다!"

지시를 받은 연대장은 오른손을 들었다.

그 신호에 따라 후방에 있던 100명이 앞으로 나왔다. 그들은 석궁을 들고 있었다. 하지만 그것은 일반적인 석궁이 아니었다.

석궁 아랫부분에는 원형 통이 달려 있었고, 그 가운데에는 작은 보옥이 박혀 있었다.

"'회전식 마도 연노 시제품' 준비가 끝났습니다!"

"좋다. 내 앞에 있는 장애물들을 제거하라."

"알겠습니다! 목표는 정면의 몬스터! 제대로 조준할 필요는 없다! 적들투성이다! 쏘기만 하면 맞는다! 조준! 발사아아!!"

연대장의 호령을 듣고 병사 100명이 연노의 방아쇠를 당겼다.

그러자 보옥에 담겨져 있던 마력으로 인해 방아쇠를 당기고 있는 동안 화살이 끊임없이 날아갔다.

아래쪽에 달린 원형 통이 회전하면서 화살을 보급하고, 연사를 보조한다.

일반적으로는 상상도 할 수 없는 연사 속도로 날아간 화살은 차례차례 스켈레톤에게 명중해서 몸을 분쇄해 나갔다.

리제는 그 공격으로 생겨난 빈틈을 노리며 돌격했다.

"좋은 병기이긴 합니다만, 다 쏘고 난 뒤가 문제군요."

"그건 개발자들이 할 일이다. 우리가 할 수 있는 건 조건을 달아서 주문을 넣는 것뿐이지."

보옥의 마력이 바닥난 회전식 마도 연노 시제품은 사람의 손으로는 쏠 수 없는 연노가 되기에 둔기로만 쏠 수 있다.

리제는 후방에서 신병 훈련과 함께 이 무기의 평가 훈련을 진행하고 있었던 것이다.

그런데 생각지도 못한 곳에서 실전 테스트를 할 수 있었다.

"이번 결과를 보고하고 통을 교체할 수 있게끔 요청하시죠. 역시 일회용 무기는 용도가 너무 제한적입니다."

"그렇군. 그리고 몬스터와 전투를 벌일 때 쓸 병기도 주문하도록 하지."

"좋은 생각입니다."

리제와 연대장은 그런 이야기를 나누며 각자 무기를 쥐고 길을 개척했다.

연노는 인간과 싸우는 것을 상정한 무기이기 때문에 스켈레톤에게는 효과가 애매했다. 관통해봤자 핵이 파괴될 때까지 고통도 느끼지 못하고 계속 움직이는 스켈레톤과는 상성이 안 좋기 때문이다.

"훗……, 이런 건 오랜만이군."

소수의 아군을 이끌고 적에게 돌격한다. 예전에는 몇 번이나 했었던 행동이지만, 지금은 거의 하지 않게 되었다. 그럴 상대도 없고, 그래도 되는 입장도 아니기 때문이다.

하지만 리제는 지금의 상황에 만족감을 느끼고 있었다. 적의를 바로 근처에서 느끼면서도 앞으로 나아간다. 한순간의 방심도 용납되지 않고, 매우 좁은 승리의 길을 더듬어 간다.

그래, 리제는 그렇게 말했다.

"이것이 전장이다……!"

리제는 그렇게 말한 다음, 사나운 인상이 느껴지는 미소를 지으며 적의 대군을 찢어발기기 시작했다. 오랫동안 리제를 모셨던 연대장에게는 지금의 리제가 예전에 각지의 전장을 휩쓸고 다녔기에 다른 나라에서 공주 장군이라 불리며 두려움을 샀던 과거의 리제가 겹쳐져 보였다.

황태자가 죽고 활력을 잃은 채 그저 국경 수비에만 주력하던 리제가 아니다.

"왜 그러나! 연대장! 뒤처지고 있다만?"

"네! 바로 가겠습니다!"

리제가 연대장을 부르자 그는 곧바로 리제를 쫓아갔다.

그리고 리제 일행은 레오 일행을 발견했다.

■ ■ ■

"누님……?!"

깜짝 놀란 레오를 보고 리제는 살짝 웃었다.

아르를 보고 어른이 되었다고 생각했다. 하지만 지금 레오는 그 이상이었다.

군의 선두에 서서 이끌며 싸우는 모습은 그야말로 장군이었고, 뒤에 있는 사람들이 이 사람을 위해 싸우겠다고 생각하게 만드는

카리스마를 뿜어내고 있었다.

그 모습은 리제가 장수로서 지탱하겠다고 맹세했던 젊은 시절의 황태자와 비슷했다.

"큰소리만 친 게 아니었군……."

우리는 둘이서라면 큰형도 뛰어넘을 수 있다.

아르는 분명히 그렇게 말했다. 지금 레오를 보니 그 말이 허세가 아니라는 것을 짐작할 수 있었다.

올곧은 레오를 유연한 아르가 보좌한다면 혹시나, 그런 생각이 들 만한 분위기가 느껴졌다.

그렇기 때문인지, 리제는 적 앞인데도 불구하고 기뻐하며 중얼거렸다.

"키가 컸나?"

"어, 아……, 네, 조금."

"그렇군. 잘됐구나. 좀 더 크거라."

그때까지는 내가 지켜주마.

리제는 그렇게 말한 다음, 왼손이 잘려 나간 발람을 바라보았다.

레오와 리제가 이야기하던 동안, 발람은 몇 번 정도 공격을 가하려 했다. 하지만 그럴 때마다 리제의 오른팔이 반응했기에 결국 공격할 수는 없었던 것이다.

"악마라고 하기에는 꽤 인간적이로군."

리제는 재생하지 않는 왼손과 상처에서 흘러나오는 붉은 피를 보았다. 나름대로 랭크가 높은 몬스터라면 재생하더라도 이상할

게 없는 상처였지만, 눈앞에 있는 악마는 재생하지 않는다.

리제는 그것을 통해 한 가지 답을 끌어냈다.

"인간을 매개체로 이용하고 있는 건가?"

"눈치가 빠르군……? 하지만 그걸 안다고 해서 뭐가 달라진다는 거지?"

"아직 늦진 않았다는 뜻이다."

"과연 그럴까? 네놈들에게 원군이 와버렸으니 이쪽도 장난은 끝이다."

발람을 그렇게 말한 다음 남아 있던 오른손을 높게 들어 올렸다. 그러자 그 손 끄트머리가 까맣게 빛났다.

그 빛에 이끌리듯이 밧사우에서 3미터가 넘을 것 같은 거대한 스켈레톤과 몸이 썩은 드래곤 좀비 같은 고랭크 언데드 계열 몬스터가 나타났다.

"어서 도망치시지."

그렇게 말한 발람은 투명해져서 자취를 감추었다.

그곳에 남은 리제와 레오는 결단을 내려야만 했다.

"아무리 그래도 전력 차이가 너무 크군."

"하지만 지금 물러나면 밧사우에 다시 접근할 기회가 언제 올지 모릅니다."

"……답은 이미 정해져 있다는 듯한 표정이로군."

"애초에 물러날 생각 같은 건 하지 않았습니다. 악마가 매개체를 필요로 한다면 지금 해치울 필요가 있습니다. 지금 방치하면 인간 사회에 숨어들 테니까요."

"쓰러뜨릴 수 있다는 보장은?"

"없습니다. 하지만 그건 물러나더라도 마찬가지죠. 아무리 대
군을 이끌고 온다 하더라도 상대는 지금처럼 몇 번이나 몬스터를
불러낼 테니까요. 지금은 위기이면서도 기회이기도 합니다."

리제는 그렇게 딱 잘라 말한 레오를 보고 다시 웃었다.

그리고 이쪽을 향해 일직선으로 다가온 자이언트 스켈레톤을
두 동강 냈다.

"그럼 가볼까. 뒤처지지 마라?"

"물론이죠."

"돌격한다! 목표는 밧사우!"

"나를 따르라!!"

그렇게 레오와 리제는 함께 밧사우로 돌격하기 시작했다.

■ ■ ■

레오 일행이 돌격을 개시하고 나서 얼마 후.

린피아와 아벨 일행은 선두 집단에 합류했다.

하지만 밧사우로 다가가면 다가갈수록, 적의 저항이 강하고 거
세졌다.

"크윽?!"

아벨과 린피아도 고전할 정도의 몬스터가 늘어나기 시작했고,

진군 속도가 명백히 느려졌다.

이대로 가다가는. 린피아의 마음에 그런 초조함이 생겨나기 시작했을 때.

드래곤 좀비가 날린 불덩이가 린피아 옆에 떨어졌다.

린피아는 그 충격으로 인해 날아갔고, 선두 집단에서 튕겨져 나와 버렸다.

"크윽……."

린피아는 고통을 견디며 검을 짚고 일어섰다.

주위를 살피니 스켈레톤 군단 한복판으로 날아와 있었다. 스켈레톤들은 조금씩 린피아에게 다가왔다. 어떻게든 움직이려 했지만, 몸이 마음대로 움직이지 않았다.

그런 와중에 옷의 주머니에서 피리가 흘러내렸다.

언젠가 드워프 노인이 준 피리, 영수로 만든 피리였다.

누군가에게 기대는 것은 잘못이 아니다. 노인이 했던 말이 되살아났다. 이런 사지에서 불어서 아군을 끌어들일 수는 없다는 생각도 들었다.

하지만 그런 생각보다는 여동생을 찾아낼 때까지는 죽을 수 없다는 마음이 더 강했다.

"빌리겠습니다……!"

린피아는 피리를 들고 불었다.

하지만 소리는 나지 않았다. 몇 번을 불어 봐도 소리가 나지 않았다.

그 노인이 불량품을 준 걸까.

린피나는 그럴 수도 있겠다고 생각하며 한숨을 쉬고는 피리를 살며시 주머니에 넣었다.

하지만 그 피리 소리는 확실하게 들렸다. 아득히 먼 곳에 있는 제국의 중심. 제도까지.

린피아가 냉정하게 마음을 바로잡고 겨우 마검을 겨누며 다가오는 스켈레톤들과 맞서 싸우려 한 그 순간.

린피아 근처에 있던 스켈레톤들이 순식간에 날아가 버렸다.

"윽?! 대체 무슨 일이……?"

드래곤 좀비가 다시 불덩이를 날린 건가? 린피아는 그렇게 생각하며 긴장했지만, 그 긴장은 뒤쪽에서 들린 목소리로 인해 풀렸다.

"무사한가? 언젠가 만났던 여자 모험가."

"……어째서 당신이……?"

"레이드 퀘스트 이야기를 들어서 말이지. 다른 녀석들도 데리고 왔다."

그 순간. 린피아 뒤에 열린 거대한 전이문을 통해 나온 제도 지부의 모험가들이 함성을 지르며 스켈레톤 군단을 향해 돌진했다.

모험가 수백 명이 나타나서 주변에 있던 스켈레톤을 쓰러뜨려 나갔다.

그런 모험가들의 무리 속, 가장 강력한 구원자가 말했다.

"일어설 수 있다면 따라와라. 돈을 벌 기회다."

"네……! 실버……!"

린피아는 그렇게 말한 다음, 가면을 쓴 모험가를 따라갔다.

11

제도 지부에 모험가가 집결하고 슬슬 전이문을 열려던 무렵.

성에서 보낸 사자가 갑작스럽게 지부에 찾아왔다.

"이런, 이런. 제2황자 전하께서 대체 무슨 일로 오셨나?"

"성에서는 지금 남부의 이변에 대한 회의가 진행 중이다. 네 전이는 귀중하지. 잠깐 기다렸다가 우리의 파견 부대와 함께 가주었으면 한다."

에리크는 뜻밖에도 고개를 숙였다.

나도 아니고, 일반적인 황족은 고개를 숙이지 않는다. 그런 지위이기 때문이다.

"지금까지 시간이 충분히 있었을 텐데. 아직도 결론을 내리지 못했는데 곧 결론이 나올 거라는 보장은?"

"이미 근처의 군을 제도로 불러들였다. 폐하와 성의 수비를 맡기고 근위기사를 파견하는 형태로 마무리되어가고 있다."

"호오? 그렇다면 지금부터는 공훈 쟁탈전이 시작되겠지? 제위 쟁탈전이 한참 진행되고 있는 시기이니 말이다. 다들 공을 세우고 싶어 하겠지. 물론 당신도 말이야. 나오지 않을 걸 알고 있는 결론을 기다릴 만큼 우리는 한가하지 않다."

말은 그렇게 했지만, 꽤 현실적인 대책이다. 아버님과 성의 수비가 불안하니 근위기사를 파견할 수 없다. 그렇다면 근위기사 대신 군을 부르겠다는 건가?

일부러 부른 만큼 나름대로 정예 부대겠지만, 근위기사단만큼 강력하지는 않을 것이다. 하지만 일시적으로 성의 수비를 맡기기는 충분하다.

"내가 대신들에게 근위기사를 이끌 자로 고든을 추천했다. 정식으로 결정될 때까지 시간이 그리 오래 걸리진 않을 거다."

"의아하군. 다른 나라의 문제일 때는 그렇게 공을 탐내더니, 자국의 문제가 되니 라이벌인 동생에게 공을 양보하는 건가?"

"나는 황족이자 제국의 외무대신이다. 다른 나라의 문제라면 모를까, 자국의 문제라면 세력 다툼 같은 건 제쳐두어야 한다. 내가 가장 먼저 생각하는 건 제국이기 때문이다."

에리크는 그렇게 말하며 나를 똑바로 바라보았다.

나쁜 제안은 아니다. 근위기사가 와준다면 든든하다.

나도 세력 다툼을 제쳐 놓는다면, 기다리는 것도 괜찮은 방법일 것이다.

지금 강행해 봤자 제국 상층부가 모험가를 보는 시선이 험악해지기만 할 것 같다는 생각도 들었다.

내 마음이 그렇게 흔들렸을 때, 멀리서 맑은 소리가 들렸다.

그 소리는 어디서 들리는지 알 수가 없었다. 하지만 그 소리를 낸 사람이 린피아이고, 위기에 처했다는 사실을 신기하게도 알 수 있었다. 린피아가 도움을 요청하고 있다. 근거는 없지만, 확신이 들었다. 그 맑은 소리가 그렇게 전해 주었다.

"하지만……, 그동안에도 희생되는 자들이 있다. 나라가 완벽한 태세를 갖추는 동안, 시간을 벌고 있는 자들이 있다. 그런 자들을 어떻게 할 생각이지?"

"최선을 다할 것이다."

"그렇다면 그 제안을 받아들일 수는 없겠군. 모험가는 기사나 군인과는 다르다. 위에 있는 자들이 미처 보지 못한 피해자나 저버릴 수밖에 없는 자들을 구하기 위해 존재한다. 꺼져라. 우리는 모험가다. 누구의 지시도 받지 않는다. 마음대로 행동할 것이다."

"나라의 존망이 걸린 문제지 않나? 확실하게 준비해야 할 것 같다만?"

"우리는 나라가 어떻게 되든 상관없다. 우리가 지키는 건 언제나 백성들의 목숨이다. 돌아가서 황제와 대신들에게 전해라. 이 문제는 실버가 맡겠다고 말이야."

"그렇게 멋대로 구는 게 용납될 것 같나?"

"그게 용납되는 게 SS급 모험가다. 그리고 너무 깔보지 마시지. 제국의 모험가는 황족이 생각하는 것보다 몇 배는 더 강하다."

내가 그렇게 말하며 발걸음을 돌리자 모험가 길드에 거대한 전이문이 나타났다.

나는 그곳에 발을 내디디며 말했다.

"자, 돈을 벌러 가자. 따라와라."

그 말과 함께 나는 전이했다.

전이한 순간, 주위 일대가 몬스터로 뒤덮여 있었다.

그리고 그 안에 서 있는 소녀가 보였다.

아무리 봐도 절체절명의 위기였지만 허둥대지 않고, 소리도 지르지 않고.

어떻게 하면 될지 생각하고 있을 것이다. 항상 그랬듯이. 그런 린피아를 보고 쓴웃음을 지은 나는 린피아 주위에 있던 몬스터들을 날려 버렸다.

이제 돌입할 모험가들도 조금은 편해질 것이다.

"무사한가? 언젠가 만났던 여자 모험가."

곁으로 다가가자 린피아가 놀란 듯이 눈을 크게 떴다.

"……어째서 당신이……?"

"레이드 퀘스트 이야기를 들어서 말이지. 다른 녀석들도 데리고 왔다."

내가 그렇게 말한 다음, 뒤쪽에 열린 거대한 전이문을 통해 제도 지부의 모험가들이 시끄럽게 소리를 지르며 돌입해왔다.

기운도 좋다. 보아하니 적 몬스터의 주력은 스켈레톤이었다.

그렇다면 여기는 그들에게 맡겨도 괜찮을 것이다.

"일어설 수 있다면 따라와라. 돈을 벌 기회다."

"네……! 실버……!"

린피아는 그렇게 말하며 일어섰다.

치유 마법을 걸어 린피아를 회복시킨 다음, 나는 린피아와 함께 앞을 바라보았다.

목적지는 몬스터를 헤집으며 계속 나아가는 레오와 누님이 있는 곳이다.

■ ■ ■

"실버! 드래곤 좀비예요!"

나는 린피아의 보고를 듣고 하늘을 보았다.

10미터가 넘어가는 몸집에서 썩은 살점을 흘리며, 드래곤 좀비가 맹렬한 속도로 날아들었다.

정말. 문헌에나 나올 법한 몬스터인데.

"역시 간단히 보내주진 않는 건가."

나는 하늘로 올라가 드래곤 좀비를 요격하러 나섰다.

그동안에 린피아는 제도 지부 모험가들과 함께 스켈레톤을 해치우며 레오 일행 쪽으로 다가갔다. 아직 숫자로는 밀리지만, 기세는 이쪽이 더 강하다.

몇 마리 정도 있는 고랭크 몬스터만 제압하면 도시까지는 갈 수 있을 것이다.

"문제는 저 까만 구체인가?"

나는 물어뜯으려 달려드는 드래곤 좀비의 공격을 흘려내면서 도시 상공에 나타난 까만 구체를 보았다. 저 까만 구체에서는 터무니없는 마력이 뿜어져 나오고 있다. 하지만 그 마력이 공격에 쓰이고 있는 것 같지는 않았다.

"어디에 쓰이고 있는지가 문제인데."

"크아아아아아아아아아!!"

"시끄럽다."

울부짖으며 날아든 드래곤 좀비를 결계로 감싼 뒤 곧바로 땅바닥에 떨어뜨렸다.

스켈레톤 무리 안에 떨어뜨렸기에 스켈레톤들이 충격으로 인해 날아갔지만, 내가 알 바는 아니다.

나는 곧바로 땅바닥에 떨어진 드래곤 좀비를 향해 오른손을 내밀었다.

《꿰뚫어라———, 블러디 랜스.》

영창을 단축해서 곧바로 마법을 발동시켰다.

거대한 피의 창이 마법진에서 솟구친 뒤, 결계에 갇힌 드래곤 좀비에게 빠르게 날아갔다. 충돌한 순간, 결계를 풀자 피의 창이 드래곤 좀비를 꿰뚫었다.

"크아아아아아아아아아……!!"

고열을 뿜어내는 피의 창으로 인해 썩은 몸이 점점 녹아내렸다.

그 여파로 인해 주위에 있던 스켈레톤도 녹아내렸지만, 전체적으로 따지면 극히 소수다.

이렇게 많은 스켈레톤을 처리하려면 확실한 영창으로 강한 기술을 날릴 수밖에 없을 것 같다. 그렇게 생각했을 때, 막대한 마력이 부풀어 오른 것을 느낀 나는 그쪽을 보았다.

까만 구체 옆.

그곳에 한 남자가 떠 있었다. 그런데 그 남자는 자기 머리를 옆구리에 끼고 있었다.

"듀라한……?"

AAA급에 해당되는 언데드 계열 몬스터인데, 그 남자가 뿜어내고 있는 마력은 그 정도가 아니었다.

저건 머리가 없는 인간이긴 하지만, 특징이 비슷할 뿐, 듀라한이 아니다.

나는 그렇게 확신하고는 그 녀석이 움직이기 전에 공격을 가하려 했지만, 그 녀석은 단숨에 레오 일행이 있는 쪽으로 이동해 버렸다.

"쳇!"

나는 혀를 차며 레오와 누님 근처로 전이한 다음, 그 녀석이 들어올린 검의 일격으로부터 두 사람을 지켜냈다.

"크윽!!"

여러 겹으로 쳐두었던 결계가 꽤 많이 부서졌다.

힘을 모으지도 않은 공격으로 이 정도 위력. 분명히 듀라한은 아니다.

"도와달라고 부탁한 적은 없다만? 가면을 쓴 모험가."

"갑자기 대장이 당하게 둘 순 없어서 말이지. 좀 참아 줬으면 좋겠군. 원수님."

누님이 빤히 바라보자 나는 가면 너머로 식은땀을 흘렸다. 괜찮을 거다.

이 가면은 할아버지의 소장품이다. 목소리와 냄새는 물론이고 상대방에게 주는 인상까지 바꿔줄 정도로 대단한 물건이다. 아무리 친한 가족이라 해도 나라는 걸 눈치챌 리가 없다.

누님은 불만이라는 듯이 말하면서도 눈앞에 있는 남자가 위험한 상대라는 걸 눈치챈 모양인지 내게서 살짝 물러나 다른 몬스터를 상대하기 시작했다.

보아하니 누님도 나라는 걸 눈치채지 못한 것 같다.

한편, 레오는 아직 내 곁에 머물러 있었다.

"실버구나……, 오랜만이네."

"잘 지내는 것 같군. 레오나르트 황자."

"그래, 만나서 기뻐. 전장만 아니었다면 느긋하게 이야기를 나누고 싶은데 말이지."

"아쉽지만 그건 다음 기회에 하기로 하지."

레오는 고개를 끄덕인 다음, 조용히 떠나갔다. 나는 그 모습을 확인한 다음, 눈앞에 있는 남자를 바라보았다. 그냥 서 있기만 하는데도 그 녀석으로부터는 인외(人外)의 기척이 풍겼다. 머리가 있는지 여부는 상관이 없다. 이 녀석은 근본적인 부분부터 인간이 아니다.

새까맣게 물든 눈으로 바라보던 남자가 슬쩍 웃었다.

"내 공격을 막아내는 자가 있을 줄이야. 놀랍군."

"나도 이런 공격을 날리는 녀석이 있을 줄은 몰라서 놀랐다."

"건방진 인간이군. 하지만 좋다. 오랜만에 온 지상이다. 이 정도는 즐길 수 있어야겠지."

"오랜만에 온 지상이라고?"

"그러고 보니 자기소개를 하지 않았었군. 내 이름은 푸르카스. 지금은 이 몸을 빌리고 있다만, 악마다."

푸르카스는 그렇게 말하며 웃었다. 그 미소는 인간이 보기에 잔혹하기 짝이 없는 미소였지만, 본인은 그저 웃고 있는 모양이었다.

악마라는 이야기를 들으니 생각나는 건 단 하나. 내 증조 할아버지의 몸을 빼앗았던 것도 악마였다.

그때는 토벌하는데 근위기사단과 용작 가문이 총동원되었다고 한다.

"마계의 주민인 악마가 지상에 나올 줄이야. 매개체가 있는 걸 보니 소환자가 있을 텐데?"

악마는 원칙적으로 이 세계에는 존재할 수 없다. 예외는 매개체를 마련해서 거기에 악마가 빙의하는 것뿐이다.

예전에는 그렇게 악마를 지배한 마도사도 있었던 것 같지만, 요즘은 악마 같은 걸 소환하는 녀석은 없다.

악마를 잡아두는 건 매우 힘들고, 유지하는 데 대량의 마력이 필요하기 때문이다.

자칫하다가는 살해당할 테고, 마음대로 조종할 수도 없다. 현대에 들어 쇠퇴한 마법 중 하나라고 할 수 있는 게 악마 소환이다. 설마 그런 짓을 하는 녀석이 있을 줄이야.

"내게는 소환자가 없다."

"거짓말이군."

나는 까만 구체를 힐끔 보았다. 아마 소환자는 저 안에 있을 것이다.

"눈치가 빠르군. 하지만 그녀는 내게 명령을 내릴 수 있는 상태가 아니다. 다시 말해, 없는 거나 마찬가지다."

"그래도 없으면 곤란하겠지? 존재를 안정시키고 있는 건 틀림없이 소환자일 테니까."

"그렇다면?"

"저 까만 구체에서 소환자를 구해 내면 된다. 이렇게 말도 안되게 많은 몬스터들도 너를 소환한 부산물이겠지?"

"훌륭하군. 거의 완벽한 대답이다. 거리 중심에는 마계와 이 세계를 잇는 구멍이 뚫려 있고, 나는 그 구멍을 통해 소환되었다. 그리고 그 구멍은 점점 넓어지고 있으며 마계에서 몬스터들이 넘어올 것이다. 전부 네놈 말이 맞다. 한 가지만 제외하면 말이지."

"뭐라고?"

"소환된 건 '우리'다."

그 순간, 갑자기 강력한 마력의 소유자가 이곳에 나타났다.

돌아보니 레오 옆에 까만 옷을 입은 남자가 있었다.

저 녀석도 악마인가! 이럴 수가! 내가 펼치고 있던 탐지 결계를 뚫고 들어오다니!

재빨리 방어용 결계를 펼치려 했지만, 그러기 전에 그 남자가 휘두른 검을 쫓아온 린피아가 막아냈다.

"린피아?!"

"무사하셨습니까, 레오나르트 전하."

"쳇!"

남자는 결정적인 기회를 놓치자 짜증을 내면서 자취를 감추었다. 공격 속도는 그렇게까지 엄청나진 않았다. 어디까지나 은신에 특화된 거겠지. 하지만 이렇게 적과 아군이 뒤얽혀서 난전을 벌이고 있는 전장에서는 상당히 골치 아픈 적이다. 린피아를 도와주러 가려 했지만, 푸르카스가 내 앞을 가로막았다.

"방해하지 마라!"

"인간을 방해하는 게 악마다."

그렇게 말하던 와중에 린피아 뒤에서 까만 옷을 입은 남자가 나타나 린피아에게 검을 내리쳤다.

큰일이다. 그렇게 생각했을 때, 머릿속에 목소리가 울려 퍼졌다.

『안 돼!』

강한 마력이 담긴 그 목소리가 푸르카스와 까만 옷을 입은 남자의 행동을 순식간에 멈추게 했다.

이건……?

"쳇……, 나는 물러난다. 발람."

"알겠다. 이 여자는 안 되는 것 같군."

푸르카스는 그렇게 말한 뒤 일단 도시까지 물러났고, 발람이라 불린 까만 옷을 입은 남자도 자취를 감추었다.

설마 방금 들린 게 소환자의 목소리인가? 아무리 생각해도 어린아이의 목소리였는데.

"신파……?"

"뭐라고?"

"방금 그 목소리는……, 신파?!"

린피아가 그녀답지 않게 당황하며 도시 쪽을 보았다. 푸르카스는 까만 구체 옆으로 돌아가 있었다. 좀 전에 들린 목소리가 소환자의 목소리라면.

"목소리를 듣고 짐작 가는 사람이 있나?"

"방금 그 목소리는 신파……, 납치당한 제 여동생 목소리예요!"

"……그렇군. 여러모로 이해가 갔다."

어떤 사고로 인해 힘이 폭주한 모양이다.

납치당했다는 건 오드아이라는 뜻이다. 선천 마법을 지니고 있더라도 이상할 게 없다.

소환 계열 선천 마법을 지니고 있고, 그것이 폭주했다면 설명이 된다.

규모가 너무나도 크긴 하지만.

"네 여동생은 아마 저 까만 구체 안에 있을 거다. 방금 상황을 보아하니 네게 공격하는 걸 용납하지 않았던 것 같군. 그 정도 분별이 된다면 어떻게든 해결할 수 있을지도 모른다."

"구할 수 있을까요……?"

"네게 달렸다. 아무튼, 그녀를 도시까지 데리고 갈 필요가 있다. 전이는……, 너무 위험하겠군. 잠복하고 있을지도 모른다. 직접 데리고 갈 수밖에 없겠어."

"그렇다면 우리가 길을 확보하지. 원래 저 까만 구체를 어떻게든 하는 게 목적이었으니까."

레오가 그렇게 말하며 측근에게 눈짓을 했다.

그러자 한 기사가 말에서 내려 그 말을 린피아에게 넘겼다.

린피아는 그 말에 올라탔다. 그리고.

"저기에 신파가 있다면……, 제가 가야만 합니다. 저는 언니니까요."

"꽤 호감이 가는 이유로군. 중간까지는 내가 안내해 주마. 따라오거라."

언니라는 말에 반응한 건지, 리제 누님이 미소를 지으며 곧바로 돌격하기 시작했다.

그 뒤를 레오가 따랐고, 많은 기사들과 병사들이 뒤따랐다. 그저 도시로 간다는 어렴풋한 목적을 지니고 있던 사람들이 린피아를 데려다준다는 확실한 목적을 지니게 되었다.

"실버……, 제 이름은 린피아라고 합니다. 변경 마을 출신이고, 평범한 모험가예요. 신파는 제 여동생이고, 유민 마을 아이입니다. 그래도……, 온 힘을 다해 구해 주실 건가요?"

"물론이지. 너무 촌스러운 질문은 하지 마라. '백성들을 위하여'. 그것이 모험가의 유일한 철칙이다."

내가 그렇게 말하자 린피아는 살짝 웃고는 말을 타고 달려갔다.

자, 나는 주위에 있는 졸개들을 쓸어버리도록 할까.

12

"졸개들은 신경 쓰지 마라!"

선두에서 나아가던 리제가 소리쳤다. 그 말대로 리제 일행은
적을 쓰러뜨리는 것보다는 앞으로 나아가는 것을 우선시하고 있
었다. 그들의 목표는 단 하나.

린피아를 까만 구체가 있는 곳까지 데리고 가는 것이기 때문
이다.

그런 린피아 곁에 있던 아벨이 하늘을 보며 중얼거렸다.

"SS급 모험가가 보조해 주니 할 일이 별로 없어서 좋군."

"그러게요. 그가 와준 건 정말 행운이었어요."

실버는 드래곤 좀비나 자이언트 스켈레톤처럼 강력한 적을 상대
하며 리제 일행 주위에 있는 스켈레톤도 최대한 쓰러뜨려 주었다.

떠올릴 수 있는 사람들 중 최고의 원군이었다. 그런데 왜 피리
를 불었더니 실버가 온 걸까.

의문이 들었지만, 금방 떨쳐냈다. 지금은 그런 걸 생각할 때가
아니다.

린피아는 창 형태로 변형시킨 마검을 휘둘러 스켈레톤을 쓰러
뜨렸다.

"앞으로 나가겠습니다."

"이, 이봐?! 다들 너를 지키기 위해 있는 거라고?!"

"어차피 아무것도 안 하고 도시에 도착할 수는 없을 테니까요."

"홋……, 마음에 들었다, 모험가. 이름을 말해 보거라."

"린피아라고 합니다."

"나는 리제로테다. 알고 있나?"

"알고 있습니다. 황족 최강의 원수이자 레오나르트 전하와 아르노르트 전하의 누님이신 제1황녀시죠."

"아르도 알고 있나?"

레오의 누나라고 불리는 것에는 익숙해졌지만, 아르의 누나라고 불린 적은 별로 없었다.

아르가 그만큼 화제가 되지 않는 황자라는 뜻이다. 다른 의미로는 자주 화젯거리가 되는 황자이기도 하지만.

하지만 린피아는 그런 아르 이야기를 하면서 호의적인 미소를 지었다.

"네. 제일 먼저 제게 손을 내밀어 주신 분이 아르노르트 전하셨습니다."

"아르가? 뜻밖이로군."

"저도 뜻밖이었습니다. 하지만 그분은 세상 사람들이 떠드는 것과 같은 분이 아니셨습니다. 레오나르트 전하도, 아르노르트 전하도 다른 사람들을 위해 움직이시는 분이십니다. 이런 제게도 힘을 빌려주고 계십니다."

"레오는 그렇다 치더라도 아르에 대해서는 과대평가로군. 안 그러냐? 레오."

리제는 놀랍게도 다가오는 자이언트 스켈레톤과 맞서 싸우고 있던 레오에게 물어 보았다.

아무리 레오라 해도 이야기를 제대로 듣지 못했는지 큰 목소리로 되물었다.

"네? 뭐라고요?!"

"누나가 하는 이야기 정도는 들어둬라."

"중요한 이야기를 하실 거라면 때와 장소를 고려해 주세요! 저는 저 몬스터를 막아내고 나서 따라가겠습니다! 먼저 가주세요! 린피아를 잘 부탁드립니다!"

"그래, 내게 맡겨 두거라. 너도 조심하고."

"네, 누님도요."

그렇게 이야기를 나눈 다음, 레오는 일행들에게서 벗어나 기사들과 함께 자이언트 스켈레톤과 맞서 싸우기 시작했다.

하늘에서는 실버가 드래곤 좀비 여러 마리를 상대하고 있었다. 드디어 도시가 가까워진 것이다.

"괜찮으시겠습니까? 레오나르트 전하를 보내셔도."

"내 동생이다. 걱정할 필요 없다. 그런데 무슨 이야기를 하고 있었지?"

"제가 아르노르트 전하를 과대평가하고 있다는 이야기입니다."

"그랬지. 레오라면 선의만으로 너를 구해 줄 수도 있을 거다.

하지만 아르는 그렇지 않아. 정말로 아무것도 하지 않는 사람은 구해주지 않는다."

"그런가요?"

"그렇다. 그 녀석이 다른 사람을 구해 줄 때는 구할 가치가 있을 경우다. 많은 사람들이 보기에는 변덕스러울지도 모르겠지만, 아르에게는 확실한 기준이 있다. 구해 낼 만한 능력을 가지고 있거나, 구해 낼 만한 대의를 가지고 있거나, 구해 낼 만한 신념을 가지고 있거나. 아르는 그런 부분을 본다. 그러니 가슴을 펴라. 아르가 구해 줬다면 너는 아르에게 인정받았다는 뜻이다."

리제는 그렇게 말하며 앞쪽에 있는 스켈레톤들을 베어 나갔다.

곧바로 빈 공간에 말을 타고 돌진한 다음, 다시 스켈레톤을 베었다.

"아르가 네 손을 잡아 끌었고, 레오가 너와 함께 걸어왔다. 지금부터는 내가 네 앞길을 개척해 주마. 하지만 나는 그렇다 치더라도 내 동생들의 도움을 허사로 만드는 건 용납하지 않겠다. 반드시 여동생을 구해내라. 절대로 포기하지 마라."

"네!"

린피아는 리제가 한 말에 대답하고 나서 나아갔다.

그런 다음, 린피아 일행은 곧바로 밧사우에 들어가는 데 성공했다.

■ ■ ■

"지금이다! 다리를 공격해!"

레오는 기사들을 이끌고 자이언트 스켈레톤을 상대하고 있었다.

거대한 자이언트 스켈레톤의 다리를 기사들이 일제히 공격하자 자이언트 스켈레톤은 견디지 못하고 넘어졌다. 기사들은 그 빈틈을 놓치지 않고 숨통을 끊었다.

"한 마리가 더 옵니다!"

"돌격 태세! 누님 일행에게 다가가게 두지 마라!"

레오는 그곳에 있던 기사들을 지휘하며 자이언트 스켈레톤을 쓰러뜨리려 나섰다.

그런데 갑자기 레오 뒤에서 어떤 기척이 느껴졌다.

레오는 곧바로 말에서 뛰어내리며 그 기척을 피했다.

"크윽……."

땅바닥에 굴러떨어지자 옆구리가 이상하게 뜨거웠다.

살짝 손을 대보니 피가 끈적하게 묻어 있었다.

"감이 좋은 황자로군."

"발람이냐……."

투명화 능력을 지닌 악마, 발람이 그곳에 있었다.

들고 있는 검에는 붉은 피가 묻어 있었다. 레오의 피다. 재빨리 피하지 않았다면 죽었을지도 모른다. 레오는 그렇게 생각하며 일어섰다.

출혈이 심하긴 했지만, 상처는 깊지 않았다. 싸우는 데는 문제가 없는 상처다.

"전하! 지금 갑니다!"

"절반은 자이언트 스켈레톤을 막으러 가라! 나머지 절반은 주위에 있는 적을 부탁한다……, 발람은 내가 상대하겠다."

"하지만, 부상당하셨잖습니까!"

"발람은 나를 노리고 있다. 투명화 능력을 지닌 발람이 나를 노린다면 상대해 줄 수밖에 없지."

레오는 그렇게 말하며 검을 겨누었다.

도망치면 뒤에서 기습할 생각이었던 발람은 혀를 찼다.

악마라 해도 전투에 적합한 타입과 그렇지 않은 타입이 있다. 발람은 전투 실력이 그리 뛰어난 악마가 아닌데다 인간에 빙의한 것도 불완전했다.

푸르카스는 죽은 직후의 인간에게 빙의했지만, 발람은 살아있던 인간에 빙의했다. 그 때문에 악마로서의 힘을 완전히 발휘할 수 있는 상태가 아닌 것이다.

그런 발람에게는 도망쳐 주는 게 더 유리한 상황이었지만, 레오는 그 사실을 눈치채고는 싸우기로 결심했다.

"잔머리가 잘 돌아가는 황자로군."

"칭찬으로 받아들이도록 하지."

두 사람 사이에 긴장감이 커져갔다. 그런 와중에 하늘에서 실버가 내려왔다.

"나도 돕도록 하지."

발람은 강력한 원군의 등장에 인상을 찌푸렸다. 푸르카스의 공격을 막아낼 수 있는 자라면 발람에게 승산은 없다. 하지만 가면을 쓴 남자가 여기 있다는 건 푸르카스와 맞서 싸울 수 있는 자도 없다는 뜻이다.

적의 사기를 꺾기 위해 황자를 노렸는데 그 이상의 효과를 냈다고 생각한 발람은 미소를 지었다. 하지만.

"필요 없어. 린피아를 쫓아가 줘."

"필요 없는 것처럼 보이지는 않는다만?"

"그녀에게는 네가 필요해. 가줘."

레오는 앞으로 나서서 실버에게 말했다. 하지만 실버는 물러서지 않았다.

"네, 그러십니까 하고 넘어갈 수는 없지. 네가 죽으면 나도 곤란하니까."

실버는 레오의 옆구리에 난 상처를 치유 마법으로 치료했다.

하지만 레오는 고맙다고 인사를 하기는커녕, 오히려 실버를 노려보았다.

"까불지 마라……! 내 목숨보다는 어린아이의 목숨을 걱정해라! 그러기 위해 여기 온 거 아니었어?!"

"이 녀석을 해치우면 쫓아갈 거다. 걱정하지 마라."

"나는 신경 쓰지 마……. 지금 당장 가라."

"하지만……."

"하지만은 무슨! 나를 인정한다면 가라!"

　레오는 실버를 강한 눈빛으로 바라보았다. 그런 레오의 눈빛은 실버, 아니, 아르가 지금까지 봐왔던 레오의 눈빛과는 전혀 다른 힘이 깃들어 있었다.

　"나는 내가 이상적으로 생각하는 황제를 목표로 삼을 거야……, 그 첫걸음이 아이들을 구조하는 거다. 나는 기사들, 모험가들까지 동원해서 내 고집을 밀어붙였다. 이렇게까지 했는데 아이들을 구하지 못한다는 건……, 나는 인정할 수 없어! 우리는 반드시 아이들을 구해 내고 이번 이변을 해결할 거다!! 가라! 실버! SS급 모험가라면 내게 그 힘을 보여 봐!!!!"

　그것은 성이 났다고 표현해도 될 정도로 힘찬 목소리였다.

아르는 레오의 그런 모습을 본 게 처음이었다.

그래서 아르는 살며시 땅바닥을 박차며 공중으로 떠올랐다.

"그렇다면 보여주마. 끝까지 볼 때까지 죽지 마라. 레오나르트 황자."

"안심하라고……, 나는 황제가 될 남자야. 이런 곳에서 죽지 않아."

"그런가……."

아르는 그렇게 말한 다음, 도시 쪽으로 전이했다.

그리고 레오의 강한 눈빛이 발람에게 쏠렸다.

"와라……, 발람. 제국 황자의 이름으로 제국에 재앙을 일으킨 너를 처단하겠다!"

"할 수 있다면 해보시지!"

그 말과 함께 발람과 레오의 싸움이 시작되었다.

검과 검이 맞부딪쳤다. 평소 같은 레오였다면 냉정하게 상대방의 상황을 파악하며 싸웠을지도 모른다. 하지만 지금 레오는 평소와는 달랐다.

"하아아아아앗!!"

"크윽."

거센 물결 같은 연속 공격으로 인해 한쪽 팔만 남은 발람은 수세에 몰렸다.

그리고 레오의 일격이 발람의 검을 부러뜨렸다.

"우오오오오오오옷!!"

"쳇!!"

레오는 손목을 돌려 발람의 나머지 팔을 노렸다.

그 순간, 발람은 투명해져서 도망쳤다.

"사라졌나……."

레오는 주위의 소리와 기척에 집중했다. 이 정도로 물러날 거였다면 처음부터 습격하지도 않았을 것이다. 분명히 나를 노리고 있다.

레오는 그렇게 확신했다. 그리고 그 확신은 들어맞았다.

"하앗!"

"크윽……."

갑자기 뒤쪽에 나타난 발람이 레오의 등을 살짝 베었다.

손에는 단검을 쥐고 있었다.

레오는 돌아보며 검을 휘둘렀지만, 그때는 이미 발람이 사라진 뒤였다.

무심코 그답지 않게 혀를 찬 레오는 주위를 둘러보았다. 하지만 발람을 찾아낼 수는 없었고, 이번에는 옆에 나타난 발람이 왼쪽 다리를 찔렀다.

"끄윽……."

"꼴사납구나, 황자."

"이 녀석!"

레오는 발람에게 검을 휘둘렀지만, 발람은 유유히 거리를 벌리며 다시 투명해졌다.

머리에 피가 쏠렸다는 사실을 자각한 레오는 숨을 크게 내쉬었다. 다음에는 어디서 공격해 올까. 어떻게 반격해야 할까. 그런 생각을 하고 있자니 레오의 머릿속에 아르의 얼굴이 스쳐갔다.

속임수 대결은 아르의 몫이다. 어떻게 하면 상대방의 허를 찌를 수 있을까.

"형이라면……."

레오는 잠시 생각하다가 검을 칼집에 넣었다. 그리고 눈을 감은 뒤 기척에만 집중했다.

상대방의 무기는 단검. 치명상을 입히려면 급소를 노릴 수밖에 없다. 그리고 가능성이 가장 큰 공격은 찌르기. 아직 여유가 있는 발람은 무리하지 않을 것이다. 그렇다면 노릴 곳은 심장. 심장에 찌르기를 날릴 거라 짐작한 레오가 뒤쪽에서 기척을 느낀 순간.

몸을 오른쪽으로 틀었다. 하지만 왼쪽 어깨가 뜨거워졌다. 그리고 찌르는 듯한 아픔이 느껴졌다.

통증이 있는 부위를 살피니 단검이 왼쪽 어깨에 깊숙이 박혀 있었다.

"반격을 포기하고 피하는 것에만 전념하면 피할 수 있을 줄 알았나?"

"아니……, 나는 아무것도 포기하지 않았어……."

레오는 그렇게 말한 다음 이를 악물고 몸을 틀어서 오른손으로 발람의 목을 잡았다.

그리고 꺾어버리겠다는 듯이 힘을 주며 중얼거렸다.

《그 불꽃은 하늘에서 내려왔도다 · 선한 자들을 구하기 위하여 · 지고한 성염이여 · 고고하게 타오르소서 · 마에 속한 자를 소멸시키기 위하여——— 홀리 블레이즈.》

다섯 절로 이루어진 현대마법. 언데드 계열 몬스터에게 막대한 효과가 있는 성마법이다. 널리 보급된 현대마법 중에서도 수준이 높아 사용자가 별로 없는 마법이지만, 레오는 많은 마법을 골고루 습득하며, 이 마법도 확실하게 습득했다. 언젠가 자신이 곤란하지 않게끔.

레오의 오른손에 성스러운 불꽃이 생겨나, 레오의 손에는 아무런 영향도 주지 않으며 발람만을 태웠다.

"끄어어어어어어어어억?!"

"놓치지 않겠다……."

도망치려는 낌새를 보이던 발람은 레오의 오른팔을 있는 힘껏 잡았지만, 레오는 발람을 결코 놓치지 않고 성염을 점점 강하게 만들었다.

잠시 후, 발람은 저항을 멈췄지만, 레오는 그의 몸이 완전히 재가 될 때까지 계속 불태웠다.

"허억, 허억……."

재가 되고, 바람과 함께 그 재가 날아가는 모습을 본 레오는 칼집에서 검을 뽑아 높게 들어 올렸다.

"제국 제8황자, 레오나르트 렉스 아드라가 악마를 해치웠다!!!!"

그 순간, 그곳에 있던 기사들이 승리의 함성을 질렀다. 그리고 레오는 도시 쪽을 보았다.

"부탁할게, 린피아……."

그 순간, 검은 구체가 강한 빛을 뿜어냈다.

13

밧사우에 들어선 린피아 일행은 하늘에 떠 있는 까만 구체와 그 밑에 벌어져 있는 까맣고 거대한 구멍을 보고 있었다.

"구태여 설명할 필요도 없겠지. 이게 마계하고 이어진 구멍일 거야."

"어서 닫아야겠네요."

발람이 단숨에 몬스터를 불러들였기에 몬스터가 대량으로 나타나지는 않았지만, 지금도 스켈레톤이 조금씩 구멍 밖으로 나오고 있다. 내버려 두면 계속 늘어나기만 할 것이다.

"그러기 위해서는, 일단 저 까만 구체부터 어떻게든 할 필요가 있다만……."

"여동생이 안에 있다면 말을 걸어 볼게요. 그러면 반응을 보일 거예요."

"저기까지 어떻게 가는지가 문제다만."

리제는 하늘에 떠 있는 구체를 올려다보았다. 아무리 그래도 뛰어올라서 닿을 거리가 아니다.

리제가 그렇게 생각하고 있자니 갑자기 옆에서 공격이 날아들었다. 상당한 거리를 밀려났지만, 공중에서 회전하며 착지했다. 리제가 들고 있던 검을 확인하니, 중간 부분이 부러져 있었다.

"흐음, 공격을 막았을 뿐인데 이 정도인가?"

"죽일 생각으로 날린 공격이었는데 말이지."

푸르카스가 그렇게 말하며 가볍게 검을 휘둘렀다. 순수한 전투 타입인 그의 공격을 받아낼 수 있는 사람이 두 명이나 있다는 사실에 푸르카스는 놀라움을 감추지 못했다.

하지만 받아낼 수 있는 것과 싸울 수 있는 것은 다른 문제다.

푸르카스는 천천히 리제에게 다가갔고, 린피아와 병사들이 그 앞을 가로막았다.

"물러나는 게 나을 것 같다만?"

"당신이야말로 괜찮은 건가요? 저를 공격하면 안 되잖아요?"

"이제 그런 걱정은 안 해도 된다. 우리 소환자님께서는 깊은 잠에 빠지셨다. 내가 만든 저 구체 안에서 말이지."

"당신이 여동생을⋯⋯!"

"내게 화를 내는 건 말도 안 되는 짓이다. 우리를 부른 것은 그 아이. 절망하면서, 누구든 상관없으니 구해달라고 했지. 그리고 안전한 곳을 원하길래 저 구체 안에 보호했다."

"보호라고요⋯⋯?!"

악마는 소환자에게 직접적인 반항을 하지 못한다. 하지만 명령 은 해석하기 나름이다.

구해 달라는 요청에 구해는 주겠지만, 명령이 애매하다면 그 방식은 악마 마음대로 정할 수 있다.

이런 위험성이 있기에 악마 소환은 쇠퇴했다. 대부분의 경우, 인간보다 악마가 더 똑똑하고 교활하기 때문에 해석 문제로 오히 려 당하는 경우가 많기 때문이다.

린피아는 푸르카스가 한 말을 듣고 분노를 드러내면서도, 그 분노에 몸을 맡기고 돌격하지는 않았다.

푸르카스는 그런 린피아를 향해 한 발짝 내디뎠고, 그 순간, 린 피아 앞에 실버가 전이해 왔다.

"네 상대는 나다."

"호오? 발람을 내버려 두고 온 건가?"

"그 정도로 당할 황자가 아니라는 생각이 들어서 말이지."

"악마를 얕보지 마라."

"그 말을 그대로 돌려주지. 인간을 얕보지 마라."

양쪽의 마력이 단숨에 치솟았다.

그동안, 린피아 일행은 거리를 벌렸다. 옆에 있으면 방해가 될 거라 짐작했기 때문이다.

"전하, 다치신 곳은 없으십니까?"

"없다. 그런 것보다 저기로 갈 방법을 생각해 보자."

리제가 그렇게 말한 순간, 리제 일행 앞에 계단 형태의 결계가 생겨났다.

그것은 멋지게 까만 구체까지 뻗어 있었다.

"눈치가 빠르구나, 가면을 쓴 모험가."

"칭찬해 주셔서 영광이로군. 린피아, 가라. 저것도 결계의 일종이다. 안에 있는 소환자가 깨어나면 어떻게든 할 수 있다."

"네! 감사합니다! 실버."

린피아는 그렇게 말한 다음 결계를 올라갔다.

가게 두지 않겠다는 듯이 스켈레톤이 모여들었지만, 리제를 중심으로 짠 원진이 가로막았다.

"반드시 사수하라!"

리제의 지휘에 따라 스켈레톤을 쓰러뜨리고 있긴 하지만, 계속 솟아나는 적을 상대하다가는 언젠가 돌파당할 것이다.

서둘러야 한다는 생각에 린피아는 온 힘을 다해 뛰어갔다. 그런 린피아 앞에 푸르카스가 나타났다.

"그냥 가게 둘 것 같나?"

"물론 갈 겁니다."

린피아는 속도를 전혀 늦추지 않고 달려갔다.

그런 린피아를 원호하는 듯이 여러 마법이 푸르카스에게 날아들었다.

푸르카스는 그 마법들을 전부 검으로 튕겨냈지만, 곡선 궤도를 그리며 빈틈으로 날아온 마법을 등에 맞고 린피아의 진로에서 튕겨져 나갔다.

"크윽!"

"네 상대는 나라고 했을 텐데?"

"우선은 네놈부터 상대해야겠군!"

그 말 이후로 두 사람의 공방전이 시작되었다.

그동안 린피아는 까만 구체에 도착했다.

"신파! 신파!!"

어떻게 해야 할지 몰라서 우선 여동생의 이름을 불렀다. 까만 구체에는 반응이 없다.

린피아는 각오를 다지고 오른손을 까만 구체 안으로 찔러넣었다.

"크으윽!!"

날카로운 전격이 오른팔을 가로질렀다.

하지만 린피아는 포기하지 않고 오른팔을 까만 구체 안쪽으로 더 넣었다.

"신파……! 나야……! 린피아야!!"

전격으로 인해 오른팔의 감각이 점점 사라지기 시작했다.

그럼에도 불구하고 린피아는 조금씩, 조금씩, 안으로 나아갔다.

그 성과인지, 린피아의 오른팔이 까만 구체 안쪽으로 파고들기
시작했다.

하지만 이물질을 제거하려는 건지 전격이 더욱 강해졌다.

"으으으윽!! 아아아악!!"

린피아는 괴롭게 신음하면서 이를 악물었다.

괴롭지 않다, 아프지 않다, 그렇게 자신을 타일렀다.

"미안……, 지켜주지 못해서……, 신파……, 이제 괜찮아……,
언니가 왔으니까……."

린피아는 오른팔을 더욱 깊게 집어넣었다. 그리고 오른쪽 어깨
까지 구체 안에 잠긴 순간.

머릿속에 목소리가 울렸다.

『린……, 언니……?』

"신파?! 신파!! 거기 있어?!"

『무서워……, 린 언니…….』

"괜찮아……, 내가 있잖아……."

하지만 린피아의 오른쪽 팔 끝에는 반응이 없었다.

린파는 손을 뻗으라고 마음속으로 빌면서 계속 말을 걸었다.

"이제 괜찮아……, 같이 집에 가자……."

『그래도…….』

"무서울 것 없어……, 내가 지켜줄게……."

『언니처럼 나를 지켜주겠다고 한 사람이 죽어 버렸어……, 린
언니도 죽어 버릴 거야아…….』

"무슨 말을 하는 거야……, 나는 안 죽어……, 동료들도 많이 있으니까."

『동료……? 많이 있는 어른들이 동료야……?』

"맞아……, 신파를 구하기 위해 와줬어……."

『……어른은 무서워…….』

의심하는 말을 듣고 린피아는 이를 꽉 악물었다.

마을을 떠나기 전까지는 사람들을 잘 따르는 아이였다. 그랬던 아이가 이런 말을 하게 될 줄이야. 대체 어떤 험한 꼴을 당했을까. 어떤 험한 꼴을 당하게 만들었을까.

"……미안해, ……미안해, ……신파……."

『린 언니, 울어……?』

"아니……, 괜찮아……, 신파가 무사하다면 전혀 아무렇지도 않아……, 이제 무서워할 것 없어……, 내가 모든 것으로부터 지켜줄게……, 무서운 어른이 있어도 괜찮아……."

『정말로……? 정말로 무섭지 않아……? 나 뿐만이 아니라……, 다른 애들도 지켜줄 거야?』

"다른 애들……? 너 말고 다른 애들이 있어? 무사해?"

『응…….』

"다른 애들까지 지키고 있었구나……, 기특하다……, 괜찮아……, 몇 명이든 지켜 줄게."

전격은 여전히 멈추지 않았다. 하지만 린피아는 절대로 아픈 기색을 드러내지 않았다.

걱정을 끼쳐선 안 된다.

지금 신파가 겁을 먹으면 모든 것이 허사가 되어 버린다.

많은 사람들이 협력해 주었다. 여기까지 혼자서 온 게 아니다.

전격 따위에게 패배해 버린다면 그런 사람들을 볼 면목이 없다.

"손을 뻗어! 신파!"

『응……, 그런데 린 언니, 어디 있어?』

"일단 손을 뻗어! 나도 뻗을 테니까!"

린피아는 그렇게 말하며 있는 힘껏 손을 뻗었다.

그러자 손끝에 무언가가 스쳤다.

여동생의 손이라고 확신한 린피아는 각오를 다지고 상반신 전체를 까만 구체 안에 집어넣었다.

전격이 몸 전체로 퍼져나갔다. 숨도 쉴 수가 없다. 그럼에도 불구하고 린피아는 아랑곳하지 않으며 손을 뻗었다. 눈앞에, 소중한 것이 있다.

레오는 자기 고집을 밀어붙이겠다고 했다. 그건 나도 마찬가지다.

결코 물러나지 않겠다는 결의. 린피아는 그런 결의를 가슴에 품고 오른손을 뻗었다.

그러자 또 손끝에 무언가가 스쳤다. 린피아는 그것을 놓치지 않고 꽉 잡은 다음, 단숨에 끌어당겼다.

까만 구체 안에서 끌려 나온 것은 갈색 머리 소녀였다. 그 눈의 색은 붉은색과 푸른색.

"아……, 신파……."

"린 언니……."

거기 있던 사람은 분명히 여동생인 신파였다.

반드시 지키겠다고 맹세한 여동생. 지키지 못했던 여동생. 린 피아는 이제 두 번 다시 놓치지 않겠다고 생각하며 꽉 끌어안았다. 하지만 그 순간은 오래 가지 못했다.

중심을 이루고 있던 신파가 밖으로 나오자 까만 구체에 금이 가기 시작했다.

그리고 까만 구체는 빛을 내뿜고는 사라졌다. 까만 구체가 사라지자 안에 있던 아이들이 떨어져 내렸다.

"으윽!!"

린피아는 재빨리 뛰어내리며 큰 소리로 외쳤다.

"실버————!!!!"

린피아는 소리를 지르며 최대한 아이들을 끌어당겼다. 하지만 손이 부족했다.

아래쪽에서 상황을 눈치챈 리제 일행도 움직이기 시작했지만, 이미 늦었다. 이대로 가다가는 아직 아래쪽에 뚫린 채 마계와 이어져 있는 구멍에 빠져버릴 것이다.

그런 와중에 갑자기 거대한 은독수리가 린피아와 아이들 앞에 나타났다.

그 독수리는 떨어지던 린피아와 아이들을 태운 다음, 힘차게 날개를 퍼덕였다.

"우와……, 예쁜 새다……."

"이건······."

"마법으로 재현한 독수리다. 원래라면 진짜를 소환하는 정도는 하고 싶었다만."

실버가 그렇게 말하며 은독수리와 나란히 나아가는 듯이 나타났다.

그리고 실버는 린피아와 그녀에게 안겨 있는 신파, 그리고 기절한 아이들을 보고는 슬쩍 웃었다.

"잘했다. 뒷일은 내게 맡겨라."

"네······, 맡기겠습니다."

"있지, 있지, 이 새의 이름은 뭐야?"

"이름? 그렇군. 아직 없다. 네가 붙여다오."

"정말로?! 으음~, 뭘로 할까."

실버는 훈훈한 신파의 모습을 보고 미소를 지은 다음, 날아온 공격을 결계로 막아냈다. 뒤에는 분노로 가득 찬 푸르카스가 있었다.

"용서 못 한다······, 내 계획을 방해하다니······!"

"용서 못 한다고? 그건 내가 할 말이다. 편히 죽을 수 있을 거란 생각은 하지 마라."

"허세 부리지 마라. 네놈의 힘은 이미 파악했다. 내게는 못 미친다."

"그런가······. 그렇다면, 시험해 봐라."

그렇게 말한 순간, 실버의 마력이 좀 전까지보다 강하고 크게 부풀어 올랐다.

그것을 본 린피아는 짐작할 수 있었다.

주위에 미칠 영향 때문에, 제 실력을 내지 않았었다.

즉, 지금부터가 실버의 진짜 실력이란 뜻이다.

14

"허세 부리지 마라. 네놈의 힘은 이미 파악했다. 내게는 못 미친다."

푸르카스는 나를 깔보는 듯한 눈빛으로 보았다.

지금까지 맞서 싸우면서 질 이유가 없다고 느꼈을 것이다. 지금까지 싸우면서 내가 푸르카스에게 대미지라 할 만한 것을 입히지 못하기는 했다. 푸르카스도 내게 대미지를 입히지 못했지만, 그 또한 아직 제대로 싸우지 않았던 건 분명하다.

아마 만에 하나를 대비해서 소환자에게 저항할 힘을 아껴두고 있었을 것이다.

하지만 제 실력을 내지 않았던 건 나도 마찬가지다.

"그런가…… 그렇다면, 시험해 봐라."

억누르고 있던 마력을 해방한다. 린피아의 여동생이 겁먹지 않게끔, 지금까지는 제 실력을 내지 않았다. 하지만, 린피아의 여동생을 구해 낸 이상, 봐줄 필요는 없다.

"똑같은 말을 하게 만들지 마라. 네놈의 힘 따위, 내, 게는……."

"왜 그러지? 못 미친다면 덤벼라."

푸르카스도 억누르고 있던 힘을 해방시킨 것 같지만, 기껏해야 좀 전의 두 배 정도다.

그에 비해 내 힘은 좀 전보다 열 배 이상.

농밀한 마력이 눈에 보일 정도까지 솟구쳤다. 지금까지 진심으로 온 힘을 다한 적은 별로 없다. 주위 사람들이 휘말리지 않게끔 싸우는 게 힘들었으니까.

"이번에는 오랜만에 신경 써야 할 사람이 별로 없으니까……, 나름대로 제 실력을 발휘하마."

"적다고?! 아직 아래쪽에는 다른 인간들이 수천 명이나 있다!"

"요즘으로 따지면 적은 편이다."

키르나 알바트로의 공도에 사는 사람들과 비교하면 수천 명 정도는 그리 많은 숫자가 아니다. 일전에 키르에서 사용했던 치유 결계도, 이번에는 사람들이 밀집해 있는 만큼 범위도 좁혀서 쓸 수 있는 상황이다.

건물도 그렇게까지 신경 쓸 필요가 없으니 전장의 조건으로서는 그럭저럭 괜찮은 편이다.

푸르카스는 이를 뿌득거리며 검을 겨누었다.

"아무리 거대한 힘이라도! 써먹지 못하면 의미가 없겠지!"

푸르카스는 그렇게 말하며 빠르게 나를 향해 다가왔다.

마도사는 접근전에 약하다. 그게 당연한 사실이기에 그런 전법을 썼을 것이다. 내가 무기를 다루지 못하긴 하지. 체술도 평균

이하다. 그건 실버가 된 이후로도 변함이 없다.

아무리 신체 능력을 강화시키더라도 체술 센스가 그대로다.

하지만, 그렇다면 체술 센스가 필요없는 전투 방식으로 싸우면 그만이다.

"잡았다!!"

푸르카스가 왼쪽에서 간격 안으로 파고들었다.

나는 몸을 기울이고 순식간에 전이했다. 장소는 푸르카스에게서 멀리 벗어난 도시 상공.

그곳에서 나는 푸르카스를 향해 오른손을 내밀고 영창했다.

《솟구쳐라, 혈뢰———, 블러디 라이트닝.》

피처럼 새까맣고 거대한 번개가 푸르카스를 향해 일직선으로 날아갔다.

푸르카스는 재빨리 검으로 막았지만, 견뎌내지 못하고 꽤 먼 곳까지 날아가 버렸다.

"우오오오오오오옷!!"

푸르카스는 간신히 혈뢰를 위쪽으로 튕겨내서 벗어났지만, 그 몸에는 큰 화상을 입었다. 보통의 인간이라면 움직일 수 없을 정도로 심한 화상을 입었을 텐데 순식간에 치유되었다. 발람보다 악마로서의 요소가 강하게 드러난 모양이다.

"어때? 내 힘을 제대로 이해했나?"

"까불지……, 마라!!"

푸르카스는 그렇게 말한 뒤 수 미터가 넘는 거대한 검을 다섯 자루 만들어 낸 다음, 내 쪽으로 날렸다. 고속으로 날아온 그 대검들은 마치 사나운 새와 같았다.

대검들은 연계를 취하며 나를 몰아붙였다.

하늘을 날아서 피했지만, 한 자루를 피하니 옆에서 다른 대검 한 자루가 내 사각으로 파고들었다.

그렇게 대검과 추격전을 벌이던 동안에 푸르카스가 내 밑으로 접근해 있었다.

"이러면 전이하지 못하겠지!!"

"얕보지 마라."

나는 결계로 대검을 둘러싸서 움직임을 막고는 곧바로 단조롭게 돌진해 온 푸르카스에게 카운터로 오른쪽 스트레이트를 날렸다. 그 오른쪽 스트레이트는 거대한 반투명 주먹 형태가 되어 아직 거리가 떨어져 있던 푸르카스를 날려버렸다.

"끄어억?!"

매직 핸드라는 가상의 손이나 발을 만들어 내는 마법의 발전 형태다.

마법의 주먹을 맞은 푸르카스는 땅바닥에 내동댕이쳐졌다. 세차게 튀어 오른 푸르카스에게 내가 발차기를 가하는 동작을 했다. 에르나가 보면 센스가 없다고 할 것 같은 로우 킥이지만, 적당히 날리기만 하는 거라면 이 정도로도 충분하다.

이전의 손과 마찬가지로 거대한 발이 나타나 푸르카스를 옆으로 날려 보냈다.

"크윽! 크윽! 우오오오오오옷!!!!!!"

푸르카스는 몇 번이나 지면에 내동댕이쳐지면서도 검을 땅바닥에 꽂아서 어떻게든 멈추려 했다. 하지만 멈춘 결과, 푸르카스는 다른 공격을 당하게 되었다.

《대지의 왕이여, 불손한 자들에게 벌을 내리거라━━━, 어스 퀘이크.》

푸르카스가 착지한 대지가 점점 솟아올랐고, 잠시 후 그 대지는 거대한 흙의 창이 되어 푸르카스를 덮쳤다. 푸르카스는 하늘로 피하려 했지만, 그 창은 푸르카스를 공격할 때까지 계속 늘어나며 뻗어 나갔다.

"쳇! 골치 아픈 마법만 써대기는!!"

끝이 없겠다고 생각한 건지, 푸르카스는 검에 어둠을 두르고 있는 힘껏 그 어둠을 날렸다.

그 기술로 인해 흙의 창이 산산조각 나서 대지로 돌아갔다.

"허억, 허억……."

"꽤 지친 모양이로군. 잠시 쉴 테냐?"

"크윽……, 어째서지? 어째서 처음부터 온 힘을 다해 싸우지 않았지?"

"온 힘을 다해 싸우면 겁을 먹을 테니까. 네 소환자가."

"그게 다냐……? 겨우 그런 이유만으로 온 힘을 다해 싸우지 않았던 거냐?!"

푸르카스는 믿기지 않는다는 듯이 눈을 크게 떴다. 뭐, 그렇겠지.

나는 최고의 결과를 추구하며 움직인다. 그걸 비난하는 녀석들도 있다. 한 마을을 지키기 위해 일부러 불리한 전장에서 싸우는 경우도 있다. 단 한 명을 위해 전투를 오래 끌 때도 있다.

희생하면 된다고 많은 사람들이 말한다. 어쩔 수 없는 희생이라고. 그러다가 희생자가 많이 생기면 어쩔 거냐고. 정론이긴 할 것이다. 하지만 내가 그런 말을 따를 이유나 의무는 없다.

"그게 다. 힘을 지닌 자에게는 책임이 있다고 말하는 녀석들이 있지. 적당히 늘어놓는 말 같기도 하지만, 올바른 측면도 있다. 손이 닿는다면 구해야 한다. 그런데 분하지만 나도 인간이라서 말이야. 손이 닿지 않는 자들은 구할 수가 없다. 그렇기 때문에 손이 닿는 자들은 온 힘을 다해 지키기로 결심했다. 아무리 불리해지더라도, 아무리 어리석다는 말을 들을지라도, 그게 내 모험가로서의 신조다."

"이해할 수가 없군……, 강한 자가 올바르다! 그것이 마계의 섭리다!"

"마계에서는 그렇겠지. 하지만 이곳은 지상이다. 이 세계에는 이 세계의 규칙이 있다."

"그 규칙도 강자가 정했을 텐데?!"

"그래. 그리고 이곳의 강자는 나다. 다시 말해 여기서는———, 내가 규칙이다."

"까불지 마라아아아아아아아!!!!"

푸르카스는 내가 한 말을 듣고 격노하며 좀 전에 날렸던 것 이상으로 짙은 어둠을 검에 둘렀다.

그리고 그것을 나를 향해 휘둘렀다. 악마로서 더 이상 내 불손함을 참을 수 없었던 모양이다. 인간 따위에게 얕보이는 건 악마의 자존심이 용납하지 못하는 건가.

하지만 그건 순수한 사실이다. 푸르카스가 날린 어둠의 참격은 내가 펼쳐 두었던, 공격을 흡수하는 결계에 가로막혀 사라졌다.

"너는 소환된 시점에서 이동했어야 했다. 여기에 거점을 두고 다른 악마들을 데리고 오려 했던 게 거만한 생각이다."

"제일 거만한 건 네놈일 텐데!!"

"부정하진 않겠다."

푸르카스는 결계를 뚫기 위해 더욱 힘을 모아서 참격의 위력을 강하게 만들었지만, 이 결계는 어지간해선 뚫을 수 없다. 내가 준비를 마친 시점에서 정면 돌파를 포기했어야지. 푸르카스는 나를 노려보았지만, 나는 그런 걸 신경 쓰지 않는다.

나를 보고 있는 건 푸르카스뿐만이 아니다. 많은 사람들이 나를 보고 있다.

SS급 모험가 실버를.

"SS급 모험가는……, 다른 모험가와 다르다. 모두가 '실버라면' 하고 생각하지. 그렇게 생각할 만한 존재여야만 한다. 그리고 오늘, 미래의 황제가 그런 내게 진짜 힘을 보이라고 했다. 자기 고집을 밀어붙이기 위해서 힘을 빌려 달라고. 그렇다면 답을 보여야겠지."

나는 그렇게 말한 다음, 흡수한 힘을 전부 마력으로 변환하며 대마법의 준비를 시작했다. 그것을 눈치챈 건지 푸르카스가 나를 방해하려 했지만, 튀어나온 사슬이 푸르카스를 묶었다.

"이건……?!"

"거기서 가만히 있어라. 이 마법은 시간이 좀 걸린다."

이걸 쓰는 게 언제적 일이 되어 버린 건지. 제위 쟁탈전이 시작되자 암약하며 레오를 떠받쳐 주는 것만 생각하고 있었다. 지켜야 할 것들이 많아져서, 해야 할 일들이 늘어서, 싸움에만 집중하지는 못했다.

예전에는 편했다. 혼자서 싸우고, 강한 상대를 쓰러뜨리기만 하면 된다. 단순하고 명쾌했다. 실버로서 싸울 때는 편했다.

하지만 많은 것을 알게 되면서 레오를 떠받치기로 결심했다. 레오는 그 생각이 잘못되지 않았다는 것을 증명하고 있다. 성장하면서 예전에 보았던 이상적인 황제에 다가가고 있다. 언젠가 레오는 분명히 모두가 칭송하는 황제가 될 수 있을 것이다. 그런 가능성을 보여주었다.

그렇다면 나도 편히 지내기만 할 수는 없다. 이제 슬슬 모든 사람들에게, 기억하게 할 필요가 있다. 실버는 무시무시한 존재라는 것을.

《나는 은의 이치를 아는 자 · 나는 진정한 은에 선택받은 자.》

은가면을 쓰고 다니기 때문에 실버.

그렇게 단순한 이유로 실버라는 이름을 쓰고 있는 게 아니다.

《은의 별은 별의 바다에서 오나니 · 대지를 비추며 하늘을 전율케 하도다.》

고대 마법에도 몇 가지 분류가 존재한다. 그중에서도 특히 강력한 마법.

내가 가장 잘 쓰는 마법의 분류가 있다. 그 이름은 은멸(銀滅) 마법. 내가 고룡을 토벌한 마법이자, 모험가로서 처음 사용했던 마법이며, 실버의 상징.

《그 은의 빛은 신의 진리 · 그 은의 찬란함은 하늘의 가호.》

모험가가 되기로 결심했을 때, 나는 제일 먼저 제국 근처에서 활동기를 맞이한 고룡을 토벌하고 그것을 선물 삼아 길드 본부를 찾아갔다.

나는 모험가 등록도 하지 않았던 상태였지만, 토벌대 모험가들이 내 성과를 보고했고, 나는 예외적으로 SS급 모험가로 임명되었다.

《찰나의 은섬 · 끝없는 은빛.》

실버라는 이름은 그때 붙은 것이다. 어떤 의미로 이 이름은 별명에 가깝다.

실버라는 이름은 그저 겉치레가 아니라는 뜻이다.

《은광이여 내 손에 깃들거라 · 불손한 자를 멸하기 위해———.》

내 두 손 사이에 눈부시게 빛나는 은빛 구체가 나타났다. 거기서 뿜어져 나오는 엄청나게 강한 힘을 느낀 푸르카스는 힘을 쥐어짜 주쇄(呪鎖)로부터 벗어나 요격 태세를 갖추었다.

대단한 녀석이다. 주쇄를 벗어난 것만 보더라도 둘이 합쳐 S급 몬스터로 취급되던 흡혈귀들보다 훨씬 강하다는 건 틀림없다. 하지만 이미 늦었다.

은광은 이미 내 손안에 있다.

《실버리 레이.》

은빛 구체를 쥐어서 뭉개자 내 주위에 거대한 광구가 나타났다. 그것은 푸르카스를 향하여 은빛을 쏘아냈다.

"우오오오오오오오오옷!!!!"

푸르카스는 그 은빛을 향해 가장 강한 공격을 맞부딪혀 상쇄를 시도했다.

오랫동안 서로 맞부딪힌 끝에, 푸르카스는 겨우 상쇄에 성공했다.

"봤느냐! 네놈의 가장 강한 마법은……."

의기양양하던 푸르카스는 금세 말문이 막혔다.

내 뒤에는 일곱 개의 광구가 떠 있었고, 각 구체가 아래쪽에 있던 몬스터들에게 좀 전에 날린 것과 같은 빛을 쏘고 있었기 때문이다. 그 모습은 마치 신이 천벌을 내리는 것처럼 보였을 것이다.

실버리 레이는 초 광범위 섬멸 마법이다. 내가 적으로 인식한 자를 빛이 자동으로 멸하는 마법. 안타깝지만, 푸르카스가 상쇄한 것은 퍼져 나간 마법 중 한 발에 불과하다.

"말도 안 돼……."

그렇게 많이 있던 몬스터들이 전부 소멸했다. 남은 것은 푸르카스뿐.

나는 주쇄를 써서 다시 푸르카스를 묶은 다음, 거리 중심에 뚫린 구멍 위로 끌고 왔다. 그와 동시에 빛의 구체 일곱 개가 전부 푸르카스를 조준했다.

"네놈은……, 대체 정체가 뭐냐……?"

"SS급 모험가 실버다. 만약에 살아서 마계로 돌아간다면 제대로 소문을 퍼뜨려라. 지상에 터무니없는 녀석이 있다고 말이야."

"이놈……!"

"이건 내가 주는 선물이다. 일부러 단체로 와줬는데 빛도 보지 못하고 가면 가엾으니 말이다."

나는 그렇게 말한 다음 오른손을 들었다. 그 손을 아래쪽으로 휘두르면 광구들이 일제히 은빛을 뿜어낼 것이다.

푸르카스는 그 사실을 눈치채고 말리려 했다.

"자, 잠깐?! 기다려라!"

"안 기다린다."

나는 그렇게 말한 다음, 팔을 휘둘렀다.

빛의 덩어리가 한층 더 강한 빛을 뿜어냈고, 한 줄기로 수렴한 은빛 광선을 발사했다. 그것은 마치 별빛처럼 아름답고, 눈부시게 빛나고 있었다. 은빛은 단숨에 푸르카스를 집어삼키고는 구멍으로 들어가서 이쪽으로 나오고 있던 몬스터와 악마들을 섬멸했다.

작아지는 구멍에 맞춰서 은빛도 점점 가늘어졌다. 그리고 마지막에는 천천히 손가락을 오므려 주먹을 쥐자 발사되던 은빛도 멈쳤고, 구멍도 완전히 닫혔다.

실버리 레이를 통해 몬스터는 모두 없앴다. 악마들도 사라졌다.

까만 구체에 갇혀 있던 아이들도 구해 냈다. 전장에 있던 기사들과 모험가들도 최대한 구해 냈다. 썩 괜찮은 결과라 할 수 있을 것이다.

그래서 나는 모든 모험가들에게 선언했다.

"목표였던 몬스터 토벌을 확인했다! 남부의 이변은 이제 종식될 것이다! 따라서! 현 시간부로 레이드 퀘스트 '푸른 갈매기의 구원'의 달성을 선언한다! 우리의 승리다!!"

모험가들은 기다리고 있었다는 듯이 환호성을 질렀다. 덩달아 기사들도 검을 높게 들어 올리며 승리의 함성을 지르고 있었다. 잠시 후, 모든 사람들이 손을 높여가며 승리를 축하했다.

지금, 제국을 뒤흔들 뻔했던 남부의 이변은 해결되었다.

할 일은 아직 남아있다. 뒤처리도 분명 바쁠 것이다. 그래도 지금은 이 승리를 기뻐해야겠다.

이겼다는 것 이상으로 가치 있는 것이 생겼으니.

얻은 것들은 크다. 이제 레오는 영웅이 될 테고, 남부는 황제가 직접 나서서 조사할 것이다.

"슬슬 반격할 시기일지도 모르겠군."

나는 그렇게 중얼거리면서 제도의 모험가들을 귀환시키기 위해 전이문을 만들기 시작했다.

❧ 에필로그

"그래서? 그 이후로 아버님의 몸 상태는?"

남부에서 전투를 마친 뒤, 나는 라인펠트 공작에게 돌아갔다. 조만간 이번 일 때문에 제도에서 누님과 공작을 부를 것이다. 나도 그때 그들과 함께 제도로 돌아갈 생각이다. 하지만 아버님의 몸 상태가 신경 쓰였기에 이렇게 몰래 돌아와 상황을 확인했다.

"네. 순조롭게 회복하고 계십니다. 폐하께서는 미츠바 님께 이제 괜찮다고 하시고, 미츠바 님께서는 아직 안 된다고 하시는 모양이지만요."

"아버님답기도 하고, 어머님답기도 하네. 어머님은 어의가 허락해 주지 않는 한 아버님에게 업무를 보지 못하게끔 하겠지. 그냥 휴가라고 생각하고 쉬었으면 하는데."

"폐하께 있어서……, 보라색 봉화는 불행의 상징이나 마찬가지라고 들었습니다. 황태자 전하께서 돌아가셨을 때도 그 봉화가 보였다고요. 그러니 이번에는 레오 님께서 돌아가시는 게 아닐까 하는 생각을 해버리신 거겠지요. 저는 폐하의 몸 상태가 안 좋아지는 정도로 끝나서 다행이라 생각합니다."

"뭐, 긴급 사태를 알리는 봉화니까. 보통은 불행한 일이 일어나지. 하지만 아버님에게 있어서 황태자였던 큰형은 특별했어. 모두가 떠올리는 이상적인 인물. 살아 있었다면 제국 사상 지극히 드물게 제위 쟁탈전을 거치지 않고 황제가 되었을 거야. 아버님도 당연히 그걸 기대했고. 자기가 상상했던 것보다 훌륭하게 자란 장남. 너무나도 사랑스럽고 자랑스러운 아들. 그 사람 덕분에 제위 쟁탈전은 벌어지지 않았었지. 하지만 큰형이 죽자 모든 것이 무너져 내렸어."

자신의 후계자가 되기에 어울리는 이상적인 아들. 그를 잃었고, 그 때문에 아이들이 제위 쟁탈전을 벌이기 시작했다. 믿어 의심치 않았던 행복한 미래가 그 봉화를 본 날 이후로 전부 부서져 버렸다.

불행은 그뿐만이 아니었다. 황태자가 제위를 물려받는 건 시간문제였기에 권력의 이양도 시작되고 있었다. 황태자의 측근들은 나중에 제국을 이어받을 자로서 많은 직무를 맡았다. 하지만 황태자의 죽음에 절망한 인재들은 제국을 떠났다.

물론 아버님도 말렸다. 하지만 기력을 잃은 자는 아무리 유능하더라도 써먹을 수가 없다. 그만큼 황태자의 존재는 컸다. 그들이 떠나자 아버님은 제국을 재건해야만 했다. 서서히 떨어지고 있던 자신의 영향력을 되찾는 데 얼마나 수고가 많이 들었을까. 아버님도 꽤 힘들었을 텐데도 그걸 해냈다.

아버님은 그렇게 정무에 몰두했다. 황태자의 죽음을 잊기 위해서. 누가 뭐라 하더라도 쉬지 않았다. 그렇기에 좋은 기회라고 생각한다. 몸을 망치면 아무런 소용도 없으니까.

"황태자 전하께서 폐하의 '희망'이셨던 건지도 모르겠네요……."

"그러게. 희망, 태양, 꿈, 이상. 예를 들자면 얼마든지 들 수 있겠지. 그것은 사람에게 은혜를 가져다주고, 앞으로 나아갈 기력을 주는 존재야. 그게 크면 클수록, 의존도도 높아지지. 사라지면 반동으로 오게 될 절망은 이루 말할 수도 없고."

"왠지 레오 님 이야기를 듣고 있는 것 같아요."

"레오가 큰형을 닮긴 했지. 언젠가는 그 사람처럼 될 거야. 아직 그 사람의 영역에는 도달하지 못했지만, 만약에 레오가 죽는다면 비슷한 일이 벌어질지도 몰라. 내가 그렇게 두진 않겠지만 말이지."

내가 죽는다 하더라도. 그렇게 소리 내어 말하지는 않았지만, 그럴 각오다. 황태자가 죽었을 때 같은 일은 두 번 다시 일어나게 하지 않을 것이다.

하지만 피네는 그런 내 마음을 들여다본 듯이 말했다.

"저는……, 아르 님께서 돌아가신다면 절망해 버릴 거예요."

"……용케 알았네."

"저는 아르 님의 공유자니까요. 아르 님께서는 때때로 자신을 제쳐두고 행동하세요. 좀 더 자신을 소중히 여겨 주셨으면 좋겠어요."

"조심할게. 하지만 내가 죽어도 많은 사람들에게 영향을 끼치진 않을 거야. 어느 쪽을 우선시할지는 명백하지."

"예, 아르 님께서 돌아가시더라도 많은 분께 영향을 끼치지 않을지도 모르지요. 하지만 아르 님 주위에는 많은 영향을 끼칠 거예요. 저도 그렇고 레오 님도 분명히 두 번 다시 일어서지 못할 테니까요."

"너는 내가 실버라는 걸 알고 있어서인지 나를 과대평가하는 경향이 있어."

"상관없어요. 만약에 실버가 아니라고 하셔도, 아르 님께서 주위에 많은 영향을 끼친다는 건 마찬가지니까요. 레오 님께서 태양이시라면, 아르 님은 달과 같은 존재세요. 태양하고 비교하면 눈에 잘 띄지 않을지도 모르죠. 없어도 상관없다는 사람도 있을지 몰라요. 하지만 밤에 걸어가는 사람에게는 든든한 존재예요. 어두운 밤에 불안한 마음을 달이 누그러뜨려 주니까요. 그리고 태양은 달이 있기에 휴식을 취하고, 아침이 오면 눈부시게 빛나죠. 레오 님은 아르 님께서 계시기에 빛나실 수 있는 거예요."

피네의 말투는 부드러웠지만, 듣고 있자니 껄끄러워졌다. 마치 부모님께 꾸중을 듣는 기분이다. 반론을 제기하는 건 간단하다. 내가 필요 없다는 근거는 얼마든지 댈 수 있다. 하지만 피네의 올곧고 맑은 눈이 그런 행동을 용납하지 않는다.

어깨를 으쓱이며 쓴웃음을 지었다. 패배를 인정할 수밖에 없을 것 같다.

"에휴……, 알겠어. 네가 그렇게까지 말하니 아무 말도 못 하겠네. 앞으로는 나 자신에 대해서도 생각할게. 죽더라도 상관없겠다는 생각은 궁지에 처할 때까지 하지 않을 거고. 그러면 되려나?"

"네. 아르 님께서 궁지에 처하시는 경우는 거의 없을 테니 그 정도라도 상관없어요."

피네는 그렇게 말하며 활짝 웃었다.

궁지에 처하는 경우도 꽤 있긴 한데, 그런 말이 목까지 넘어왔지만, 활짝 웃는 그녀를 보니 소리 내어 말할 수가 없었다. 피네가 걱정하지 않게끔 나도 궁지에 처하지 않도록 노력해야겠다.

그런 생각을 하며 피네가 끓여준 홍차를 다 마신 다음, 의자에서 일어섰다.

"그럼 슬슬 돌아갈게."

"네. 돌아오시길 기다리고 있겠습니다."

나는 그 말을 듣고 고개를 끄덕이고는 전이문을 열고서 그곳을 떠났다.

■ ■ ■

후궁에 위치한 제5비, 즈잔의 방. 잔드라는 그곳에 있었다.

"큰일이야! 큰일이야! 큰일이라고! 어머님!"

"진정하렴. 남부에서 문제가 생겼고, 레오나르트가 그걸 해결했다. 그뿐이란다."

"어째서 그렇게 침착한 건데?! 외삼촌에게 책임을 물을 테고, 아버님이 본격적으로 조사에 나서면 조직에 관여했던 것도 들킬 거야! 그렇게 되면 나는 제위 쟁탈전에서 탈락하겠지! 크류거의 피가 섞였다는 이유만으로!!"

책망하는 듯한 잔드라의 말을 듣고도 즈잔은 부드러운 미소를 지었다. 아직 젊기에 감정을 컨트롤하지 못하는 딸을 혼내지는 않는다. 실제로 크류거 공작 가문이 잔드라의 발목을 잡은 건 사실이었다. 원래 뒤를 받쳐야 할 친가가 발목을 잡는다는 건 말도 안 된다. 즈잔도 친가의 어설픈 일 처리에 어이가 없었다.

하지만 이미 일어난 일은 어쩔 수 없다고 생각한다. 그것이 잔드라와 즈잔의 차이였다.

"잔드라. 네 목표는 뭐니?"

"그런 건 굳이 물어볼 필요도 없지! 황제 자리야!"

"그렇지. 하지만 그걸 위해 필요한 건 권력이 아니란다. 사라진 궁극의 저주지."

"하지만, 단서는 거의 찾아내지도 못했어! 그게 언급된 문헌을 조사해 봐도 선천 마법과 관련이 있다는 것 정도만 적혀 있고!"

"고대의 비술이야. 그렇게 간단할 리가 없잖니. 하지만 마찬가지로 문헌에만 나오는 존재를 조사해 보면 어떨까?"

"문헌에만 나오는 존재? 그게 무슨 소리야?"

"샤오메이."

즈잔이 이름을 부르자 시녀 중에서 갈색 머리 여자가 앞으로 나왔다. 그 움직임에는 소리조차 나지 않았고, 기척도 희미했다. 일류 암살자들이 공통적으로 가지고 있는 특징이다.

그녀의 이름은 샤오메이. 즈잔의 시녀이자 암살자. 많은 암살자들을 거느리고 있는 잔드라도 샤오메이보다 뛰어난 암살자는 본 적이 없을 정도로 실력이 대단하다.

평소 눈에 띄는 행동을 할 수 없는 즈잔의 눈과 귀가 되어 후궁과 제도의 정세를 알아 오는, 즈잔의 비장의 수라고 해도 될 만한 존재다.

"그게 무슨 소린데? 당신이 설명해 줄 거야? 샤오메이."

"네, 잔드라 님. 실은 어떤 시녀가 들었다고 합니다. 폐하께서 쓰러지시기 며칠 전에 크리스타 전하가 폐하께서 쓰러지실 거라고 비명을 질렀다는 이야기를요."

"뭐라고……?"

"신경 쓰여서 조사해 보니 성을 떠난 시녀 출신들도 비슷한 이야기를 했습니다. 3년 전, 황태자 전하께서 돌아가셨을 때도 그러기 며칠 전에 크리스타 전하께서 소리쳤다고요."

"크리스타가……, 미래를 예지하는 선천 마법을 가지고 있다는 뜻이야?"

"3년 전에 크리스타 전하 곁에 있던 시녀들은 모두 각자 다른 이유로 성을 떠났습니다. 그 모두가, 가족에게 어떤 사정이 생겨서 자신의 의지로 떠났지요. 하지만 성의 시녀란 쉽게 될 수 있는 게 아닙니다. 그런 일을 그만두어야만 하는 사정이 연달아 생긴다는 건 묘합니다. 게다가 크리스타 전하 주위에 있던 시녀들만. 무언가 공작의 냄새가 납니다."

"미츠바가 딸의 비밀을 지키기 위해서 당시 시녀들을 멀리 보냈다는 거야?"

"그럴 가능성이 클 것 같습니다. 그 정도까지 한 걸 보니 진짜인 것 같군요."

샤오메이가 한 말을 듣고 즈잔은 고개를 크게 끄덕이고는 잔드라를 바라보았다. 자기 아이를 어여삐 여기는 어머니의 표정. 즈잔은 그런 표정으로 잔드라에게 말했다.

"선천 마법은 정말 귀중하고, 미래 예지라면 문헌에서나 등장하는 환상이라고 할 정도로 희귀하지. 그래도 이상할 것도 없단다. 아드라 일족은 뛰어난 피를 계속 받아 들였어. 대륙에서 가장 우수한 피라고 할 수 있지. 크리스타는 그 집대성이고. 어떠니, 잔드라?"

"그러게……, 그렇다면 가능할지도 몰라. 그렇게까지 강력한 선천 마법 사용자라면 그 피만으로도 가치가 있어!"

잔드라는 흥분한 듯이 돌아다니면서 중얼거리기 시작했다. 그 모습에 여동생에 대한 정이라곤 없었다.

"샤오메이. 크리스타를 실험체로 쓰고 싶어! 납치해 오렴!"

"곧바로는 힘들 것 같습니다. 크리스타 전하께서는 성 밖으로 거의 나가지 않으시니까요."

"시간이 없어! 어서 궁극의 저주를 완성시켜야 한단 말이야!"

"성급하게 굴면 안 돼, 잔드라. 서두르면 일을 망치는 법이란다. 샤오메이, 방식은 네게 맡길게. 어떤 수를 쓰더라도 크리스타를 납치해 오렴."

"알겠습니다. 우선은 크리스타 전하 주위를 살펴보겠습니다. 뭔가 알아내면 다시 보고하러 오겠습니다. 좋은 소식을 기다려

주십시오."

샤오메이는 그렇게 말한 다음, 소리 없이 그곳을 떠났다. 가장 신뢰하는 시녀의 움직임을 본 즈잔은 만족스러운 듯이 미소를 지었다.

"기다리렴, 잔드라. 금방 네게 줄 테니까."

"그래, 어머님!"

모녀의 광기는 멈출 줄을 몰랐고, 한없이 부풀어 오르기만 했다. 제국이 떠안은 어둠은 한층 더 커진 것이다.

SAIKYO DEGARASHI OJI NO ANYAKU TEII ARASOI Vol.3
MUNO O ENJIRU SS RANK OJI WA KOI KEISHO SEN O KAGE KARA SHIHAI SURU
©Tanba, Yunagi 2020
First published in Japan in 2020 by KADOKAWA CORPORATION, Tokyo.
Korean translation rights arranged with KADOKAWA CORPORATION, Tokyo

최강 찌꺼기 황자의 암약 제위 쟁탈전 3
무능한 척 연기하는 SS랭크 황자는 황위 계승전을 남몰래 지배한다

2023년 6월 1일 1판 1쇄 발행

저　　　자 | 탄바
일러스트 | 유우나기
옮 긴 이 | 천선필
발 행 인 | 유재옥
본 부 장 | 조병권
담당편집 | 정지원
편집 1팀 | 김준균 김혜연
편집 2팀 | 정영길 조찬희 박치우 정지원
편집 3팀 | 오준영 이해빈 이소의
편집 4팀 | 전태영 박소연
디 자 인 | 김보라 박민솔
라 이 츠 | 김정미 맹미영 이윤서
디 지 털 | 박상섭 김지연
발 행 처 | (주)소미미디어
인쇄제작처 | 코리아피앤피
등　　록 | 제2015-000008호
주　　소 | 서울시 마포구 토정로 222, 403호(신수동, 한국출판콘텐츠센터)
판　　매 | (주)소미미디어
영　　업 | 박종욱
마 케 팅 | 한민지 최원석 박수진 최정연
물　　류 | 허석용 백철기
전　　화 | 편집부 (070)4164-3962, 3963 기획실 (02)567-3388
　　　　　 판매 및 마케팅 (070)4165-6888, Fax (02)322-7665

ISBN 979-11-384-3614-4(04830)
ISBN 979-11-384-3519-2(세트)